JN221941

死んだはずのお師匠様は、総愛に啼く

翡燕
ヒエン
戦司帝が死の淵から復活し、
身体だけが若返って戻ってきた。
性格はマイペースで温厚。
精神年齢の割にやんちゃな一面がある。
「可愛い」と見なされると激怒する。
獅子王 愛称:獅子丸
若く可愛い姿で帰ってきた主(翡燕)に
振り回されっぱなしの優しい獣人。
常に翡燕の側にいて、はらはらしながら見守る。
戦司帝
三万年前、国の武神である四天王を率いて戦う。
禍人の呪いと相打ちし、戦死したと思われていた。
豪快で気取らない性格。

人物紹介

翡燕の二番弟子で俺様な態度の軍人。
しかし翡燕のことは一番大事に想っており、
四天王の中では一番まともに仕事をしている。

翡燕の一番弟子。寡黙で二言までしか喋らない。
感情の起伏が少ないが、翡燕には異常なほど
愛情を抱き、懐いている。

青王と同じく翡燕の三番弟子。
知的だが真面目過ぎるところがあり、
一度は任務のため翡燕を狙う。

翡燕の三番弟子。四天王の中では
一番のお調子者で、チャラい性格。
外面はきりっとした美人外交官を演じる。

序章

窓の外を眺めて、獣人獅子王は誰かを呼ぶように小さく吠える。

（ああ、今日で三万年が過ぎた……）

三万年前の今日、獅子王の主である戦司帝はこの国を去った。

当時この国は呪われた力を使うとされる禍人の脅威に晒されていた。この国の武神である四天王と戦司帝は長い長い戦いの末、辛くも軍勢を打ち倒し、国は滅びる寸前で勝利を収めたのだ。

人々が喜びに沸く中、しかし戦司帝だけは本当の脅威に気付いていた。

『獅子丸。……これはちょっと大ごとだぞ』

獅子王を字で呼んだ戦司帝は顔を顰めた。曰く、死した禍人の怨念が砂丘の魔泉近くに渦巻いているらしい。

国を奪うなどという意志すらなくし、ただ破壊を尽くすだけの塊。そんなものが襲ってきたら、滅びかけたこの国は今度こそ力尽きる。

あの時の戦司帝の姿は、獅子王の脳裏に今でも鮮明に蘇る。

わずかに水色が乗った白い髪。浅葱色の瞳は優しく弧を描き、美しい唇が艶やかに開く。

『大丈夫、僕が行くよ。誰にも伝えないでおくれ。どうせすぐに分かることだ』

ちょっとそこまで出てくる。そんな軽い態度で彼はこの屋敷を出ていった。

その後、魔泉で閃光が轟き、この国一番の輝きを放っていた戦司帝の気配が消えた。

国を挙げて彼の捜索が行われたが、魔泉は干上がり、そこに一本の巨木が聳えるだけだった。

彼の痕跡は一切ない。

葬儀を行おうと言う者もいた。

しかし皇王はそれを一蹴し、共に戦った四天王も彼が死んだと認めないまま、丸三万年だ。

獅子王はそれから、彼の屋敷を守り続けている。

主の帰還を心から祈りながら。

第一章

枯れた葉が指先に触れて、流れていく。

細く開いた視界に映るのは、銀白色の世界だった。真っ白な砂丘が広がり、風に乗ってさらさらと砂が流れ落ちていく。

(どこから葉っぱが来たのだろう)

見上げると、枯れた大木が目に映った。もう葉は一枚も残っていない。ゆっくりと上体を起こしてみると、水色の髪が顔全体を覆うように落ちてくる。

(髪が伸びたな。……それにこの身体はなんだ?)

自分のものとは思えないほど小さな身体。鍛え上げたはずの筋肉は、わずかしか残っていない。

心臓に手を当てると、信じられないほどか細い鼓動が手に伝わってくる。

(半分以上炭化しているな。もって数年か、悪くて半年か)

立ち上がれば、緩くなった下衣がずるりと脱げた。上衣が膝下まで届いているから見えることはないが、どうも落ち着かない。

「あれから何年経った?」

言いながらつい笑ってしまう。声が若い。戦司帝としての力を使い果たし、身体が縮んでしまったのだろう。

　ここまで来て、自分はもう戦司帝ではないのだと思い知る。

　自分は、ただの翡燕（ヒエン）なのだ。

　禍人（まがと）の塊（かたまり）が渦巻いていた魔泉は淵だけを残して干上がっている。もう気配は一つも残っていない。我が身を犠牲にして禍人（まがと）を鎮めようとしたが、この命が崩れず残ったとは驚きだった。

「とりあえず、戻ってみるか。皆の元へ」

　翡燕は歩き出そうとしたところで、自身の髪の長さに再度閉口した。引き摺るほど長い。

「その前に断髪だな」

　懐に手を入れ、ぶかぶかの上衣の中を探る。背中側に回ってしまっていた財布には、幸い劣化していない硬貨が入っていた。

　魔泉から街まではそう遠くはない。しばらく歩くと、砂塵にくすんだ街並みが見えてきた。

（戻ってはみたが……これは、ずいぶんと変わったなぁ）

　翡燕は目の前の光景に驚き、浅葱（あさぎ）色の瞳をぱちぱちと瞬かせる。

　ユウラ国は資源に富み、国民は陽気な気質を持った朗らかな国だった。都には露店が多く建ち並び、年中活気付いていたはずだ。

　それがどうだ。目の前にある街は荒み、露店など一軒も出ていない。道端に浮浪者がちらほら見え、中には子供もいる。

（一体どれだけの月日が流れたのか……）

ユウラ国の民族は長命で平均十万年は生きるとされている。力が強い者ほど長く、特に皇族となれば十万年を優に超えて生きる者もいた。

国を離れた時、翡燕は五万を数える年であったが、果たしてあれから何年が経ち、そして自分は何歳になっているのか、まったく見当がつかない。

街並みも以前のものとは異なり、故郷であるのによそに来たような気分だ。

翡燕は困惑しながら街を見渡し、灯りのついた店の中を覗く。

小さな店内には、色とりどりの菓子が並んでいた。会計のために並んでいた客が財布を取り出しているのが見える。そこから覗く硬貨は、見たことのないものだった。

(なんだそのお金。おい誰だ、硬貨を変えたのは)

今持っている金が使えないとなれば、由々しき事態である。外見も変わった上に文なしとなれば、これから先が思いやられる。

財布を握りしめながら呆然としていると、店主である女が翡燕に気が付いた。

「あれ？　見ない顔だね。菓子が欲しいのか？　金はあるかい？」

「……これはもう使えないでしょうか？」

翡燕は財布の紐を解き、中から白銀の硬貨を取り出した。

諦め半分で差し出した硬貨を見て、店主は目を大きく見開く。

「これは……！　戦司帝様が生きていた頃の硬貨じゃないか！　こんな貴重なもの、どこで？」

「貴重？」

「もちろん貴重だよ！　あの頃の硬貨は今では高値で取引されているんだ。好きなだけ持っていっていいから、一つおくれ！」

翡燕が硬貨を一つ渡すと、店主はまるで宝石に触れるかのように受け取り、そしてすぐに金庫へ走っていった。戻るなり、お返しとばかりに紙袋に菓子を詰め込み始める。

にこにこと満面の笑みを浮かべる店主へ、翡燕は気になっていたことを問いかけた。

「その、戦司帝が生きていた時代って、どれくらい前なの？」

「……う〜ん、三万年前くらいじゃなかったかね？」

「三万年！」

衝撃の事実に唖然とすると共に、腹の底からくすぐったさが湧いてくる。

(僕は三万年も寝ていたのか！　そりゃ、寝すぎだな！　街並みも硬貨も変わるはずだよ)

耐えきれずクスクス笑うと、店主が菓子を詰め込む手を止めた。視線は翡燕へ向いており、少しばかりの驚きの表情を浮かべている。

翡燕は笑い顔のまま咳払いを零すと、髪を束ねて掴んだ。

「髪を整えたいのだけど、お店はありますか？　あと服も」

「ああ、向かいの店で揃うよ。その髪は切ったら売ると良い。きっと良い値段がつく」

翡燕がお礼代わりに微笑むと、店主の頬が朱に染まる。菓子袋を翡燕へと渡しながら、ぽつりと呟いた。

「いやぁ……あんたみたいな綺麗な顔、初めて見たよ。よその御曹司か何かかい？」

「御曹司？　まさか」

「気を付けた方がいい。顔がいいとこの街では狙われるよ」

「……と、いうと？」

「人攫いが増えているんだ。ここらは治安も悪いし、あまり出歩かない方がいいよ」

詳しく聞けば、ここらでは獣人による人身売買が当たり前のように行われているのだという。人攫いも増え、治安は悪化する一方だ。しかし国は取り締まりを強化することもなく、獣人国に対しても特に動いているというわけでもないらしい。

（……まったく、四天王は何をやっているんだ？）

この国には四天王という、国を守る柱がいる。彼らはそれぞれの役割をきっちりこなし、国のために尽くせる者たちだ。

翡燕が戦司帝だった頃、のらりくらりとしていた自分とは違い、彼らは精力的に執務をこなしていた。四天王がいながら国が荒んでいるならば、何かしらの理由があるのかもしれない。

とはいえ、身を挺して守った国が廃れているのは、腹が立つのも事実である。少々複雑な気持ちを抱えながら、翡燕は向かいの店へ向かう。

看板は出ていないが、今度は覗き込むことなく店へと入る。

すると暇そうにしていた店主が、翡燕を見て急に立ち上がった。

店主の様子を不思議に思いながらも、翡燕は自身の髪を一房掴む。

「この髪を整えてくれないか？　できれば服も欲しい。髪が売れるなら代金は相殺したいと思っているが……」

「おお、水色の髪じゃないか！　色合いもいいし、珍しいな。……まるで戦司帝様の髪だ。こんなに長いし、髪を整えた後にお釣りがくるぞ」

「それは良かった」

微笑んで返事をするものの、やたらと出てくる『戦司帝』という言葉に、翡燕は疑念を持ち始めた。

あれから三万年も経ったというのに、話題に出てきすぎではないだろうか。まるでまだ生きているかのようだ。

戦司帝という地位に新たな人間が就いたとも考えられるが、あの地位は翡燕のために無理くり作られた役職なのだ。『全体統括』という、ぼんやりとした仕事内容の役割を今度は誰が務めているのか、気になるところである。

店主が促し、翡燕は鏡の前に座った。そして鏡に映る自分の姿にひくひくと頬を痙攣(けいれん)させる。

目覚めてから初めて見る自分の姿は、若い頃の姿そのものだった。

柔く瑞々しい少年が、青年になろうとする転換期ぐらいの見た目だ。筋肉はまったくと言っていいほど付いておらず、かなり細身に見えた。若返ったといえば聞こえはいいが、これでは若返りすぎである。

思わず溜息を漏らし、自嘲気味に笑う。その声は、自分でも驚くほど落ち込んだ音を含んでいた。

翡燕は少年の頃、皇家に拾われた。ちょうど今のような年だ。

その時の翡燕といえば、一見すれば少女のような可憐さを持っていた。このか弱い姿がまさか、戦司帝として雄々しく活躍するなど誰も思わなかっただろう。それだけ、戦司帝とこの鏡に映る翡燕は乖離しているのだ。

翡燕がかつてこの姿だったと知るのは、ごく一部の人間に限られる。

皇王と皇妃、そして皇子くらいだろう。

翡燕は髪を切られながらぼんやりと思う。この姿で帰っても、多分誰も気付くまいと。

それ以前に、力を失った戦司帝など誰も求めていないだろう。戦司帝という役職は埋まっているようであるし、自分がいなくとも国は回っている。

（……何をのこのこと帰ろうとしていたんだか……。僕はもう、彼らの中では死んだ存在なのだろうし……）

「……っ、こりゃあ……」

店主の息を呑む声が聞こえて、翡燕ははっと意識を目の前の鏡へと移した。

綺麗に整えられた髪は高く結われ、髪の先は肩甲骨に届くぐらいまで切られている。

軽くなった頭を左右に動かしていると、後ろに映る店主が自身の頭をガリガリとかきむしった。

「あちゃ～……あんた、前の髪型でいた方が良かったかもな。服はなるべく抑えめにしておかねぇと、身が危ない。黒色で無地の服がいいだろう」

店主から薦められた黒の上衣を着て、同じく黒の下衣を身に着ける。全身真っ黒になり、隠密にでもなったような気分だ。

しかしこれで街をぶらぶら歩き回れる格好にはなれた。次なる問題は今後のことである。直近で言うなれば、今晩の宿が最重要事項だろう。

翡燕は思案しながら店頭に戻り、店主から余った金を受け取る。

宿の場所を聞こうとも思ったがやめた。なるべく街中を歩き回り、場所を覚えておいた方がいいだろう。

街中を歩いていると、生活臭と共に饐(す)えた匂いも漂ってくる。

以前は食べ物の匂いと賑やかな声が響く場所だった。こうも変わるものかと呆れ顔で歩いていると、街の隅で固まる浮浪者の集団が見えた。何かを燃やして暖を取っているようだが、誰も会話することなく表情は虚ろだ。

翡燕は集団に近付き、その側にしゃがみ込む。

浮浪者たちは突然来た翡燕にぎょっと目を見開くが、翡燕は構わずニコニコと笑顔で語りかけた。

「やぁ、僕は久しぶりにユウラに来たんだけど、ずいぶんと変わったね。あ、これどうぞ?」

翡燕は軽い口調で捲し立てながら菓子屋から貰った菓子を配る。浮浪者たちは戸惑いの表情を浮かべるものの、目の前の甘い誘惑には勝てなかったようだ。菓子へ猛然と食いつき始めた。

年若い浮浪者が菓子を食らいながら言い捨てる。

「ユウラはずっと前から酷い国さ。だけどほかの国よりましだ」

「そうか?　以前はもっと活気のある街だったと思うが」

首を捻る翡燕を見て年若い浮浪者が嘲(あざけ)るように笑った。まだまだ働き盛りの男だ。本来ならこんな町の隅で、縮こまって暖を取ることもないだろう。

「……まったく、ユウラに活気があったなんて、いつの話をしてるんだ」

「……？　ユウラは一体いつから……」

言葉なかばで、翡燕は背後からの気配に気付いた。

わずかに首を傾け、肩を押さえようとしていた腕を掴む。その腕は逞しく、獣毛が生えている。

振り返ると、腕を掴まれたことに驚愕する獣人と目が合った。褐色の獣毛が全身にびっしりと生えた、犬の獣人だ。

「何か御用でも？」

翡燕がやんわりと笑うと、獣人は更に驚いた顔を浮かべた後、にやりと下賤（げせん）な笑みを貼りつける。

「こりゃあいい。超が付くほどの一級品だ。いい拾い物をした」

掴んでいた手を逆の腕で掴まれ、翡燕は強制的に立たされた。いとも簡単に引っ張られる身体に呆れるものの、これだけの体格差なら無理もない。

「来てもらうぞ。大人しくしていたら、手荒な真似はしねぇ」

「人攫いか？」

「よく分かったな」

翡燕に力がないと分かったのか、獣人は荒々しく翡燕の手を引いた。危うく転びそうになるが、獣人の腕が腰へと回ると翡燕の身体は容易く宙へ浮く。俵のように抱えられながら、翡燕はうんと唸る。

（……なるほど。同意なしの立派な人攫いだ。さて、このまま本拠地まで行って、中から瓦解させるのもありかな？）

しかし今の翡燕ではどれほど力を発揮できるのか分からない。自分の力量が把握できていない今の状況はあまりに危険だろう。

呑気に考えていたところで、翡燕はまた新たな気配を感じ取った。

懐かしい気配だ。

抱えられたまま翡燕が目線を上げると、前方に立ち竦むその人物と目が合った。

筋骨隆々の体躯に、燃えるような黄金の髪が風に靡（なび）く。瞳も金色で瞳孔が縦長い。獣人だ。

しかし身体に獣毛が生えていないところを見ると、人型に完全に擬態した上位の獣人だと見受けられた。

金色の瞳を最大限見開き、その獣人は翡燕を凝視している。

翡燕はくしゃりと笑うとその獣人に向かって口を開いた。

「上手に擬態できているね。獅子丸」

その言葉を聞いた瞬間、その獣人の金色の瞳からボロボロと涙が零れ落ちた。漏れ出す嗚咽をかき消すように、獅子王がこちらへと猛然と駆け寄ってくる。

翡燕を抱き上げていた獣人から、ひ、と小さい悲鳴が上がった。同時に身体を拘束する力が緩む。

獣の本能が『逃げろ』と告げたのだろう。翡燕を置いて逃げようとしたが、しかし手遅れだった。

獅子王の拳が見事に顔へと突き刺さり、拘束が解けた翡燕は宙に投げ出される。

獅子王はそのまま地面に膝をつき、まるで壊れ物を受け取るように翡燕を抱きかかえた。

「うっ、うぅ……！　主……！」

「……お前、よく僕が分かったね」

身体を包む温かさがひどく懐かしい。翡燕は獅子王の頭を撫で、くすりと笑った。


獅子王の主である戦司帝は、誰もが平伏すほどの美しさだった。

逞しい肉体を持ちながら、神々しいまでの光を放つ。美しく優雅でありながら、常に驚異的な強さで彼は国を守ってきた。戦司帝は、まさに神がこの国に与えた宝だった。

しかし今、獅子王の目の前に立つのは、逞しさを削ぎ落とした戦司帝だ。その儚さが美を際立たせ、庇護欲を掻き立てる。端的に言えば、驚異的な可愛さである。

三万年前、どこかに買い物でも行くようにふらりと出ていった彼は、今まさに、何もなかったかのように屋敷へ帰ってきていた。

獅子王は主が屋敷にいることに感動を覚えながらも、困惑せずにはいられない。

翡燕はきょろきょろと、かつて自身が暮らしていた屋敷を見回している。柱も床も、飾ってある調度品でさえ、当時のままだ。

「……まさか、こんなに綺麗に残されているなんて」

「あ、当たり前では、ないですか！　ひぐッ、あるじの、あるじの……！」

「もういい加減泣きやんだら？　そんなに大きい身体で泣かれると正直困るよ」

困り顔を浮かべる翡燕の身体を獅子王は上から下まで眺めた。そして涙腺が、今日何度目か分からない崩壊を起こす。

姿形は変わっているが、獅子王には彼が戦司帝だと分かる。主従関係は魂の結びつきである。主の姿が変わろうとも関係が変化することはなく、獣徒は確実に主を見抜く。

しかしそれはそれ。視覚で捉える主の姿がこうも可愛く変わってしまえば、情緒もおかしくなるというものである。

しかし当の本人はあどけない笑顔を浮かべながら、おもむろに獅子王の胸を小さな手で挟み込む。

「ああ、本当に大きくなったね。育ちすぎたんじゃないのか？　ムッキムキだ」

獅子王が驚愕で固まるのにも気付かず、翡燕は胸から手を離さない。押したり揉んだりしながら、感嘆の声を上げる。

「結構やわらかい！」

底まで見えそうな澄んだ瞳で見上げられ、獅子王は心の中で悲鳴を上げる。

そうだった、と思い出す。獅子王の主は戦司帝である時から、やたらくっつきたがる人だったのである。容易に肩を抱いたり額をくっつけたりと、親愛を身体全体で表す人だった。もちろん性的な意味はない。だからこそ厄介な部分もあったのは確かだ。

三万年前の獅子王はまだ小さい獣だったから良かったが、当時の大人たちが戦司帝に翻弄されるのをずっと見てきた。

よもや今、自分が翻弄されるとは思わなかったが。

「そういえば、僕の弟子たちはどうなった？」

「主のお弟子さんたちは、それぞれ管理職に就いていますよ」

「管理職？」と口にしながら、翡燕は以前使っていた戦司帝の寝椅子へと座る。身体が小さくなったせいか埋もれるようになってしまい、笑い声が翡燕から漏れた。

獅子王は埋もれる翡燕を助け出しながら、口を開く。

「そうですね、ナギ様は皇宮の秘書官長となられ、トツカ様は皇家護衛軍の副官です」

「おお、立派立派」

にこやかに笑う翡燕を獅子王は見つめる。そこには確かに、戦司帝の面影があった。

笑いながら親指を歯に当てる癖や人の話を聞く時は目を離さないまま微笑むところ。

すべてが一致するが、何しろ可愛さが全面に出て戸惑ってしまう。

「本当に様々ですよ。サガラ様は皇都巡衛軍の隊長ですし、タクト様は傭兵団の団長です」

「……ほう。なかなか面白いことになっているね。四天王は許したのかい？　僕は彼らの部下を育てていただけで、弟子たちは本来四天王の管理下のはずだ」

「それが……」

言葉に詰まった獅子王を見ながら、翡燕はテーブルにあった葡萄を小さな口に放り込む。咀嚼しながらもう一つ手に取る様は、目の前の果実を独占せんとする可愛い栗鼠のようだ。しかし眼光は、かつての厳しさを確かに宿している。

「あいつら、ちゃんと仕事してる？」

「……以前よりはしていませんね」

「なぜ？　いつから？」

「主が……」

「んん？」と唸りつつ、翡燕が眉を寄せる。

獅子王はその視線から逃げるように目を逸らし、口を噤んだ。

『四天王も、皇家も、戦司帝がいなくなってから、ボロボロと崩れ出した』

そう告げれば、きっと彼は自分を責めるだろう。

四天王は消えた戦司帝を、まさに血眼になって探した。何百年と探し続け、遠く国交がない国までも捜索の手は伸びた。その頃はまだ良かったのだ。もしかしたら戦司帝は帰ってくるかもという望みに縋って、国を立て直す原動力に変えていた。

しかし数千年が過ぎた頃から、戦司帝が戻らないという現実味が大きくなり、そこから崩れていくのは早かった。

「……あ、亜獣族がこの国を狙うようになって、少しずつ崩れ始めたのです」

「亜獣が？　あんなに仲が良かったのにか？」

「ええ、そうです。主がいた頃は友好的でしたが……今は脅威となっています」

本人に自覚はないようだが、亜獣が友好的だったのは戦司帝がいたからだ。まさに天性の人たらし兼、獣人たらしの戦司帝は亜獣の王とも獣人の王とも仲が良かった。

彼がいなくなってからはこの国と同じく、友好関係もぐずぐずと崩れていった。

ユウラ国は戦司帝に依存しすぎていたのだ。いろんな、本当に大きな意味で。

獅子王が口を引き結んでいると、くわぁ、と翡燕が呑気に欠伸をする。目を擦りながら翡燕は寝椅子から立ち上がり、にわかに言い放った。

「よし獅子丸、半獣の姿になって」

「へ？」

「いいから。獣毛多めで」

言われるがまま獅子王は擬人化を少し解き、半獣の姿になった。全身に黄金の毛が生え、尻尾も生えてくる。

「では、僕の寝椅子に寝転んでくれ」

「え？」

「いいから」

獅子王が寝椅子に座ると、翡燕がすぐさま膝に跨る。

予想外の行動に、獅子王の心臓がばくばくと暴れ出した。戦司帝の行動はいつも破天荒だったが、誰かの膝に跨るなど、想定の範囲を大きく超えている。

獅子王が身を硬くしていると、翡燕が胸に抱きつき、小さな顔を擦りつけてきた。

「うわぁ、いい！　モコモコで柔らかい」

「あ、あ、あぁ主……」

体格差があるため、翡燕の身体は獅子王の体にすっぽりと納まる。狼狽える獅子王を完全に無視し、翡燕は半獣の身体を枕のように抱きしめると、また欠伸（あくび）を漏らした。

「ししまる……ねる……」

「ひっ！　え？　このまま、ですか!?」

獅子王の問いに小さく頷いたものの、間もなく小さな寝息が聞こえてきた。獅子王の両腕は宙に浮いたまま、心許なくさ迷うしかない。

翡燕の身体は獅子王の上にあるため、安定していない。翡燕の安全を考えれば、彼の身体を抱き込むのが正解だろう。しかし、翡燕の身体に触ること自体が烏滸（おこ）がましい上に、抑えが利かなくなりそうで怖い。

（な、何を考えているんだ、おれは！　相手は主（あるじ）だぞ！）

自分を叱咤しながら寝ている翡燕の顔を覗く。しかしそれがいけなかった。

長い睫毛がふさりと閉じて白磁の肌に影を落としている。わずかに見える桃色の唇は無防備に小さく開いていた。

（ひぃいいいぃ！　なんだこれ、馬鹿みたいに可愛いじゃないか！）

伸（の）し掛かられているはずなのに、華奢な身体からはまったく重さを感じない。巻き付いている腕も信じられないくらい細い。

庇護欲が腹の底から湧いてきて、じわじわと違う何かに変わりそうで恐ろしい。

（ううう、本当に……厄介なお人だ……）

主（あるじ）の人たらし兼獣人たらしは、健在どころか威力を増してしまったようだ。

翡燕は夜明け前に自室の寝台で目を覚ました。むくりと身を起こし、寝台の脇で眠る獣姿の獅子王を見下ろす。

どうやら気付かないうちに寝台まで移動させられていたようだ。翡燕の身体を思ってのことだろう。大きくなっても優しい獣徒につい顔が綻ぶ。

獅子王に気付かれないよう、翡燕は完全に気配を消して寝台を降りた。獣人に気配を察知されないようにするには相当の技術がいるが、幸いなことに獅子王に起きる気配はない。

中庭に出ると、まだ消えきれていない星が、かすかに輝いている。

「はー……。うん、夜のいい匂いだ」

肺一杯に空気を吸い込み、翡燕は前を見据える。

意識を手の平に集中させ、力を込める。体内に巡る気を上手く使って、まずは剣を具現化させた。

戦司帝の時によく使っていた大剣が姿を現すが、翡燕は頭を振ってそれを打ち消す。

「これじゃ大きすぎる。この身体で振るえる物でないと……」

適度に小さくした剣を握りしめ、一振りする。

うん、ちょうどいいと身体を動かせば、慣れた感覚に自然と頬が綻んだ。

打ち払い、切り上げ、突き、一通りの型をこなしながら、自身の力を推し量る。

そのうち息が上がってきた。

（ああ……信じられないくらい弱い身体だ）

力の巡りは悪くない。威力は小さいながら、高度な技も使えそうだ。

しかしいかんせん、身体が弱い。

この身体ぐらいの年だった時には丈夫な身体を持っていたし、体力もあった。しかし今の身体はやはり弱っているようだ。

戦司帝としての技量は残っているものの、体力は非戦闘員のそれだ。昔の感覚で動き続ければ、肉体が悲鳴を上げるのは目に見えている。自分の能力値を見誤れば残りの期間が短くなりそうだ。

翡燕は剣を消して中庭にごろりと寝転がる。屋敷の屋根の向こうがわずかに明るくなっていくのが見えた。

思えば昨日は寝落ちして風呂にも入っていない。

「風呂に入るか……」

むくりと起き上がって、翡燕は風呂場へと向かった。


起き抜けだというのに獅子王は喉を震わせて絶叫する。

乙女のように掛布で顔を隠し、彼は翡燕に向けて抗議の声を上げた。

「な、なんで、裸なんですかッ!!」

「失礼な。腰には手拭いを巻いているだろう」

確かに上半身は裸ではあるが、腰には手拭いを巻き付けている。手拭いが巻けるほどの腰の細さには閉口したが、手拭い一つで局所を隠せるのならば僥倖(ぎょうこう)である。

しかし目の前の獅子王は否定するようにかぶりを振り、捲し立てる。

「せ、せめて、大きい浴巾で巻いてくださいよ！　手拭いなんて動いたら見えちゃうって！　ああ、主ッ！　座らないで！」

いつもの寝椅子に座ってしまった翡燕に獅子王は慌てて掛布を被せる。終始慌てている獅子王の姿を見て、翡燕は愉快そうに笑い声を零した。

「着替える服がなかったんだ。お前の服はどれも緩すぎた」

「え？　き、着たのですか？　おれの服を⁉」

「二、三着な。何だ、減るものではないだろう？」

獅子王が視線を巡らせ、自身の衣類籠を見遣る。その周辺が荒らされているのを見て彼の顔色がさっと青くなった。

翡燕は獅子王の服を試してみたが、全て大きすぎて断念した。着たものはそのまま床に放置しておいたが、それがいけなかったのかもしれない。

畳み方が分からなくてそのままにしたが、やはり整理すべきだったのだろう。

しかし目の前の獅子王は怒る素振りもなく、まるで自分を納得させるように頷いた。

「……以前働いていた近侍の服が残っていると思いますので、それをとりあえず着ましょう」

「うん、頼む」

獅子王はすぐ服を取りに行き、翡燕は近侍の服に袖を通す。

その間、獅子王は荒らされた衣類籠の片付けへと取り掛かったようだ。

服を着替えながら、獅子王の丸まった背中へと問いを投げる。

「そういえば獅子丸、使用人たちはどうした？　どこにもいないから、湯も沸かせなかったよ」

「……！　ではどうやって身を清めたのです？」

「水を張って、熱波を流し込んだ。ちょっと温かったが仕方ない」

「……っ、主……。そういう時は、言ってください。おれがすぐに、湯を沸かしましたのに……」

翡燕を振り返らないまま、獅子王がまるで後悔を口にするように零す。

翡燕はかぶりを振ってしゅんとしてしまった獅子王へ声を掛ける。

「いや、これは僕が悪いよ。風呂の沸かし方ぐらい知っておくべきなのに……僕の生活力が皆無なのは、獅子丸も知っているだろう？」

強さの対価に打ち捨ててきたかのような生活力のなさは、戦司帝の時代から変わらない。湯の一つも沸かせないどころか、食事も与えられなければおざなりになりがちだ。服は畳めないし、何もない日は一日中惰眠を貪っていたい。

翡燕自身もこれまでかなり自由に生きてきたと断言できる。当時は『誰かがいないと生きていけない』と開き直っていたが、使用人も雇えない今はそうも言っていられなくなるだろう。先が思いやられることばかりだ。

獅子王から渡された近侍の服は寝間着としても使われる簡易なものだった。下衣を着ない形式のもので上衣が脛まで届く長い衣である。手早く帯を結ぶと、着心地の良さにほっと息を吐く。

「ふぅ。やっぱりこの形式のものは気楽でいいな」

「そういえば主は、これが一番好きでしたね。大きさは合いました……か……」

振り返った獅子王が、翡燕の姿を見るなり大きく仰け反った。目線を左右にさ迷わせながら、まるで見てはいけないものを見ているかのように、ちらちらと翡燕の姿を窺う。

「どうした？」

「いや。な、何と言いますか……。か、身体の線が出すぎていると、言いますか……」

「身体の線？」

翡燕の着用している服はごく一般的な形である。自身の身体を見下ろしても、特段不自然には感じない。

腰が細くなってしまったため以前よりも腰回りの布がすとんと落ちているが、それも問題ないはずだ。

「腰が貧弱になったからか？」

「腰！　ああ、そうか、腰か……」

獅子王が頭を抱え、翡燕の腰を見ては視線を逸らす。露わになっている脛から下も、同じく直視できないようだ。

獅子王の様子を見ていれば、この衣が似合っていないことなど容易に分かる。お気に入りの形だっただけに、今更ながらこの姿になったことを呪った。

「まいったな。そんなに酷いか？」

「いえ、よ、よくお似合いなのですが……。ただ、以前のようにその格好で、ふらりと買い物に出掛けられたりなどは、控えていただくことになるかと……」

「……そうか。気を付ける」

「そういえば、皇宮にはいつ参内されますか？　服屋を呼んできますので、正装を仕立てさせましょう。それともまずは、四天王の誰かに報告されますか？」

獅子王が仕切り直しのように声を弾ませる。そして何を思ったか、懐から財布を取り出した。

「いや、報告は不要だよ。戦司帝は死んだ。それで良い」

獅子王は財布を握りしめたまま、縦長の瞳孔をきゅっと縮ませる。

「な、何を……。皆、あなたの帰還を待ち望んで……」

「戦司帝の帰還を、だろ？　もう僕は、あの頃の僕ではない。こんな姿になって力も大半を失った。戦司帝なんて名乗れないよ。皇王もきっと僕の処遇にお困りになる」

翡燕は貧弱になった身体を見下ろし、自嘲気味に笑う。

決して悲観的になっているわけではない。この身体では国に何の貢献もできず、悪くすれば混乱をもたらすだろう。状況を鑑みれば、皇宮に帰らないことこそが最適解だ。

小さくなった腰を擦りながら、翡燕は獅子王に朗らかな笑顔を向ける。

「それにこんな姿を見たら四天王は呆れかえるだろう？」

「いいえ、そんなことありません！」

「一応僕は彼らの指導者だったんだぞ？　こんな姿になった師匠など、扱いに困るに決まっている」

「……そんな、そんなこと……」

言葉を詰まらせながら獅子王は必死にかぶりを振る。彼は悲壮感を漂わせるが、当の本人である翡燕はそれほど重く考えていなかった。

頭に浮かぶのは四天王の朗らかな笑顔である。彼らならば、幼く小さくなった翡燕も受け入れてくれるかもしれない。しかし翡燕にはまだ彼らの師匠としての矜持が残っていた。何より迷惑をかけることだけは避けたいのだ。

四天王はとっくの昔に戦司帝から卒業している。今更戻らなくとも何の問題もないだろう。

「そうそう、僕の財産は残っているかな？　調度品を売っても構わないんだが……」

「あなたの財産はほとんど残っています。使いきれないほどです」

「よし。じゃあ獅子丸。それで、僕を養っておくれ」

「……っ！　養うも何も、あなたのお金です！」

獅子王が顔を歪め、その金色の瞳からぼろりと涙が零れる。

穏やかな性格の獅子王は昔から泣き虫だった。特に翡燕のこととなると、まるで自分のことであるように傷ついてしまう。

優しい獣人の肩に翡燕は細くなった手をそっと置いた。暗くなった空気は掻き回せばいい。場を明るくするのは、かつて戦司帝の十八番（おはこ）だった。

「……しかし、ちょっとだけ都に手を入れるぐらいなら罰はあたるまい。なぁ、獅子丸」

にひ、と悪戯げに笑うと、獅子王は虚をつかれたように目を瞬かせる。しかしすぐに、困ったような笑顔を浮かべた。

「まったく、何をするおつもりですか？」

「命を賭して国を守ったのに、いざ帰ってきたら荒れ放題だ。身体は上手く機能しないが、口は出せるからな」

「正体を隠したまま、苦言を呈すると？」

うん、と大きく頷いて翡燕は長椅子へと腰掛けた。尻をずりずりと移動させ、背もたれにゆっくりと身体を傾ける。

「まずは僕の身分についてだが……この屋敷で働く近侍ってことで構わないか？」

「問題ないと思います。この屋敷でおれと二人暮らしになりますので、秘密は漏れないかと」

戦司帝がいなくなった後、この屋敷の使用人は解雇され、希望する者は四天王の屋敷へと引き取られた。屋敷の管理としては獅子王一人が留まったのだという。

ほぼ当時のままの室内を見回して、翡燕は獅子王へと笑顔を向ける。

「では今日から、お前は僕の主人だね」

「それはできません。主従は覆せませんから」

「分かっている。屋敷の中では今まで通りで構わない。そうそう、それと……僕の名前は翡燕と呼んでくれ」

「翡燕ですか、いい字（あざな）ですね。いつの間に考えたんですか？」

「本名だよ」

「本名⁉　駄目ですよ、そんな！」

ユウラ国の民族にとって名前は魂と同等に扱われる神聖なものである。親しい相手でなければ本名を教えず、自身で定めた字を名乗るのが一般的だ。皇族や貴族などの尊い身分は役職で呼ばれ、下民に名前は公開されない。

また、親しい仲で本名を教え合い、字を付け合うのは最上級の親愛の証とされている。獅子丸という名も、主である戦司帝から贈った字だ。

「本名を名乗っていては、いずれ四天王も気付くのでは⁉」

「彼らは僕の本名を知らないよ。皆、僕を『戦』という役職の略称で呼んでいた。僕からは彼らに名を贈ったが、貰いはしなかった。狡い男だろ？」

ははは、と弾むように笑うと華奢な身体は寝椅子の上で軽く跳ねる。その感触が存外心地よくて、身軽なのも悪くないと呑気に思う。調子良く跳ねながら、翡燕は獅子王に向けて四本の指を立てた。

「僕の本名を知っていて、かつ呼ぶことができる人物は……皇王と皇妃、皇弟、皇子だけだ。彼らの耳に、こんな僻地にいる近侍の名など入ることはあるまい」

「そ、そんな貴重な名を……」

獅子王が逞しい喉を鳴らし、視線を泳がせた。翡燕としては、もう名に執着はない。一度は死んだと思った人生での名など、呼んでもらえるだけでも僥倖だろう。

それより何より気になることは、愛する弟子たちである。

「今日は、ちゃんとお仕事をしていない弟子たちを見に行こうかな」

「サガラさんですか？」

口を滑らせた獅子王は自分の失態に気付いたのか、固まりつつ口を引き結んだ。

その愛嬌のある姿が可笑しくて、翡燕は勢い良く吹いた。

腹を抱えて笑い、それでも耐えきれず卓をバンバン叩く。笑われている獅子王はというと、怒るでもなくまっすぐにこちらを見つめてくる。薄ら微笑んでいるのも気になるが、話を進めなくては先に進まない。

「それで？　サガラはお仕事しないでどこにいるんだい？」

「……娼館です」

「……あー……なるほど、そうか。もうそんな年だったな」

あれから三万年が経ったとすると、弟子らももう四万歳を迎えている。男として、最盛期の入り口といった年である。娼館など、付き合いの一つとして通っていても不思議ではない。

しかし弟子らを四天王から預かった時、彼らはまだ性も知らないほどの純粋な少年だったのだ。

そんな子たちが娼館に行っているなど、正直複雑な気分になるのもやむなしである。

「親代わりだった身としては、あまり穏やかではいられない話だな」

「……親、ですか……」

「うん。それがどうした？」

困り顔を浮かべる獅子王を見て、翡燕はこてんと首を倒した。

ぐっと言葉に詰まる彼の顔は朱に染まり、口はごにょごにょと何かを紡ごうとしている。

「どうした？」

「……いえ、ただ、当時のお弟子さんたちは……そんなに純粋ではなかったですよ？」

「そうか？」

記憶を辿るも、そんな一面は一つも思い出せない。

当時の獅子王はまだ人型になれず、小獅子の姿で弟子たちと接していた。師匠である翡燕よりも近い位置で、弟子たちと触れ合っていたのかもしれない。

「では、そんな弟子の一人と再会しに行きますか。獅子丸、手伝ってくれるね？」

ぐっと口端を吊り上げると、獅子王が嬉しそうに眉を下げた。


半分に欠けた月が夜空に浮かんでいる。星々は薄い雲で見えないというのに、月だけは自分の存在を見せつけるように輝いていた。しかしながらそれを見上げる者は、ここにはいない。

翡燕は獅子王と共に繁華街の一角を訪れていた。人目に付かない奥まった場所にありながら、人出はかなり多い。

「国が荒れたとしても、色街は元気だなぁ」

「元気な人しか来ませんからね、ここは」

「まさか獅子丸と、娼館を訪れることになるとはなぁ」

「これもサガラさんのせいですよ……」

弟子のサガラは四天王である朱王（しゅおう）の部下だ。当時から感情の起伏が激しい激情家だったが、根はいい子で素直な可愛いやつだった。

（赤い髪で、目は吊り目……。でも笑うと八重歯が覗いて可愛かったな）

「あ、主(あるじ)!!」

突然強い力で引っ張られ、翡燕は抱き込まれた。すぐ横を馬車が走り去っていく。獅子王の大きな腕に抱えられながら、翡燕は落胆したように嘆息した。

「すまない、獅子丸」

「いえ、お怪我がなくて、良かった……」

優しく地面に降ろされ、服の乱れを正される。されるがままになりながら翡燕ははっとした。

「こら獅子丸、翡燕と呼びなさい」

「あ……翡燕、でしたね。つい……」

「僕も外ではご主人様と、お前を呼ぶよ」

「……っ！」

声を詰まらせながら獅子王は大きな手を自身の鼻へ押し付けた。何かに耐えるようにしている顔は、真っ赤に染まりつつある。明らかに狼狽(うろた)える獅子王を前に翡燕はにっこりと微笑んだ。

「さあ、行きましょうか。ご主人様」

「……っふ、ふぁい！」

後ろからよたよた歩いてくる獅子王を目の端に見ながら翡燕は小さく溜息を零す。

（馬車に轢かれそうになるなんて……しかも獅子丸にいとも簡単に抱え上げられるとは……）

この姿で過ごせば過ごすほど、以前の自分とは大違いすぎて、戸惑うことが増えていく。

二人は屋敷を出る前に食事を済ませたのだが、翡燕は自分の口の小ささにまず驚いた。一口の量が分からず、以前と同じように口に運んでしまうと必ずと言っていいほど咽るのだ。腹は減るのでいつものように口に運び、咽ては獅子王を心配させてしまった。

思うように食事ができないということは、大食漢だった翡燕にとっては思いのほか辛いものだった。以前は弟子たちと大食い対決をしたものだが、もうそれもできないのだろう。

「そういえば獅子丸。僕が去った後、弟子や四天王と交流はあったのか？」

「いいえ、あまり。……おれが半獣の姿になれるようになった後、獅子王という称号をいただき、戦司帝の私邸の管理を任されました。お弟子さんや四天王は時折戦司帝の屋敷を訪れ、その時に話を交わすくらいです」

「……友人や恋人はいないのか？」

「いませんよ！　いや、声高く言うことでもないのですが……いません。おれは屋敷に引きこもりがちなので……」

「……そうか」

翡燕はこの身体ではあまり長くは生きられない。あの広い屋敷に獅子王はまた独り取り残されることになる。そんな姿など想像したくもなかった。思えば、帰るか分からない主の家を守らせるなど、なんて残酷なことをしたのだろうか。

（次こそは、しっかり死なねばならんな）

絶対に戻らないと皆が納得する方法で今度は去らなければならない。

そう思うと、胸の奥がひやりと凍えるような気がした。

翡燕は俯いて懸念を振り払うように自身の顔をむにむにと揉む。獅子王には憂いた顔など見せたくはない。

「ご主人様、これから友人をたくさん増やしましょう！」

「え？　あ、はい……」

頭に疑問符を浮かべている獅子王を引き連れて、翡燕は街を歩く。娼館が立ち並ぶ一角へ来ると、賑やかさは更に増した。廃れた道中に建つ豪華な建物を見ていると、閉口しつつもほっとする部分もあった。これすらなくなってしまったらもう国は終わりだろう。

立ち並ぶ娼館の間を歩いていると客引きが獅子王に向けて声を掛けてくる。

「獅子王じゃないですか！　久しいですね！　まだ発情期は先じゃあなかったですか？」

「!!」

獅子王から咄嗟に耳を塞がれた翡燕は苦笑いしながら彼を見上げる。

「狼狽(うろた)えなくても、その年なら娼館に行かない方が変ですよ。ご主人様」

「っちが……！」

今にも言い訳を捲し立てようとする獅子王を翡燕は首を横に振って諫めるような仕草をした。

獅子王はがっくりと項垂れた後、釈明を諦めて表情を切り替える。そして真顔のまま客引きへと向き合った。

人型の獅子王は精悍な顔つきをすると相当な男前だ。きっと人にも獣人にもモテるだろうに、特定の相手はいないと聞く。発情期だけの付き合いだけで留めているのか、謎なところである。

翡燕が獅子王を見上げていると、客引きが驚いたように声を上げる。

「こりゃ驚いた。この子、獅子王様の近侍ですかい？　いやぁ、これほどの美人はそうそういませんよ」

煙管から煙をくゆらせながら客引きが翡燕を覗き込む。翡燕が穏やかに微笑んでいると、客引きが大げさに眉を跳ね上げた。

「度胸もいい！　こりゃあ、うちの看板にしたいくらいです！　獅子王様、いくら……」

「売らんぞ」

獅子王にぐいと引き込まれ、後ろ手に隠される。

翡燕の目の前が獅子王で埋まってしまうと、彼は普段聞かないような低い声で話し始めた。

「皇都巡衛軍の隊長は、どの店を懇意にしている？」

「……巡衛隊長様ですか？　うちにもたまに来ますが『楓楼』がお気に入りですよ。あそこは男娼も多いですから。それより獅子王様、気が変わりましたら……」

「しつこい！　売らんもんは売らん」

「……左様ですか」

二人のやり取りを聞く限り、やはりサガラは仕事をせずに遊び呆けているようだ。

翡燕は獅子王の手を引き、人気のないところへ引きずり込む。

「獅子丸、僕が男娼になってサガラと話してくることにするよ」

「は？」

ぽかんと呆けた顔の獅子王を、翡燕は強い決意をもって見上げる。サガラとゆっくり会う方法はこれしかない。

「あの客引きの話からするとサガラは男娼を好むらしい。このまま二人で会いに行くよりは、僕だけが男娼になって部屋に入り、何で仕事をしないのかしっかり話を聞くよ。個室だし、飲んでるし、その方があいつも訳を話しやすいんじゃないか？」

「ななななな、何をわけの分からないことを！　主だと分からなくて、最悪、その……」

「何を言っているんだ、獅子丸。僕は自分の正体を明かす気はないよ。あくまで一般国民としての意見を……」

「わあああぁ、そんな甘いもんじゃないです！　サガラさんはそういう行為をしようとお店を訪れているんですよ！　そんなことするぐらいだったら仕事場に行って、健全な状況で話せばいいでしょう!?　それこそ一般国民としての意見を……」

「ただの一般国民に皇都巡衛軍の隊長が会うわけがないだろう？　それこそ門前払いだ。獅子丸は地位はあるが獣人だ。口を出すなと言われるのがオチじゃないのか？」

「つく……！」

獅子王の喉元から獣独特の唸り声が漏れる。鼻梁にも皺が寄り、まるで威嚇しているような表情だ。珍しく気を昂らせている獅子王を宥めるように、翡燕は彼の腕を軽く叩く。

「それに相手が僕であれば、勃つもんも勃たんだろ。サガラの部屋に入ろうとしている男娼を眠らせて、僕が代わりに入る。大丈夫、人と仲良くするのは得意だよ？」

「仲良くしてはいけません！」

「……獅子丸、僕は男の友人は多い。しかしこれまで一度も襲われたことがない。大丈夫だ」

「それはあなたが、バチクソに強かった時代でしょう⁉」

獅子王は大きく息を吐き、地団駄でも踏みそうな勢いで身体を揺らす。

しかし翡燕は知っている。獅子王は翡燕の無理難題を、なんだかんだ言いながら受け入れてくれるのだ。

獅子王の袖を掴み、くいくいと動かす。とどめとばかりに見上げれば、獅子王が諦めたように溜息をついた。

「……っもう、分かりましたよ。おれはどこかに身を潜めますから、何かあったら必ず呼んでくださいね」

「ありがとう、獅子丸」

いつものように肩を抱こうとするが、背がまったく届かない。代わりに腰へと抱きつくと、獅子王はぐっと身体を強張らせた。

サガラには、忘れられない人がいる。三万年前にいなくなった、最愛の師匠である。

目の前で剣舞を披露する娼婦を見ながら、サガラは酒を呷った。

（……お師匠様は剣舞が好きだった。ご自分で舞うのもお好きだったな……）

戦場では無慈悲に敵を切り裂く大剣で、この世のものとは思えないほどの美しい剣舞を舞う。弟子のサガラたちが何か良いことをすると、ご褒美にと彼は舞を見せてくれた。中庭で見惚れていた時間が、今でも愛おしくて、焦がれるほど恋しい。

『――僕はお前たちの親代わりなんだから』

お師匠様はよくそう言って弟子らの罪悪感を煽ったものだ。皆、彼を親ではなく、違う対象として捉えていたのに。

（……そういえば、師匠を題材にした創作本も出ていたな……）

夜中に自慰をしているのをお師匠様に見つかって叱られ、その後優しく自慰を手伝ってもらう、といった都合のいい妄想が盛り込まれた創作本は、瞬く間に弟子たちの間に広まった。弟子一同、その本の作者に頭を下げ、何度も増刷されたのを思い出す。

お師匠様を、そして弟子だった頃のことを想うと、自然と頬が緩む。

そんなサガラの様子を見てか、舞っていた娼婦が近付いてきた。

「だんな、今日はご機嫌ですね。泊まっていきますか？」

「……うるせぇよ」

サガラは眉を寄せて娼婦を睨み付けた。

せっかくいい思い出に浸っていたのに、台なしだ。娼婦の髪飾りを引っ張ると、サガラは耳元で噛みつくように言い放つ。

「お前は嫌だ。男娼を呼べ」

男娼は人気の上、数も少ない。しばらく待つことになるだろうとサガラは酒を呷った。また思い出に浸ろうと目を閉じたところで、扉が控えめに叩かれる。

この娼館の男娼を全員把握しているわけではないが大抵顔見知りだ。誰が来るのだろうと思いながら、サガラは口端を吊り上げた。

「入れ」

声を掛けるとすぐさま扉が開く。

跪いて頭を下げる男は、面布で顔の下半分を隠している。その頭から流れる水色の髪を見てサガラは目を見開いた。

お師匠様は限りなく白に近い水色の髪だった。腰まで届く髪をまっすぐに垂らし、颯爽と歩く姿はどんな時も美しかった。一方、目の前の男娼は髪を高めに結っており、色も濃い水色をしている。

あの美しさには遠く及ばない。

とはいえ、お師匠様と重なる髪色にサガラの心臓はバクバクと荒突き始めた。固まっていた喉をゴクリと鳴らす。

「顔を上げて、こちらへ来い。……見ない顔だな」

男娼が顔を上げると一際心臓が高鳴る。

浅葱（あさぎ）色の瞳。柳眉の下にある瞳の形もどこか似ている。

「お……お師匠様……？」

「翡燕と申します」

サガラが零した言葉は、翡燕の声に打ち消された。

思ったよりも若い声に、サガラは自嘲気味に笑う。

(ちょっと飲みすぎたな。お師匠様はこんなに小さくない)

本当に馬鹿だ、と自分に毒づくものの、翡燕と名乗る男娼は相当な美しさだった。

お師匠様が消えて丸三万年が経ち、最近は感傷的になっていたところだ。お師匠様に似た青年の登場はその渇きを癒してくれるかもしれない。

「こちらに来て、酌を」

「はい」

サガラは近寄ってきた翡燕の腰を引き寄せて抱き込んだ。その腰の細さに驚きつつも、情欲が頭を擡(もた)げていく。

「隊長様、酒をどうぞ」

「ああ」

がっつきたい衝動を抑えながらサガラは酒を呷った。上から翡燕の顔を見下ろすと、面布の隙間から覗く鼻梁の先に薄桃色の唇が見える。

「どうして面布などつけている」

「……醜いので、恥ずかしいのです」

「嘘をつけ」

翡燕の顎を掴み、浅葱色の双眸に視線を絡ませる。すると翡燕の瞳が優しげに細められた。慈愛に満ちたその表情を見て、サガラの胸の奥から懐かしさが溢れ出す。涙まで出てきそうになり、サガラは慌てて頭を振った。

（だけどあの瞳は……お師匠様そのものじゃないか？　俺たちに向ける、愛情の籠った……）

ぐるぐると思考を巡らせていると、目の前に盃を差し出された。翡燕はあいかわらずの瞳でサガラを見つめ、面布の下で微笑んでいる。

「何か辛いことがある時は、飲んで忘れるのが一番ですよ」

「……っ！　アンタは誰だ⁉」

「男娼の翡燕です」

「……っくそ！」

サガラは激情に任せてその細い肩を掴んだ。押すと、何の抵抗もなく翡燕は床の上に倒れ込む。翡燕の上に跨り、サガラは瞳を揺らす。押し倒されているというのに、目の前の翡燕は至極冷静な態度だ。しかしその瞳からは先ほどの慈愛が立ち消え、挑発的な鋭さが灯る。

「……聞きますが、あなたのお師匠様はこんなに簡単に男の下になるような男でしたか？」

「っ！　違う！」

「……昼から娼館で遊び呆けるなんて、あなたのお師匠様は育て方を……」

「っ！」

サガラは激情のまま、翡燕の頬を平手で叩いた。面布が剥がれ、その顔が露わになる。

面布が取れるとなお一層、お師匠様の面影が濃くなった。別人であるはずなのに、どうしても重ねてしまう。

薄桃色の唇の端に痛々しく血が滲んでいく。サガラがそれを言葉なく見つめれば、翡燕は顔が怒りに歪む。

「暴力は、いけません」

「……お、師匠様……」

「いいえ、違います」

「確かに違う。別人だ。しかし……」

体つきは大きく違っている。声も若い。

しかし弟子を見つめる優しい目も、戒める瞳も、口調も全てが合致する。

「サガラ隊長、お聞きしたい。国は荒れ、街の治安も悪い。人攫いが横行し、浮浪者も多い。こんな場所で何をしているんですか？　あなたの職務は、街と国民を守ることでしょう？」

「……もう……もう、何もかも、嫌になったんだ」

「どうして」

「それは……」

(あなたのせいだ)

そう思うと猛然と怒りが湧いてきた。

失って、欲して、焦がれて、やっと会えたのに、認めてくれないのか。こうして目の前にいるのに、またお師匠様として帰ってきてくれないなんて酷すぎる。

まるで子供のような駄々が湧き出してくる。同時に、秘められていた情欲も。

サガラは酒を呷る。それを口に含んだまま、翡燕の唇に噛みついた。翡燕の口端から移された酒が零れる。それを舌で舐め取った後、翡燕の傷ついた口端に歯を立てる。

「んっ……」

小さな唇から漏れた声に心を滅茶苦茶にかき乱される。激情が体中を這いまわり、もはや抑えが利かない。目の前の男は心が焼きつくほど欲した相手なのだ。決してこの腕に納まることのないと思っていた愛しい人が、目の前にいる。しかも自分の手の中に。

サガラはその手を翡燕の服へと伸ばす。その時、異変に気が付いた。

翡燕は顔を真っ赤に上気させ、焦点はゆらゆらと定まらない。口付けで蕩ける姿は可愛いが、それほど濃厚なものではなかったはずだ。

「……お、お師匠様？　もしや、酔ったのですか？」

「……んん、おかしい、な……あたま、くらくら、する」

目の下を真っ赤に染めながら翡燕は涙目でいやいやと頭を振る。悩ましげに寄せられた眉根は扇情的な要素しかないが、むずがるような様子は庇護欲を掻き立てられる。

戦司帝だった頃は大酒飲みだったはずだ。酔ったところなど見たこともない。しかし酔った先の想像は腐るほどしてきた。

サガラは煽りに煽られ、翡燕の華奢な身体を掻き抱く。

「お師匠様！」

「だから、ちがう……」

「違わない！　お師匠様だ！」

耐えていた涙が溢れ、ボロボロと零れ出した。そんなサガラの頭を、翡燕はよしよしと撫でる。

酔いのせいか呂律の回らない口調で、翡燕は戒めるように口を開く。

「ちがう、翡燕だ。さがら、ちゃんと、仕事……」

「……！　サガラって言いましたね！　言いましたよね⁉」

サガラの声が響いたのか、翡燕は頭を押さえて唸り声を漏らす。しかし身体は脱力しており、抱きしめられていても抵抗しない。耳は首筋まで赤くなり、まるで熟れた桃のようだった。思わず吸いつくと、翡燕の身体がびくりと跳ねる。

「ひゃっ……！」

果実を食らうかのように、首筋を舐め上げて甘噛みすると、翡燕は縋るように身を寄せた。

サガラの理性の糸がプツリと切れた、その瞬間。

突然の咆哮が響いた後、部屋の窓が弾け飛ぶ。そこから姿を現したのは、たっぷりと獣毛を生やした半獣姿の獅子王だった。

獅子王はサガラの首根っこを掴み、部屋の向こうへぶん投げる。サガラは受け身を取りながら転がり、少し後退して身を低く保った。

獅子王は翡燕を抱き込んで、ぐるる、と威嚇するようにサガラを見遣る。

あっという間に翡燕を連れ去るその姿を見て、サガラは思わず吹き出した。脱力して、自分でも頬が緩むのが分かる。

「ほら、やっぱそうじゃん。……お師匠様だ」

獅子王はお師匠様の獣徒だ。彼はほかの誰にも従うことはない。唯一無二、戦司帝が主従を結んだ獣人だ。

涙が頬を伝う。サガラは三万年ぶりに、歓喜という感情を味わった。


楓楼から連れ帰った翡燕の額を、獅子王はするりと撫でる。

ひやりとしている。発熱はないはずだ。しかし目の前の翡燕の顔は真っ赤に染まっていた。

わずかに酒の匂いを感じるが、獣人でなければ気付かないほどだ。飲んでいたとしても意識を失うほどの酒量ではない。

(……口の端が、切れてる)

血が滲(にじ)んだ唇は、ぽってりと赤く腫れている。首筋に残る鬱血痕を見て獅子王は低く唸った。

「どうして呼んでくださらなかったのですか？　それに……お酒に酔うことなんて、なかったでしょう？」

問うても、ぐっすりと眠っている翡燕から返答はない。

大きな寝台に預けている身体は信じられないほどに華奢だ。かつてこの寝台で眠っていた戦司帝の姿と重ねると、その儚さに胸が締め付けられる。

力の大半を失って身体が若返ったと翡燕は言う。しかし獅子王には、それだけではないような気がしていた。翡燕の今の状態は、若者が持つ瑞々しい生命力がないような気がするのだ。

「せっかく帰ってきたのですから、ゆっくり過ごせばよろしいのに……」

昔のような無茶をすると、壊れてしまいそうで怖かった。

第二章

一夜明け、サガラはある屋敷を訪れていた。

臙脂色の瓦のその建物は、当時とまったく変わらず朽ちた様子もないためか、荒れた街の中では一際目立つ。聞けば、定期的に皇家が補修をしているようだ。皇宮の扱いと同じように戦司帝の私邸は大事にされてきた。

建物の前に立つサガラは嬉しそうに顔を綻ばせる。門を叩くが、反応がない。押すと開いたのでサガラは躊躇なく中へ入った。門をくぐると大きな中庭が広がる。中庭を囲むように居室が並び、お師匠様の部屋は一番奥だ。

中庭は稽古場としても使われていて、サガラもかつてここで兄弟子たちと鍛錬をしたものだ。真ん中には莉珀(りはく)の木が植わっていて、その陰がちょうどよく日陰を作ってくれる。変わらず健在のようで、サガラは大きくなった幹を労わるようにするりと撫でた。

「懐かしいな……」

「何してる」

「おお、おはようさん」

いつの間にか側まで来ていた獅子王に、サガラは朗らかに挨拶をする。明らかな不快感を示す獅子王に構うことなく、屋敷をぐるりと見渡した。

「お師匠様は？」

「戦司帝様は、お帰りになっていない」

「あ、そ」

軽く返事をし、サガラは居室の方へ足を向ける。慌てた獅子王はサガラを追いかけた。

「どこへ行く？　何をして……」

「何って、俺の部屋に行くんだよ。今は誰も使っていないんだろ？」

降ろしていた荷物を担ぎ、中庭を突っ切る。

屋敷の間取りも以前と変わらない。全ての居室は中庭に面しているのでかつての自室もすぐに見つけられた。屋敷の中はしんとしていて、獅子王の憤る声だけが響く。

「なんだその荷物は！　まさか、サガラさん……」

「使用人や近侍は？　いないの？」

「ここを守るだけなら、おれだけで十分だ」

「お師匠様が、帰ってきたのに？」

「……っ！　だから！」

自室だった居室へと入ると、懐かしい木の香りが鼻へと届く。

寝具の敷かれていない二つの寝台。並べて置かれている文机。同室のトツカと肩を並べて勉学に励んだことを思い出す。サガラは部屋を見回し、寝台に荷物を置いた。そして入口に佇む獅子王を振り返る。

「弟子たちの居室も綺麗に保ってあるんだな。ありがとう、まる」

「まるって言うな。獅子王と呼べ」

「ぷっ。俺の中でお前は、ずっと小獅子のままだよ」

「っ！　いつの話をしてるんだ！」

獣人なのになかなか人型になれない獅子王を戦司帝は拾って大事に育てていた。弟子たちにとって獅子王は弟のようなものなのだ。

「まさかこんなに立派な獣人になるとはなぁ」

「……おれも、サガラさんがこんなに自堕落になるとは思わなかったよ」

「何だよ、喧嘩売ってんの？　今戦ったら、互角かな？」

「……サガラさん。……昨日、主（あるじ）に何をした？」

「おいおい、まる！　主（あるじ）って言っちゃってるし！」

「あ……」

腹を抱えて笑うサガラを獅子王は腹いっぱい睨み付ける。

サガラはその目にまったく動じないまま、目元を拭って声を上げた。

「俺、今日からここ住むわ」

「は!?　まさかと思ってたけど……！」

「あれぇ？　獅子丸、だれと話してるの？」

サガラが振り返ると寝起きであろう翡燕が立っていた。腰まである髪は結っておらず、寝間着がはだけ肩まで下がっている。

「あるじ、いや、翡燕！　またそんな格好で！」

「ああ、そうか、ごめ、すみません」

慌てて取り繕う二人にサガラは苦笑いを零す。そして小さくなってしまった恩師の姿を、まじまじと見つめた。

三万年前の戦司帝はまさに大人の色気を持つ男だった。男女関係なく彼に惹かれるものの、その存在のあまりの大きさに、誰もが手が届かないと諦めた。

そんな彼が、抱きしめれば折れそうな身体で目の前に立っている。美しい髪も優しい表情も昔と変わらないが、今すぐ攫って手の内に納めることができるような儚さだ。

「ったく、今更取り繕っても、無駄でしょ。バレバレなんですよ」

サガラは翡燕の前に立つと非の打ち所のない所作で跪いた。拳を地面に当て、小さくなったお師匠様の足先を見据える。

「お帰りをお待ちしておりました、お師匠様。四番弟子、サガラ。以前と同じよう、お師匠様に御師事をいただきたく存じます」

「それは無理だねぇ。僕にはもう、弟子を教えるような力はない」

ぴしゃりと断られたが、お師匠様は身分を隠すことをすっかり忘れている。

そういう少し抜けたところも変わらない。獅子王が狼狽(うろた)えているのも目に入っていないようだ。

「ではこの屋敷に住まわせてください。娼館通いで、家賃も払えなくなってしまって……。もう二度と行きませんから、住まわせてくれませんか？」

「ああ、そういうことか。いいよ」

美麗な顔に子供のような笑みを浮かべ、翡燕は手を伸ばす。

サガラがその手を取ると、獅子王が更に狼狽えた。

「あ、主！　いいのですか!?」

「いいも何も、ここは彼らの部屋だからね」

ふわぁ、と欠伸を噛み殺して翡燕は「寝直そうかな」と呟く。獅子王が慌てて翡燕の寝間着を整えた。

「主、朝餉を食べてください。昨日の晩から何も召し上がっていないでしょう？」

「ああ、そうだったね」

眠そうに目を擦りながら翡燕が言うと、サガラが笑顔を弾けさせた。

「おお、ちょうど良かった。俺もご一緒していいですか？」

「何でおれが、サガラさんの分も準備しないといけないんだよっ!?」

「どうせ出来合いもんだろ？　お師匠様、お茶を入れますよ」

この屋敷の居間には大きな卓がある。弟子たち皆で食事を食べられるように、戦司帝が特別に注文したものだ。

その卓の端っこに二人分の茶碗が用意されていた。サガラは厨房から茶碗を調達し、獅子王と共に食事を準備する。その間に、これまでの経緯を獅子王から聞く。

「お師匠様……はっきり言いますけど、今のままじゃ正体ばれますよ、確実に。それに、その身体も気になります。ちゃんと診てもらうべきですって」

サガラは粥を口に運びつつ、翡燕へ提言する。酔ったサガラですら見抜いたのだ。身分を隠すのが下手すぎる。しかし対する翡燕はサガラの声には反応せず、何やらレンゲを熱心に見つめていた。

「レンゲってこんなに大きかったか？　口の端が切れそうだ」

「……俺の話、聞いてます？」

獅子王が小さめの匙を翡燕に渡すと、彼は素直にそれを使って食べ始めた。

よっぽど腹が減っていたのだろう。粥に息を吹きかけている翡燕は「それで？」と一言発した後、また忙しなく粥を口に運ぶ。

「水色の髪はそう特別じゃないけど、あなたのその独特な雰囲気は隠せないんですよ。浅葱（あさぎ）色の瞳はまぁまぁ珍しいし。特徴を列挙するだけでも、お師匠様だとすぐ分かっちゃいますよ？」

「……そうか。じゃあ、髪を剃るか」

「駄目でしょ」

「では、これはどうだ？」

翡燕は口端を吊り上げて、サガラを挑戦的に睨み付けた。その双眸がみるみる黒く染まっていく。

「……っ!?　どうやったんですか、それ？」

「瞳の色くらいは変化できる。髪となると半日はもたんだろう」

「じゃあ、何で今までそうしなかったんですか？」

「……バレないと思っていたからね」

サガラは小さく舌打ちを零しながら翡燕ではなく獅子王を睨んだ。睨まれた獅子王は狼狽えながらも、眉を顰めて首を横に振る。「止められませんて」とでも言いたげだ。

サガラは箸を置いて、翡燕に向けて背筋を正した。先ほどから話を聞いていたが、サガラとしてはやはり、戦司帝として国に帰ってきてほしい。

「お師匠様。荒れたこの国を立て直すおつもりなら、中枢にお立ちください。皆さま、お師匠様のお帰りを待っております」

聞いているのか聞いていないのか、翡燕は焼き魚に手を伸ばしている。なかなかほぐせないのか身を突いているのを見て、サガラが代わりに身をほぐす。

試しに、とほぐし身を翡燕の唇へ近付けてみると、彼はサガラの箸へパクリと食いついた。

（……おいおい、馬鹿かわいいだろ……）

自分でやっておきながらサガラは顔を赤くし、ヒクヒクと顔を引き攣らせる。しかし翡燕の方は表情を曇らせ、口の中のほぐし身をこくりと飲み込んだ。

「……サガラ……僕は戻るつもりはないよ。中枢に戻って国を動かす力なんて、全然残っていない。ここにいて、できることをやるだけだ」

「……ほかの弟子にも、伝えないつもりですか？」

「バレない限りはね。とはいえ、弟子たちは寝食を共にした仲だ。四天王より気付きやすいかもしれないな」

そこまで言うと、翡燕はサガラににっこりと微笑みかける。その笑みには見覚えがあった。弟子を叱る時の、鋭さを含み持った笑みだ。

「それよりお前は仕事をしなさい。お前の頑張りを認めたら、舞を見せてあげるよ」

「……！　まじっすか！」

喜ぶサガラを見て、翡燕は何かを思い出したかのように口元に手をやる。そのまま人差し指を立て、翡燕の居室の方を指さした。

「そうそう、すっかり忘れていた。今朝早くに僕の寝室に侵入した賊も、お前の職場へ連れていっておくれ。二人とも獣人だから、人攫いだろう」

「は？」

これには獅子王も驚いたようで、身を硬くした後、翡燕の居室へと走る。

少し後、獅子王が引き摺ってきたのは完全に伸びあがった二人の獣人だった。

「お、お師匠様、お一人でこれを？」

「なんだ？　おかしいことでもあるまい」

今朝早くということは、寝込みを襲われたのだ。獣人は力も強く、動きも素早い。二対一だと、サガラでも苦戦するほどだ。寝込みを襲われ撃退するなど、普通の人間なら不可能だ。

伸びている獣人を見ながら、サガラはまたひくひくと頬を痙攣（けいれん）させる。

「お、お師匠様？　問題なく中枢に戻れるのでは？」

「……いいや。問題だらけだよ」

翡燕は欠伸（あくび）をし、少しの寂寥（せきりょう）感を含んだ笑みを浮かべた。

「疲れてしまったから、もう一度寝る。サガラはきちんと仕事をしなさい」

水色の髪を揺らしながら翡燕は居室に引っ込んでいく。後ろ手で振った手の指は、驚くほど細かった。

それから数日間は、驚くほど穏やかに過ぎた。

サガラは屋敷に越してきたが、ほとんど帰ってきていない。

翡燕は何をすることもなく、獅子王とのんびり過ごしていた。

獅子王が翡燕の髪に櫛を通しながら、都の近況を話し始める。

「皇都巡衛軍が本当に頑張っているみたいですね。奴隷市場を潰し回っているそうです」

「っはは、そうなのか。いきなり動き始めて、皆びっくりしているんじゃないか？」

「民衆は驚きつつも、喜んでますよ。治安も良くなってきているみたいです」

サガラにははっぱをかけたものの、長く腐ってきた組織はそう簡単に変わらないだろう、翡燕はそう思っていた。

しかしサガラ率いる皇都巡衛軍は、翡燕の予想以上にその機能を取り戻し始めている。

「サガラさんが別人のように仕事し始めて、部下はひぃひぃ言ってると聞きますよ」

「あいつ、本当に仕事してなかったんだな」

「サガラさんが娼館に入り浸っていたから、部下たちは詰所で賭博していたらしいです。よく急に動けるもんだって、皆言っているようですよ」

「……まったく。サガラは真面目だったのに、どうしてそんなに腑抜けたかな」

自分がいなかった時期、サガラがどういう状況だったのかは分からない。ただ、自慢の弟子が堕落の途を辿っている時に側にいられなかったことが心底悔やまれた。

しゅる、と髪紐が解かれる音が耳に届く。同時に優しい獅子王の声が降ってきた。

「街の人が『サガラ隊長は流石、戦司帝様の弟子だ』って言ってましたよ。……国民の中で、まだ戦司帝は健在のようです」

「偉いのはサガラだろう。僕じゃない。……ところで奴隷市場は一掃できそうなのか？」

「獣人たちの間で、人間は人気ですからね。取り締まりがなかっただけに、やりたい放題でしたから。簡単にはいかないみたいです」

ユウラ国と獣人の国であるフォルト国は、翡燕が戦司帝だった時代から同盟を結んでいる。当時は良好な関係を築いていて、獣人がユウラで蛮行することもなかった。

しかし今では違う。同盟はあくまで表面的なもので、真の結びつきは脆弱になっているのだという。

「どうして取り締まらなかったんだ？」

「ユウラが亜獣に対抗するには獣人国の力が必要ですからね。……獣人が好き放題やっても、黙認していたというわけです」

「なんだそれは。民を人質にしているようなものじゃないか」

憤りながら獅子王を振り返ると、彼は沈痛な面持ちをしながら翡燕の視線を受け入れる。

翡燕は慌てて獅子王の手を掴んだ。

「ごめん、獅子丸。お前を責めているわけじゃない」

「……分かっています。すみません……」

「だから謝るなって」

人型の獅子王にはもう慣れたが、時折見せる表情にどきりとしてしまう。獣の姿だった時にも薄々感じていたが、彼は感受性がとても強いようだ。そのお陰で人との共生が上手くできているのだろうが、それにしても獅子王は優しすぎる。人の心に寄り添いすぎて、自分のことのように傷ついてしまう。

「よし、獅子丸！　僕はいいことを思いついた！」

満面の笑みでそう告げれば、獅子王は先ほどの表情から一転、困惑を顔に張り付けた。

「……そ、それ……絶対に『いいこと』ではないですよね？」

髪を結う手を止め、獅子王はあわあわと口を動かした。翡燕の『いいこと』が往々にして危険なものであることを知っている彼は、何とかして止めようと言葉を探す。

そんな獅子王を手で制し、翡燕は自信満々に言い放った。

「僕は人攫いに狙われやすい。僕を囮にして、人攫いを駆逐するのはどうだろうか？」

「……っ本当に、あなたという人は……」

獅子王は大きく溜息をつきながら、翡燕の肩を掴んで強制的に前を向かせた。そして手早く髪紐を結び付けていく。

「駄目ですよ、そんなの。危険すぎます」

「獅子丸、僕の見た目に騙されるな。中身は八万歳超えのおじさんなんだぞ？」

「っつ！　だから何だというんです！　危険なことに変わりはないんですよ！」

翡燕はまたくるりと振り返り、狼狽（うろた）える獅子王の手を握りしめる。突然のことに驚く彼の顔を見据えながら、翡燕はにっこりと花咲くように笑った。

「久しぶりに暴れたいんだ。なぁ獅子丸、一緒に行こう！」

「な、なっ！　あ、遊びでは……」

否定しながら声を上げる獅子王の胸に翡燕は飛びつくように抱きついた。ぎゅっと縋るように頭を擦りつけ、大きな背中に腕を巻き付ける。

「ししまる～お願いだよ。僕の願いを叶えておくれ？」

「……っ⁉」

見上げれば、首筋を真っ赤に染めた獅子王が、丸い耳をふるふると震わせながら見下ろしていた。翡燕は柔らかい胸に更に顔を埋め、昔と変わらないお日様の匂いを吸い込んだ。

「それにしても獅子丸の胸は気持ちがいいなぁ。この匂いも大好きだ」

「……ふぐっ！」

何やらくぐもった声を発した獅子王が慌てて鼻を押さえる。その指の間から、たらりと血が溢れ出した。

「獅子丸！　どうした!?」

「〜〜〜っ！」

翡燕がすかさず手巾を取り出し、獅子王の鼻を拭う。

しかし彼はぶんぶん頭を横に振って、翡燕から距離を取る。

「どうして僕を避けるんだ！」

悲しくなって言葉を投げるも、獅子王は顔を朱に染めたまま更に離れていく。

遠くに見える獅子王の顔がどこか困惑しているように見えて、翡燕は首を捻るしかなかった。


数日後、翡燕は街の一角にある路地裏を歩いていた。例の『囮作戦』は翡燕のごり押しで通り、獅子王と共に決行の日を迎えたのである。距離を置いて付いてくる獅子王の気配を感じながら、翡燕は周りを見渡す。

大通りも廃れているが、路地裏は予想以上に酷い。

敷き藁の上で身を寄せ合っている子供や、死んだように横になっている子供がやけに目につく。近くには大人の浮浪者もいるが、自分が生きていくので精一杯なのだろう。

暗いイメージのつきまとう路地裏だが、以前のユウラ国では別の意味で活気に溢れた場所だった。

怪しい露店が立ち並び、売られているのは非合法な魔道具や武器、怪しい本など男心をくすぐるものばかりだった。背徳的でわくわくするもので満ちた路地だったのだ。しかしそれが今、浮浪者のたまり場のようになっている。

（あれほどいた商人たちも、まったくいないな……）

日の当たらない路地裏は日中でも薄暗い。こんな場所があれば人攫いも動きやすいだろう。特に翡燕のような獲物がいたら、すぐに飛びつくのではないか。そう思った瞬間だった。

「おい、そこの！　動くなよ！」

翡燕が視線を上げると曲がり角から数人の獣人が躍り出た。後ろからは交戦している音が聞こえる。どうやら後方にも敵がいて獅子王が対処してくれているようだ。人攫いが挟み撃ちとは行動がいささか派手すぎるような気がする。

翡燕は黒く染めた双眸で目の前の獣人たちを見た。人数は四人。

「今日こそは、逃がさねぇ」

「……今日こそ？　まさか、僕を狙っていたのか？」

「お前、知らないのか？　極上の人間の子供がいると人攫いたちの中では有名だぞ。水色の髪は群を抜いて人気なんだ。きっと高値がつく」

「……僕は、獅子王様の近侍だ」

街中の子供を攫うのももちろん罪だが、主（あるじ）がいる人間を攫うなんてもってのほかだ。翡燕が威嚇するように言うと、獣人たちから嘲笑が広がった。

「獅子王なんて、ユウラ国でも何の地位もない名だけの王だろ？　我が国フォルトでも無名に近しい。怖くなんてない」

「我が主を愚弄するな！」

「っはは！　その気性が荒いところもいい！　怯えて震えていないところも上等だ」

じりじりと獣人たちは翡燕を囲い込むように間を詰める。翡燕は後退することなく、獣人らへ真っ向に駆け出した。目前になって高く跳躍し、難なく獣人たちを飛び越えると、獅子王の方を振り返る。

少し離れた場所から獅子王がこちらに走ってくる。獣人数人を薙ぎ倒しながら走っている様子は、怒り狂う猛獣の姿だ。

（しかし……敵は結構な数いるな。確認できるだけでも十二、十三ぐらいか）

翡燕は瞳を細め、体内の力を巡らせる。以前よりも少なくなった力を手繰り寄せて、気と共に練り込んでいく。

翡燕はこちらに向けて疾走する獣人たちの前に太い麻縄を具現化させた。突然出てきた縄に引っかかる獣人を、麻縄がまるで意思を持ったように縛り上げる。

次々と襲ってくる獣人をひょいひょいと避けながら、翡燕は獣人を縛り上げていった。そうこうしているうちに、獅子王との距離が近付いてくる。

獅子王は目を見開いて翡燕を注視している。一瞬たりとも目を離さない。手元を見ずして獣人を殴り倒すものだから見事なものだ。

「翡燕！」

「獅子丸！　上から何か来る！」

上空からの不穏な空気は先ほどから届いていた。獣人たちと距離を取りながら見上げると、空を覆い尽くすほどの影がすぐそこまで迫っている。

それは大型の鳥の獣人だった。ユウラ国では見たことのないほどの大きさだ。

確実に翡燕を手に入れるため、フォルト国から飛翔してきたのだろうか。ここまで徹底して狙われていたとは思わず、今更になって危機感がじわじわと滲み出してきた。

鳥の獣人に向けて縄を仕向けるものの、するりと巨躯を傾けて躱される。動きが予想以上に速い。しかし上空に気を取られていては、下で応戦している獣人らへの攻撃の手が緩んでしまう。

流石の翡燕も二本足と羽持ち両方の相手は骨が折れた。万事休すである。

しかしその時、翡燕に向かってまっすぐ急降下してきた鳥人に何かが体当たりした。

「獅子丸！」

完全に獣化した獅子王が鳥人と絡み合い、そのまま上空に引っ張られていく。空中に連れていかれれば、獅子の獣人である獅子王が圧倒的に不利だ。

翡燕は空に向かって手を突き上げ、二人の上空に槍を二本具現化させた。

まるで手元に槍を持っているように翡燕は腕を振り下ろす。すると上空の槍は鳥人の両翼を貫き、地面へと縫いつけた。

途端、くらりと視界が揺れ、翡燕は打ち消すようにこめかみを叩く。

たったこれだけの攻撃で今の翡燕の身体は悲鳴を上げる。しかし嘆いている暇はなかった。視線を上げれば数人の獣人が迫っている。獅子王は鳥人と応戦中だ。自分に力は残っていない。

歯噛みしながら身構えていると、後ろから躍り出た獣人が翡燕に向かって何かの粉を振り撒いた。咄嗟に袖で口元を覆うが、甘ったるい味が口の中に広がる。

しまった、と思うもののもう遅い。人攫いが使う薬といえば、媚薬か睡眠剤だろう。

舌打ちを零しながら足を叱咤し、翡燕は横道へと走る。大通りに出れば皇都巡衛軍が見つけてくれるかもしれない。

（それにしても、なんて体たらく……）

自分が囮になって人攫いの根城を特定しようと思っていたが、まさか翡燕自身を狙う集団がいるとは思わなかった。獅子王を巻き込み、危険な目に遭わせてしまったことも悔やんでも悔やみきれない。

翡燕は腹立ち紛れに振り返り、具現化させた剣で獣人を斬りはらった。血潮が飛び散り、その匂いにくらりと脳が揺れる。

血に濡れながら翡燕は深く溜息をついた。気遣っていたが、もう面倒になってしまった。

翡燕がクツクツと昏く笑うと、追っ手である獣人たちがわずかに身じろぐ。

「……殺さないでおこうと思っていたが、無理だ。すまない」

美麗で華奢な青年から恐ろしいまでの殺気が漂ってくる。そのアンバランスさは獣人たちの恐怖を煽りたてた。

「ぬしらの王には、いずれ謝罪に行こう」

言い終わるや否や、翡燕は獣人たちに向かって駆け出した。

ユウラ国の四天王である朱王は馴染みの魔道具屋を訪れていた。ここには質のいい物が揃っているので、定期的に自らの足で通うことにしている。それは戦司帝がいた時から、続けている習慣だった。

窓から見下ろす路地裏はすっかり廃れている。かつて露店が溢れる場所だったのだ。戦司帝とはよくこの路地へ赴き、露店を眺めて歩いたものだ。そのひと時が、今では一番幸せな思い出となっている。

「えらい荒れてしもたなぁ。見る影もない」

「……もう露店はできません。昔はあんなに賑わっていましたのに」

店主の恨み言に笑って返しながら朱王は窓の枠に肘をつく。

すると、近くから喧騒が聞こえてきた。

「なんか騒ぎか？」

「いつものことです。人攫いも横行していますので……。朱王様、商品の準備ができました」

「ようけ攫うもんやなぁ」

嘲るように笑いを零し、朱王は商品を受け取る。人攫いが横行している。それは聞き及んでいた。自分の配下である皇都巡衛隊が機能していないのも把握している。

しかしもう、朱王にとっては何もかもが他国のことのようにどうでも良かった。

魔道具屋は二階にあり、外階段からも外に出ることができる。いつものように階段を降りていると、血なまぐさい匂いが鼻を掠めた。

階下に目線を移すと、そこには夥しい血糊が広がっていた。傍らには見事に斬りはらわれた獣人数体の死体が転がっている。獣人は身体が人間より頑丈だ。こうも見事に斬りはらうのは、かなりの腕前がないとできない。

ひゅう、と口笛を吹き、朱王は軽快な足取りで一階へと降りる。すると階段の影に蹲った小さな身体が見えた。

「おい、お前」

背後から声を掛けるも返答はない。身体は小刻みに震え、肩は忙しなく上下している。更に近付いてみて、朱王は瞳をわずかに見開いた。水色の髪だ。

前方へと回り込むと、その青年の異常な状態が見て取れる。

上気した顔、荒れる息、焦点の定まらない瞳。青年は何かに抗うように親指の付け根を噛みしめていた。

「……薬盛られたんか？　辛いやろ」

状況から考えて、転がっている獣人が人攫いだったのだろう。

しかし青年を見るに、獣人を斬り殺す強さを持っているとは到底思えない。なぜ被害者がここに放って置かれているのか疑問が残るが、それを知る術はなかった。

朱王はしゃがみ込み、青年の細顎を持ち上げる。親指を噛んでいた口が離れ、涎の糸がつつと伸びた。

思わず喉を鳴らす。

「お前、あかんやないか。こないな顔で路地裏歩いとったんか？」

攫われるのも無理はない。どこかの近侍だろうか、服装は質素なものだ。しかしその容姿は、市井に埋もれることができないほどの美貌を備えていた。

朱王にとってはその美貌に加え、気になる部分が多かった。水色の髪に、黒い瞳。瞳の色は異なるが、どこか似ている。

「俺が攫うで。ええか？」

「……」

熱で浮かされているのか、返事はない。朱王はにかりと笑うと、米俵のように青年を担いだ。

朱王の屋敷は都の中心部から近い位置にある。男一人担いだまま門をくぐると、すぐに使用人らが駆け寄ってきた。

「おかえりなさいませ、旦那様。……その子は？」

「っはは、攫ろうてきた」

曖昧に答えるも使用人らの目線は鋭い。荒い息を繰り返す青年、翡燕を使用人らは戸惑いの目で見る。

「薬ですか？　解毒剤をお持ちしましょうか？」

「あかんな。これは媚薬や。解毒方法は……分かるやろぉ？」

「では私たちが処置いたします」

「何でやねん。俺がやる。風呂は沸いてるやろうな？」

使用人らの間を縫って朱王は風呂場へとドカドカ進む。

四天王の一人である朱王は国軍の大将だ。

燃えるような朱い髪は癖があり、うねって好き勝手跳ねている。目は切り上がり、口も大きい。豪傑といった単語がそっくりそのまま当てはまる容姿だ。

風呂場に入るなり、誰も入るなと指図する目を使用人に向けて朱王は扉を閉める。風呂はしっかりと沸かされ、湯気が立ち昇っている。朱王は湯船の脇にある長椅子に翡燕を降ろした。

鼻歌を歌いながら朱王は翡燕の衣服を脱がしていく。

「お前、名は？」

「……」

「言われへんかぁ」

上衣を剥ぎ、下衣も脱がせていく。脱がせるのは慣れたものだったが、暴かれた肉体に思わず喉を鳴らした。

「うっわ、えっろ」

今まで何人もの裸を見てきたが、ここまで扇情的な身体は見たことがない。媚薬に侵されているのもあるが、それ抜きにしても魅惑的な身体だ。

真っ白な陶器のような肌に桃色の色がさしている。胸にある尖りは綺麗な赤色で薬のせいかぷっくりと腫れている。

腰の中心のモノはまだ完全に勃ち上がっていない。しかしふるふると震えるさまが、ひどく情欲をそそる。

朱王は自身の服も全て脱ぎ、翡燕を横に抱きかかえた。そのまま湯に入り、翡燕の結われている髪紐を解く。

水色の髪が湯に解けるように広がり、ゆらゆらと漂った。

「綺麗やなぁ、お前の髪」

湯を掛けながら髪を梳かすと、驚くほど滑らかな触り心地に自然と頬が緩んだ。

(戦の髪も……綺麗やったな)

あれほど焦がれていながら、戦司帝の髪にはついぞ触ることが叶わなかった。念願叶ったような気がして、ふすりと鼻を鳴らしてしまう。

「っ、ん」

「?」

甘い吐息を漏らした翡燕が朱王を見上げている。髪を梳かれた刺激からか、翡燕の中心が芯を持ち始めていた。

「ここが辛いんか?」

翡燕の屹立を優しく握り込み、先端を捏ねるように擦る。

白い身体がビクリと仰け反り、甘い吐息と共に翡燕から嬌声が上がった。

「っつ、あぁっ」

「あかん、煽んな」

口端を吊り上げ、朱王は更にそこを責め立てた。上下に動かし、先端に爪を立てる。与えられる刺激が強すぎるのか、翡燕は首を横に振りながら身体を跳ねさせた。

「あぁっ！　ひっ、あ、あ、あ」

「やらしいなぁ」

朱王がなおも責め立てると、ひくひくと薄い腹が痙攣（けいれん）する。翡燕は喉仏を突き出すようにして身体を反らし、屹立から蜜を溢れさせた。達したのか分からないほどの少ない蜜が、湯に溶けて消えていく。

ぐったりと脱力する身体を抱え直し、朱王は翡燕の額に唇を落とした。

焦点の合わなかった翡燕の瞳に熱を放ったおかげかわずかに自我が乗る。ゆらゆらと瞳を揺らす翡燕へ、朱王は穏やかに微笑みかけた。

「名前、言えるか？」

「……ひ、えん……」

「ええ名や」

良い名だと褒められたのが嬉しいのか、翡燕の口元がわずかに綻ぶ。

その表情に、朱王は妙に惑わされた。

意識のないまま風呂に連れてこられて、知らない男に湯に入れられている状態だ。怯えたり狼狽（うろた）

えたりするのが正常な反応だろう。しかし目の前の青年はまるで朱王を知っているかのように微笑んでいる。

ぐ、と喉を鳴らし、朱王はその身体を抱えたまま湯から出た。

「続きは寝台で、ええか？」

問いかけられた翡燕はいまだ完全に覚醒していない。蕩けた瞳で首を傾げると、くたりと朱王の胸へと縋る。

その仕草に不覚にも朱王の心が跳ねた。初心（うぶ）な青年のような反応をしてしまった自分に、笑いが漏れてくる。

「あかんなぁ。これは」

朱王は掛けられていた大判の浴巾を取り、隣接している寝室へと入る。濡れたままの翡燕の身体を寝台に寝かせ、浴巾で水気を拭いながら、身体のあちこちへと唇を落とす。

むずがるようにして身を捩る翡燕が、この上なく可愛い。

「まだ辛いか？　出すもん出さんと治まらへんやろ？」

「……」

翡燕はいまだ顔を上気させたまま、視線を泳がせている。籠る熱を放ちたいのか、翡燕は下腹に手を伸ばした。朱王がその手を阻むように掴む。

「あかん。俺がやる」

言いながら、朱王は翡燕の昂ぶりを口に含む。いきなり与えられた快感に翡燕の身体が大きく跳ねた。

「っつ！　ひっ！」

熱に浮かされたままの翡燕が快感から逃れるように朱王の頭を押しやった。しかしビクともしないと分かったのか、身を反らしてシーツを鷲掴む。

裏筋を舐め、先端を舌で穿る。普段口で奉仕することなどないというのに、朱王は夢中で翡燕を責め立てた。

「あ、あ、あ！　っく！　い、っく……！　はなし、て……」

小さな身体がビクビクと痙攣するのに合わせて一層強く吸いついた。視線を上げると、真っ白な喉を晒しながら、翡燕が仰け反っているのが見える。

それを恍惚の目で見つめながら、朱王は残滓まで舐め取った。ゴクリと喉を鳴らして呑み込むと、朱王は翡燕の鼻梁へと口付ける。

「翡燕、可愛ええなぁ、お前」

「……ス……」

「うん？」

見れば、翡燕は目蓋を揺らしている。翡燕の口元へ耳を寄せるとか細い声が聞こえた。

「ス、オ……」

「……っ！」

耳を寄せたまま、朱王は目を見開いた。首元がぞわりと粟立ち、ゾクゾクとした感覚が駆け巡る。

四天王はそれぞれ名前を持っている。親から貰った名ではなく、戦司帝から貰った字だ。字を付けるのは親愛の証。字を貰い受けるのは相手への最上の親愛の証となる。

『朱王の名は蘇芳とする。身に滾る血潮の色だよ。君にぴったりだ』

『あかん。朱王と蘇芳じゃ変わらんやないか。適当に付けたやろ』

『はは、良い名だろ？』

朱王の抵抗も空しく、その日から戦司帝は朱王を蘇芳と呼んだ。

そして戦司帝がいなくなった日から、蘇芳と呼んでくれる者はいなくなったのだ。

「……お前、スオウって言うたか？」

「……」

「こら、寝たらあかん」

目の前の翡燕が穏やかな寝息を立て始める。頬をぴたぴたとはたいても、起きる様子はない。むきになった朱王は今度は翡燕の頬を摘まんだ。ぷにぷにとして吸いつきそうな肌だ。

「スオウって言うたんか？　それともしゅおうか？」

くすん、と小さなくしゃみをして翡燕がわずかに身を縮める。

朱王は慌てて掛布を翡燕に被せ、すっぽりと覆った。やはり起きる気配はない。

大きな溜息をついて朱王は項垂れる。

目についたのは自分の昴ぶりだ。翡燕のせいで完全に勃ち上がっている。

「おまえ、ほんま……何なんや……」

何もかもお預けをくらった気分だ。しかし朱王には、意識のない人間を犯す趣味はない。舌打ちを零し、着流しを身に着ける。

「迷子の届けを出すべきやなぁ？」

呟くと、翡燕がふにゃりと笑う。あまりの可愛さに、ふふ、と笑いが零れた。

(欲しいな。めっちゃ欲しい)

誰かの近侍ということは主に許可が必要だろう。そのためには、翡燕の主が誰かを知らねばならない。

「仕方がないな。面倒だが……」

朱王は怠そうに寝室の扉を開け、側で潜んでいる護衛に声を掛けた。

「サガラを呼べ。今すぐ」

「御意」

思えばサガラと話すのはいつぶりだろうか。軽く首を傾げて考えるが、どうでも良いことだと朱王はすぐに思考を打ち切った。

巡衛軍の詰所に帰ろうとしたところで、サガラは部下に呼び止められた。火急の用事なのか、慌てた様子だ。

「どうした？　慌てて」

「獅子王様が奴隷市場を次々と襲撃しています！」

「はぁあ⁉」

（なんで、まるが動いてる？）

あの穏やかな獣が、自分の意思で動いているとは考えられない。動かしているのはお師匠様しか思いつかないが、隠居しようとしている人間がするようなことではない。

嫌な予感が頭を過る。

部下と共に獣人たちが営む奴隷市場に駆けつけると、身体中を血まみれにした獅子王が立っていた。彼は尋常ではないほどの殺気を垂れ流し、かろうじて生きている獣人に詰め寄っている。

「奴隷市場の場所を吐け。ここ以外でだ」

「……し、しらな……ぐぁっ！」

知らないと言う獣人の身体を獅子王は無慈悲に蹴り上げる。いつもの穏やかさは微塵もない。

「おい、まる！」

「……」

振り返った獅子王は、怒りで忘我に陥った獣の顔をしていた。しかしサガラの姿を認めるとまるで夢から覚めたかのようにハッと瞳に色が戻る。

「サガラさん……！　ある、いや、翡燕が……」

やっぱりか、とサガラは頭を抱える。事の経緯を聞き、サガラは獅子王を殴りつけたいのを抑えた。サガラもお師匠様を止められるかといえば、結局流されるだろう。

「明らかに翡燕を狙っていました。獣人二十人に囲まれ、大型の鳥人まで襲ってきて……」

「大型の鳥人⁉　そんな物騒なもんが街中で暴れたのか⁉」

「咄嗟に翡燕が、地面に縫いつけたから被害はありません」

　サガラは舌打ちを零し空を見上げる。茜色の空が夜の灰色に染まりつつあった。

「さっき拉致されたとすれば、出荷は早くても明日だろう。どこかの根城に翡燕はいる」

「おれが虱潰しに探します」

「俺も行くに決まってるだろ。まるは東から、俺は西から攻める」

　人攫いの取り締まりを強化したお陰で近頃は多くの奴隷市場や人身売買業者を摘発できている。根城は繋がっていることが多いので情報は集まっていた。

　獅子王にも怪しい場所を伝え、装備を整える。

「お師匠様が見つかったら空に印を刻め。……いなかった場合、中央広場で落ち合おう」

「分かりました。……もし主に何かあったら、獣人を根絶やしにしてやる」

　喉を低く鳴らす獅子王に、サガラは呆れたような顔を向ける。

「……物騒だな。同族だろ？」

「おれにとって、主だけが同族です」

　きっぱりと言い放つ横顔にもう幼い頃の面影はない。『獅子王』という名に相応しい、雄々しい獣人の姿だった。


　事が動いたのは夜が明けようとする頃だった。部下からの伝達を受け、サガラは疲労困憊ながらも仰天する。

「朱王様からの呼び出しだって⁉」

サガラは朱王の直属の部下だが、もう何年も会っていない。戦司帝がいた頃は付き合いもあったが、それも彼の失踪によって立ち消えた。

奴隷市場はもうほとんど片付いてしまったが、それでもお師匠様は見つからなかった。

新たな情報はないかと詰所に来たところで、部下にこのことを知らされたのだ。命令が来たのが深夜だと聞いて、サガラの背筋がびりっと痺れる。

「おい、もう夜明けだぞ！　なんで知らせなかった⁉」

「だって隊長がどこにいるのか、分からなかったんですよぉ」

狼狽(うろた)える部下を睨み付け、サガラは舌打ちを零す。次いでちらりと自分の姿を見て溜息も零した。血まみれだ。

急いで服を着替え、顔と手だけを洗う。四天王の一人である朱王は、国の中枢にいる人物だ。拝謁する場合は正装し、身綺麗にしなければならない。しかし朱王の性格上、待たせた上に正装などしてくれば激昂するだろう。

呼ばれたらすぐに駆けつけなければ、朱王はすぐ機嫌を悪くする。昔からそうだった。

「その辺でウロウロしている獅子王に、屋敷に帰っておくように伝えろ」

そう部下に指示して、サガラは夜明けの街を走り抜けた。

朱王の屋敷に着くと門は開け放たれていた。近侍が駆け寄ってきてサガラに頭を下げる。

「巡衛隊長様、お待ちしておりました。朱王は寝室でお待ちです」

「寝室で？」

私邸でさえ足を踏み入れることがなかったのに、果ては寝室に来いと言われている。いまだかつてない状況には、不安しかない。長い廊下を案内されるがまま進み、一際豪華な扉の前で待つ。派手なものが好みの朱王らしい、ど派手な彫刻が施されている扉だ。それを寒い目で見つめていると、いきなり扉が開かれた。

暗めの赤で統一されている広い一室には意外にも物が少なく、暖炉と寝台があるだけだった。天蓋付きの大きな寝台に、朱王はくつろいだ様子で座っている。

どれだけ激昂しているかと恐れていたが、朱王の顔は意外と朗らかだ。

サガラが跪き頭(こうべ)を垂れると、いつもの間延びしたような声が届く。

「久しいなぁ、サガラ。立て」

「はっ」

「俺も今起きたところや。ちょうどええ時間に来たな」

癖のある髪をがしがしと掻き回しながら朱王は欠伸(あくび)を零した。首をぐるりと回しながら、大きな口を開く。

「実はええ拾いもんしてな。それがどっかの近侍なんやが、主(あるじ)が分からん。巡衛軍に迷子の近侍の情報はないか？」

サガラの心臓が身体ごとどきりと跳ねる。声を詰まらせていると、朱王が眉を吊り上げた。

「昨日の夕刻拾ったんや。届け出あったか？」

「そ、その者の特徴は？」

朱王は「特徴？」と言葉を繰り返すと、何かを思い出したかのように顔を緩ませた。そして笑い声を含ませながら、サガラの問いに答える。

「滅茶苦茶かわええ子でな。目は黒、年は一万歳いかんくらいか、そんで水色の髪や」

「……！」

（お師匠様だ……）

見つかった安堵と共に、漠然と不安が湧いてくる。

拾った相手が朱王なのが問題だ。

迷子の近侍を保護したのなら、自分の近侍に頼んで皇都巡衛軍へ届ければいいだけの話である。

わざわざ朱王本人がこうしてサガラを呼んだのは、お師匠様に対して興味を抱いているからだろう。

「お答えいたします。……恐らくその者は、獅子王の近侍です。昨日届け出があり、特徴も一致するかと……」

「獅子王やと？　あいつ近侍を側に置き始めたんか？」

獅子王が使用人を雇わなくなったという話は朱王にも届いていたようだ。

朱王は興味深げにサガラを見る。

「……なるほどなぁ。それが本当なら、この近侍は獅子王のお気に入りってことやなぁ？」

わず息を呑む。

「……この？」

朱王は瞳を細め、寝台の小さな膨らみを優しく撫でた。掛布の膨らみだと思っていたサガラは思
こちらからはしっかりと確認できないが、一度認識すれば、それは人型にしか見えない。

「……同衾したのですか？」

「してるやないか？　見えんのか？」

サガラは無意識にごくりと喉を鳴らす。指先が震え、痛みを伴いながら冷たくなっていく。明らかに狼狽えるサガラを、朱王は見定めるように見つめた。

「媚薬に侵されてるところを拾ったんや。……お前、翡燕を知っとるな？」

「……お師匠様の私邸で働く、近侍ですから……」

絞り出した声は、情けなくなるほど縮んでいた。

朱王は口端をついと吊り上げ、挑戦的な笑みをサガラに向ける。

わずかに身体を跳ねさせたサガラを見て、朱王は豪快に吹き出した。

「お前ぇ、最近よう働いとるらしいのぉ？　なんや戦の屋敷に通い始めたんか？」

「いえ、たまたま、用事があり……」

言い淀むと、まるで腹の底を浚うように朱王の双眸がサガラを捉える。

翡燕の正体が露見したのかもしれない。焦燥感に駆られるが、もしもそうだとしたら、朱王はこんなに冷静ではないだろう。四天王の戦司帝への執着はサガラたち弟子たちの比ではなかったのだ

から。

「ほんま、ええもん拾ったわぁ」

「……っ！」

「……とりあえず今日は返すわ。連れていってええ」

朱王の「今日は」という言葉に仄かな感情が感じられ、サガラが顔を歪める。

その顔を愉快そうに見つめ、朱王は更に言い放った。

「同衾していたこと、獅子王にきちんと伝えや」

本来なら主のいる近侍に手を出すのは禁忌だ。それを伝えろと言うのだ。朱王が翡燕を手に入れる気でいることは明らかだった。


陽が昇りきっていない道を、サガラはゆっくり歩いた。

背中には翡燕がすやすやと眠っている。不安に押し潰されそうなサガラに反して、穏やかな寝顔だ。

もうすぐ着こうというところで背中の翡燕が身じろいだ。そして突然、がばりと身を起こす。

「獅子丸！」

背中の翡燕が暴れてサガラはよろよろと足元を揺らした。落とさないように抱え直すと、後ろへ向かって声を掛ける。

「お師匠様、まるは無事です」

「……サガラ？　あれ？　なんで？」

そうこうしているうちに戦司帝の屋敷へと辿り着いた。門の前には、血と汗でどろどろになった獅子王が立っている。

獅子王はこちらに気付くと怒涛の勢いで駆けつけてきた。

サガラの肩口から獅子王の姿が見えたのか、翡燕がふにゃりと顔を緩ませる。

「ああ、良かった」

後ろから聞こえた小さな声にサガラの胸が震えた。

いつだってこの人は、他人優先なのだ。自分のことなんて考えやしない。

「鳥人は大丈夫だったかい？　怪我はなかった？　獅子丸？　泣いてないで教えなさい」

翡燕はサガラの背中から、獅子王に向かって捲し立てる。しかし獅子王本人は、返事もできないほど泣いている。

戦司帝の屋敷の前で泣く獣人と男二人。

あまりに目立つため、サガラは獅子王を促して無理矢理屋敷へ入る。

「獅子丸、ごめん。あんまり泣かないでおくれ」

「だ、だって、おれ、守れなかった……」

翡燕を襲った集団は獣人国でも最大級の組織だったようだ。通常なら考えられないほどの規模で翡燕を探し、そして獅子王らは悲運にもそれに遭遇してしまったのである。

「いやいや、守ってもらったよ。僕は攫われずここにいるんだから。ありがとう、獅子丸」

「っ！　主ぃ……！」

ぐずぐずと鼻を鳴らす獅子王の肩にサガラは押し付けるように手を置く。危機感を煽るように力を込めると、獅子王がさっと顔を曇らせた。

「サガラさん？」

「すまん、まる。それよりやばいことが起こってるんだ」

「……？　やばいこと？」

サガラは頷いた後、翡燕へと視線を移した。翡燕は不思議そうに首を傾げている。

「お師匠様、どこまで覚えていますか？」

「……ああ、あの時確か、薬を吸い込んで……。んん……？　そっから先はあんまり思い出せないな」

薬という単語に、サガラと獅子王の顔色が変わる。

人攫いが使う薬といえば限られている。思考を奪い、身体を鈍らせ、容易に連れ去るために使う薬だ。

しばらく考え込んでいた翡燕だったが、やがて思い出したかのように自分の身体を見下ろした。パタパタと身体を触り、大きく首を傾げる。

「……そういえば僕、汚れてないいな。あれは夢じゃなかったのか？」

「夢？　どんな夢ですか？」

獅子王に問われ、翡燕は気まずそうに口を真横へ引き結んだ。そして視線を下げると、顔を真っ赤に染めた。翡燕の様子に獅子王が目を剥き、サガラは必死の形相でその肩を掴む。

「お師匠様！　何をされたんです⁉」

「……い、いや、夢に朱王が出てきたんだ。風呂に入れてもらう夢だ」

「風呂ぉ⁉」

「え、朱王⁉」

サガラと獅子王は顔を見合わせ、揃って目を見開く。

朱王との一件を知らない獅子王は、説明を求めるようにサガラへ詰め寄った。それを制しながら、サガラは翡燕に続きを問う。

「すまん、まる。その話は後で！　お師匠様？　ふ、風呂は、その、裸で⁉」

「風呂は全裸で入るものだろう？」

「つぐぅ！」

この状況で正論をぶちかまされ、サガラは額を押さえながら仰け反った。真っ青になってしまった獅子王の顔を見て、翡燕が苦笑いを零す。

「夢かと思っていたが、二人の様子からすると、現実か？」

「……」

何も答えない二人を見ながら、「まいったねぇ」と翡燕は溜息を零した。その呑気な声色からは昨晩何が起こったのかは推し量れない。

今は浅葱(あさぎ)色に戻っている翡燕の双眸を、サガラはじっと見据える。

「お師匠様、あとは？　何をされました？」

「あと？　あとは……」

少し考えた後、翡燕は顔を赤らめながら恥ずかしそうに笑う。

「手淫と口淫、かな？」

衝撃の告白に獅子王がよろめき、側にあった卓へと縋りついた。

サガラは目を見開いたまま空を仰ぐ。

そこまでしていて身体を重ねていないとは考えにくい。

「……あ、主(あるじ)、身体は、平気なのですか……？」

「身体？　薬は抜けているよ。……なんで泣いている？」

獅子王はぼろぼろと涙を流しながら、懇願するような目を翡燕に向けている。

翡燕は泣いている獅子王と、歯噛みするサガラを交互に見て首を傾げた。

「二人とも、何を落ち込んでいるんだい？」

「……っ！　何って、お師匠様……朱王様と閨(ねや)を共にしたのでしょう？」

「閨(ねや)を共に？　あいつと？」

「俺が迎えに行った時、お師匠様、同衾していたんですよ！　朱王様と！」

サガラの言葉を受け、翡燕は「同衾」という言葉を、噛み砕くように繰り返した。

次いで二人の顔をまた交互に見てふすりと吹き出す。そのまま鈴を転がすような声で笑い始めた。

「ははは、まさか二人とも、蘇芳と僕が交合したとでも思っているのかい？　馬鹿だなぁ、そんなこと、天地がひっくり返ってもありえないだろ？」

「あり得ますよ！　大いにあり得ます！」

「誰が、誰を抱くの？　僕を抱こうと思うやつなど、どこにもいまい」

「お師匠様！　危機感を持ってください！」

サガラは必死の形相で言うも、腹を抱えて笑う翡燕からはわずかの危機感も感じられない。翡燕は昔からそうだった。自分に向けられている好意を、全て親愛として受け取ってしまう。

戦司帝に対して恋慕の情を抱き、劣情を向ける者も少なくなかった。しかし彼はそれにまったく気が付かない。昔は強かったから良かったが、今のこの状況だと危なっかしくて仕方がないのだ。

「では、本当に何もなかったんですね？」

「朱王は、僕の昂ったものを鎮めてくれただけだ。それ以上は本当になかった。……それに、二人とも僕の年齢を知っているよな？　この手のことで騒がれる年ではないよ」

「何を言っているんですか、ちゃんと自覚してください！　今のお師匠様は、べらぼうに可愛いんですから！」

「……なんだと？　今、何て言った？」

突如として、穏やかだった翡燕の様子が変化した。

くりくりと可愛らしかった瞳が鋭く切れ上がり、眉根には鼻梁まで続く皺が寄る。水色の髪の毛が、まるで威嚇するように揺れ動き始めた。

「可愛い、だと？　サガラ、お前、僕を愚弄するのか？」

「い、いえ……！」

その迫力たるや、現役の時と変わらないほどだ。背骨が砕けるほど怖い。

卓に縋っていた獅子王もガタガタと震えている。

どうやら「可愛い」はお師匠様にとって地雷のようである。


（……まったく、僕を可愛いだなんて……）

甘味をぱくぱく口へ運びながら、翡燕はちらりと獅子王に視線を移した。彼は丸い耳を少しだけ垂れさせ、気落ちした様子で食卓を拭いている。しかし獅子色の瞳と髪が、獅子王から獣の王者としての風格を失わせない。

視線を巡らせればサガラが見えた。こちらもどこか憂いを帯びているが、切れ長の目と薄い鼻筋が爽やかな印象だ。

彼らの方がどう見たって美しい。そして可愛くて仕方がない。翡燕にとって彼らは、自分がどんな状況にあろうと、庇護の対象なのだ。そんな彼らに『可愛い』など言われれば、腹が立つのだ。気落ちする、が近いかもしれない。

確かにもう、以前のようには守ってやれない。自分だって分かっている。しかしそれを、彼らから示されるのは悲しい。

ご機嫌取りに出された甘味も、あまり味がしなかった。

白玉を奥歯で噛み締めていると、屋敷の門がドンドンと豪快に叩かれる。

「獅子王〜おるか？　開けるで〜」

間延びした声を門外から放り投げてくるのは、間違いなく朱王だ。

居間の空気が一瞬で張り詰め、獅子王とサガラが勢い良く門を振り返る。それと同じくして、豪快に扉が開かれた。

朱王は門をくぐると屋敷の中をぐるりと見回す。懐かしむように目を細めて髭のない顎をすりすりと擦った。

「ああ、変わらへんなぁ」

朱王から隠すようにサガラは翡燕の前に立つ。それに倣うように獅子王も隣に立った。小声で翡燕に「黒目黒目！」と呟くと、翡燕が笑いながら瞳を黒目に変化させる。

「翡燕はおるか？」

「ここに」

翡燕はサガラの後ろから出て、朱王に向けて膝を折る。朱王は嬉しそうに顔を綻ばせ、大股で中庭を横切った。「おった」と言いながら翡燕の腰を掴むと、そのまま抱き上げる。

目線が合う位置まで抱え上げると、朱王は眩しそうに目を細めた。

「やっぱり、かわええな」

「……」

翡燕は思わずむっとしたが、朱王は翡燕の正体を知らない。この青年のような姿は、朱王にとっては可愛く映るのかもしれなかった。しかし男子として『可愛い』は言われて嬉しい言葉ではない。

翡燕は眉を寄せて朱王を見ると、きっぱりと言い放った。

「朱王様、僕は赤子ではありません。お放しください」

拒絶を露わにした翡燕の言葉に朱王は憤るでもなく、大げさに目を瞬かせた。片手で易々と翡燕の身体を抱え込み、空いた手で翡燕の前髪を手で弄ぶ。

「驚いた。素面(しらふ)のお前は、何倍も増して美しいなぁ」

「……聞いていらっしゃいますか？」

翡燕の話など聞こえていないように、朱王は視線を合わせ、穏やかに頬を緩ませる。そしてそれこそ赤子をあやすように、翡燕の身体を抱いたままゆらゆらと揺れ始めた。

「近侍のくせに度胸もええな。俺と目線を合わせて話できるもんなんて、そうおらへんで」

「早く降ろしていただけないでしょうか。僕は近侍です。赤子ではありません」

「翡燕は赤ちゃんと一緒やろ？　こないだ風呂に入れてやったやんか。もう忘れたんか？」

「それは……感謝しています」

二人が攻防を繰り広げる中、獅子王はグルグルと低く唸っていた。サガラも小さな舌打ちを何度も繰り返している。翡燕はそんな二人を見下ろして小さく溜息をついた。

「茶を淹れますので、降ろしてください」

「おお。翡燕が淹れてくれるんか？」

「もちろん。近侍ですから」

やっと降ろしてもらった翡燕はそのまま厨房へと向かう。残された三人が気になるが、サガラの身分は一応官僚である。四天王への対応は嫌と言うほど知っているだろう。

普段入らせてもらえない厨房は、翡燕にとって未知の世界だった。大所帯だった頃の名残なのか、今は使わなくなった調理器具が端の方に追いやられている。

窯がいくつか並んでいるが、今では一か所しか使っていないようだ。

「え～……っと、まずは竈に火を入れるんだよなぁ？」

脇に積んであった薪を抱え、翡燕は焚き口を覗き込む。そこに薪をぎゅうぎゅうに詰め込んで入口に向かって手を翳す。頭に燃えさかる炎を浮かべ、手の平に意識を集中した。

さて、火力はどれぐらい必要だろう。はたと気付くも、もう遅かった。

かっと手の平が熱くなり、熱波が膨らむ。咄嗟に力を抑え込むものの、焚き口に放たれた火球は、むくむくと膨張していく。

翡燕が後方に飛び退くと同時に、竈の中が小さく爆ぜた。小規模ながら爆風が吹き、もうもうと煙が舞い上がる。近くにあった茶器は割れ、厨房の中は熱と煙が支配し始めた。

まさに地獄絵図と化した厨房から、翡燕は飛び出す。

「翡燕！」

悲鳴のような声を上げて、獅子王が駆け寄ってくる。

けほけほと肺に溜まった煙を吐き出していると、優しく抱きかかえられ、背中を擦られた。

「獅子丸、ごめん」

小さく呟くと、獅子王は首を横に振って応え、懐から手拭いを取り出した。頬や鼻先を拭われると、あまりのくすぐったさについ笑い声が漏れる。

獅子王に縋りながらむずがっていると、朱王の笑い声が耳へと届いた。仄暗さを含んだその笑い声は、低く威嚇するように、辺りを漂っていく。

「翡燕。お前、近侍やないやろ？　獅子王の何や？」

「……」

問いかけられているのは翡燕なのに、獅子王が肩をぐっと強張らせた。

翡燕を包むように抱きしめて、獅子王は朱王を見上げる。

「……この子は、拾った子です。今は近侍の見習いなのです」

「嘘こけ。お前のそれ、近侍に対する扱いとちゃうやろ。そこまで可愛がるなら、養子にでも愛人にでもすればええ」

「いいえ、この子は近侍です」

抱きしめる力が更に強くなり、翡燕はぐぇと喉を鳴らした。

いつまでも翡燕を離さない獅子王に、朱王は気に入らないとばかりに眉を跳ね上げる。

「獅子王。俺は翡燕を気に入った。寄越せ」

「……っ！」

拒否など受け入れない、という強者の威圧が翡燕にまで伸し掛かってくる。真っ向から受けている獅子王には、相当の負荷が掛かっているだろう。四天王の力は絶大で権力もそれに伴う。逆らえば誰であろうと無事では済まない。

恐怖からか、それとも抗おうという意志からか、翡燕を抱きしめる獅子王の腕へ、更に力が籠った。

「あいたた、折れてしまうよ」

翡燕はその腕を優しく撫でて、できるだけ穏やかな声で呟く。

はっとした獅子王が力を緩めたところで、翡燕はその腕からするりと抜け出した。そして朱王の前に立ち、その顔を見上げる。

(……ああ、大きいな。以前は同じくらいだったというのに)

背丈はわずかに朱王の方が高かったが、目線はいつも同じ高さにあった。朱王はよく笑う男で、顔を見合わせれば笑顔を交わしていたものだ。

あの頃にはもう戻れない。そう思うと、胸が押し潰されそうに痛む。

今、翡燕を見下ろす朱王は支配する側の人間の顔をしている。笑顔を交わしたいなどとは、露ほども思っていないだろう。

朱王は少しの圧を込めて、翡燕を見据える。そして絶対に逆らえない声色を言葉に乗せて、翡燕に向けて落とした。

「翡燕、俺のものになるな?」

「なりません」

即座に言い切った翡燕に、朱王は虚をつかれたようだ。大きな瞳を見開いて、普段なら見せることのない、焦りを含んだ表情を見せる。

四天王の圧を受ければ、どんな猛者でも本能が伏してしまう。こんな小さく華奢な男に、ばっさりと切り捨てられるのは予想外だったのだろう。朱王ははっとしたように表情を切り替え、今度は言い聞かせるように言葉を落とした。

「あかん。翡燕は俺のものになるんや。ここよりええ暮らしをさせてやる。近侍なんてせんでもええから……」

「それ以上言うと、嫌いになりますよ」

「……なんやて？」

「嫌いになる、と言いました」

朱王は「嫌い」という言葉を口に含んだまま、今度こそ固まった。直後、ぶっと吹き出し、腹を抱えて笑い出す。そして翡燕の腰を抱き上げると、朱王はまるで笑顔を見せつけるように目線をしっかりと合わせた。

「嫌いになんのは困るわぁ！」

「……だから僕は赤子ではないと……」

朱王は不満そうな翡燕を抱えたまま、またゆらゆらと揺れた。至極楽しそうに笑いながら、翡燕の頬に頬擦りする。

「ああ、めっちゃ楽しい。こんなん久々やぁ。……分かった、待ったる。お前が自分で俺のところに来るのを待っとくわ」

「別に待たなくていいですけど」

「またそんなこと言うて〜。なぁなぁ、また会いたくなったら会いに来てもええか？」

「それならいいですよ。戦司帝の屋敷ですから、いつでもどうぞ」

軽く放った言葉だったが、朱王が笑顔をすっと引っ込めた。その表情は平坦で何も読めない。

「翡燕は戦司帝を知っとるんか？」

「いえ、あまり」

「ほぉん？　……翡燕はほんま、おもろいわ」

元のように笑顔を浮かべ、朱王は何かを思い出すかのように目を細めた。

自分の何が朱王に気に入られたのか、翡燕にはさっぱり分からない。ただ、こうして目線を合わせて微笑まれるのは、素直に嬉しい。

元の身体に戻ったように錯覚して翡燕は朱王へと微笑みを返した。

第三章

四天王の一人である黒王（こくおう）は、真っ暗な空に弓を引く。

皇宮の中庭から空に向けて、弦を目いっぱい引き絞る。放つと具現化された青い弓矢が、闇夜を裂きながら空に消えていく。

これをやると、戦司帝はいつでも黒王の元に駆けつけてくれた。

来てくれなくなってから今日で丸三万年だ。

「戦……どこ？」

「黒王様、もう冷え込む時期です。中へ」

部下であるトツカが、空を見上げる黒王を促す。

黒王がそんなトツカを戒めるように睨むと、彼はまるで痛みを耐えるかのように眉を寄せた。

「……お師匠様が去られてから、丸三万年です」

「だから何だ」

吐き捨てて黒王は中庭を横切っていく。その隣にぼんやりと戦司帝の幻想が見える。

黒王はずっと囚われているのだ。圧倒的な存在感を心に植え付けた、あの人に。

（俺たちだって、まだ信じている……だけど）

戦司帝の下で学んだ日々は、トツカの心にまだ色濃く残っている。

四天王の直下に付くということは名誉であり、それに相応しくなるためには、戦司帝の下で学ばなければならなかったのだ。戦司帝は柔らかく、どこまでも優しい師匠だった。その優しさに触れるために、地獄の鍛錬も乗り越えられたようなものだ。

お師匠様は毎日のように、弟子たちに言い聞かせていた。

『お前たちは四天王を支える人物になるんだよ。彼らを支えて、間違った方向に行きそうになったらしっかり手綱を握るんだ』

僕では手が足りないからね、と彼はいつも朗らかに笑っていた。

「……受け止めないと、いけないのに」

トツカは唇を噛みしめる。自分だって受け止められていない。それは痛いほど分かっていた。


戦司帝の屋敷には今日も穏やかな空気が流れる。

翡燕とサガラ、そして獅子王は、今日も三人で食卓を囲んでいた。小さな口で食事を頬張っていた翡燕だったが、何を思いついたか、突如として箸を置く。

「よぉし。サガラ、獅子丸。僕はいいことを思いついた」

「……」

サガラと獅子王はお互いに視線だけを行き来させ、げんなりと肩を落とす。

翡燕の「いいこと」はろくなことがないのだ。しかし言い出したら聞かないのも、二人とも重々承知である。

「……今度は一体、何を思いついたんですか？」

「サガラ、奴隷市場にいた子供たちはどうなった？」

「ああ、その話ですね。まだ皇都巡衛軍で保護していますよ。親がいる子は親元に帰しましたが、ほとんどが親も家もない子たちです。片獣(へんじゅう)の子も多くいました」

「……片獣(へんじゅう)ね。嫌な言葉だ」

人間と獣人の間に産まれた子を、この国では「片獣(へんじゅう)」と呼ぶ。差別的な意味合いも含まれているその呼び方は、戦司帝がいなくなった後に生まれた言葉だった。

人間と獣人が番(つが)うことは珍しいが、身体だけの繋がりを持つ者は多い。そのため、片獣(へんじゅう)の大半が望まれない子であり、片獣(へんじゅう)たちは身分を与えられないまま浮浪者になってしまう。

「うん、決めた。……その子たちを引き取ろう。まるっと」

「ああ、そうですね。まるっと……ってええ!?」

翡燕は頷きながら立ち上がり、次にいつもの寝椅子へ座る。半分埋もれそうになるのも慣れたようで、翡燕は身体全体を寝椅子へと沈み込ませた。

「獅子丸、僕の資産はまだあるね？」

「あります。余るほど」

「裏の空地はまだ、誰のものでもない？」

「はい。いまだ空地です」

返答に満足したのか、翡燕がにっこりと意味深な笑みを浮かべる。サガラが頭を横に振りながら、食卓から立ち上がった。

「お師匠様、何人いると思っています？　ざっと五十は超えますよ？」

「五十？　もっといると思っていた」

翡燕は指を折り、こてんと頭を倒す。

「居室は十五部屋あればいいかな？　一部屋に六名入れるようにすれば、その辺で路頭に迷っている子も引き取れるね」

「……お師匠様、そんなことをしても……」

「もちろん、彼らにはいっぱい学んでもらう。独り立ちできる知識と、体力を身に付けたら卒業だ。優秀な子は、うちの近侍として働いてもらおう」

「そ、そんなことをしたら、お師匠様の資産は一気になくなりますよ！」

サガラの言葉を受け、翡燕は「ふむ」と呟いた。次いで、傍らに立っている獅子王を見る。

「獅子丸は、皇宮から給金をもらっているのかい？」

「はい。この屋敷の管理する手間賃として、多いほどに貰っています」

「ならいいか。ちゃんと貯蓄するんだよ？」

「……？　はい……」

獅子王の答えに満足したのか、翡燕は寝椅子の中で満足げにうんうんと頷いた。

「では、この屋敷の補修費用も全部そっちにつぎ込む。当分はやっていけるよ」

「そうは言っても空地は荒れ放題ですし、家を建てるのにも時間が掛かりますよ？」

「そう！　それについては、二人に大いに協力してもらう！」

翡燕は寝椅子から立ち上がると、ぐんと背伸びをした。一つ結いにした髪を元気に揺らしながら、付いてこいとばかりに居間を出ていく。

サガラと獅子王が慌ててその背を追うと翡燕は裏口の門をくぐる。そして裏手にある空地の前に立ち腰に手を当てたまま、ぐるりと周囲を見回した。

戦司帝の屋敷は、街の隅の過疎地に建っている。

周りが空地だらけなのは以前からで、よく言えば自然が豊富、悪く言えば荒れ放題の土地だ。木々や雑草が繁り、今では廃棄物も放置されている。翡燕が呆れたように嘆息した。

「これはまた、荒れたねぇ」

「誰も管理していませんし、皆大好き戦司帝様もいませんからね」

サガラが皮肉を込めて言うも、翡燕は笑いながら「そうか」と言うだけだ。隣の獅子王が責めるような視線をサガラに投げるも、今から何が始まるのか気になってそれどころではない。

「お師匠様、何をする気ですか？」

「実験だ」

「……っ⁉　また無茶はやめてくださいよ！」

「大丈夫。ほら、おいで」

狼狽(うろた)えるサガラの腕に翡燕の細腕が絡みつく。そのまま隣にいる獅子王の側へと引っ張られると、二人は横一列に並ばされた。

「二人とも、くっついて。そうそう」

言われるがまま、しかし怪訝な顔を浮かべるのは忘れず、二人は身を寄せるように密着する。

「よし」と満足げに翡燕は微笑み、二人のちょうど真ん中に陣取った。凭れ掛かるように背中を預けて、振り返らないまま口を開く。

「二人の力を分けてほしい。多分、成功する。溜めることはできないが、流すことはできるはずだ」

「えっ？」

「はっ？」

「問答無用でいきますよ～」

ふっと、足元が抜けるような感覚が二人を襲う。気を抜けば膝を折ってしまいそうな脱力感の後、目の前の景色が蜃気楼のように揺らめき始めた。

目の前の翡燕は空地の方へ手を突き出し、くすくすと鈴を転がすような声で笑う。

「ははは っ、いいね！　二人ともいい力だ」

翡燕は顔を紅潮させ、まるで何かに耐えるように身を捩る。ぺろりと舌なめずりする様は、普段のあどけない姿とは大きく違っていた。急激に力を吸い取られる感覚に耐えながらも、サガラたちは翡燕から目を逸らすことができない。

翡燕から零れる吐息は熱いもので、時折身を反らしては背後の二人へ縋る。後頭部をすりすりと擦りつけ、真っ赤に熟れた耳朶からは甘い香りが漂ってきそうだ。

一方で、目の前では信じられない光景が繰り広げられていた。

土地を隆起させていた岩が地面から引き剥がされ、木々はまるで雑草のように引き抜かれていく。空中に漂ったそれらはまるで蜃気楼に溶けていくように、その姿を消し去った。岩や雑草、廃棄物も同じく立ち消える。

空地に何もなくなると、今度は地面がぼこぼこと沸騰するように動き始めた。地面の中に隠れていた岩が飛び出し、同じくまた溶け去っていく。

「土壌を整えないと、いい作物はできないからね」

平然と言い放つ翡燕の後ろでサガラと獅子王は危機感を感じ始めた。膝に力が入らなくなり、耳がキーンと不穏な音を立てる。

そんな二人に気付いたのか、翡燕がやっと腕を下ろした。

「おっと、すまない。今日はこれでお終いにしよう」

波打っていた地面が鎮まり、揺らめいていた景色も動きを止めた。空地から障害物はなくなり、土は完全に均され平坦になっている。

獅子王は膝をつき、サガラは力なく座り込んだ。

「二人とも、よくできました」

疲労困憊といった二人とは反して翡燕は朗らかに微笑む。二人の頭を交互に撫でると、サガラが力なく頭を垂れた。

「お師匠様……俺、もう仕事行けないですよ……」

「それはいけないなぁ、隊長でしょ？」

翡燕が柔らかな髪を耳へと掛け、まだ赤い耳が顔を出す。咄嗟に目を逸らしたのはサガラだけではなく、獅子王も同じくだった。

獅子王は顔を真っ赤にさせた後、大きな手でばちばちとまるで戒めるように自身の頬を叩く。サガラはやや前傾姿勢になりながら立ち上がり、そそくさと仕事場へと足を向けた。その脳裏には、先ほどの翡燕の姿がこびりついている。この状態で仕事をこなさなくてはならないのは、もはや地獄である。

とはいえ楽しそうな翡燕を見ていると、サガラも獅子王も結局、何も言えなくなってしまうのだ。だから二人は気付けなかった。翡燕の様子がいつもと少しだけ違っていると。


まだ夜が明けきらない頃、翡燕は目を覚ました。いつものように中庭で身体を動かす時間だが、身体が鉛のように重い。なかば這うようにして寝台を出て、重い足を寝室の外へと運ぶ。

身体が不調になった原因はいくらでも思い当たる。朱王の圧に対抗したことや荒れ地に手を加えたことも、少なからず身体に影響を及ぼしているだろう。

（……とりあえず、身体に気を巡らせてみるか……）

戦司帝だった時代は体内に力を循環させることで、大抵の不調は良くなっていた。体内にある気力を血流のように流すと悪くなった部分が解れていくのだ。今でも微量だが力は残っている。気体めにはなるかもしれない。

　中庭に出るとツンと冷たい空気が翡燕の身体を覆った。その瞬間、視界がぐにゅりと潰れる。

「……あ」

　無意識に出た情けない声を聞きながら翡燕はその場に崩れ落ちた。受け身も取れず、地面に側頭部をしたたかに打ちつける。

（……これは、やってしまったな……）

　狭くなっていく視界の中で獅子王が居室から飛び出してくるのが見える。次いでサガラの声が聞こえるが、翡燕の意識はそこで完全に閉じた。


　翡燕の身体を医者に診せる間、獅子王はずっと側を離れなかった。獅子の耳をそばだてて、翡燕のか細い心臓の音を拾う。そうしなければ、不安に押し潰されそうだった。

　医者は大げさなくらい溜息をつき、獅子王を振り返る。その表情には確かに責めるような色が混じっている。

　獅子王が困惑し眉を寄せると、医者は翡燕の腕を布団の中へとそっと納めた。

「……過労です。働かせすぎですよ、獅子王様」

「つか、過労……？」

　鞄から薬を取り出しながら医者は話を続ける。目線は翡燕を見たままだ。

「脈も弱いし、体内を流れる気もわずかです。正直、この状態で生きているのに感心するほどですよ。幸いこの子は巡らせ方が上手なのでしょう。……安静にして滋養のあるものを与えてください」

「……そ、そんな……。い、いつかは回復するんだよな？　ほかに、できることは？」

医者は小さくかぶりを振り、取り出した薬を獅子王に手渡す。

憂いを帯びたままの医者を見て獅子王は呆然としながら翡燕の姿を目に映す。

「できることは、養生のみです。……獅子王様、この子は近侍に向いていませんよ。あまりにも身体が弱すぎる。このまま働かせれば、命を縮ませます」

背中がぞっと冷え、獅子王は身を震えさせた。吐き気が込み上げ、恐怖と共に喉が痙攣（けいれん）する。

獅子王は寝台へと寄り、膝をついたまま翡燕の寝顔を見据えた。白い敷布に解けて消えていきそうな細い身体。寝息も耳を傾けないと聞こえないほどか細い。

「……ま、また……あなたは行ってしまうんですか」

獅子王は大きな身体を縮こませ、翡燕の薄い胸へと額を押し付ける。

小さな心音。そしてかすかに伝わる体温。

生きている証を感じたくて、獅子王はその身体へ縋るように身を寄せる。

「あ、主（あるじ）……。お願いです。どうか、もう……」

行かないで、そう懇願しようとしたところで頭に何かが触れた。それと共にふふ、と小さな笑い声も降りてくる。

「……ししまる……一人にしない……よ」

「……」

獅子王の瞳からぼろりと涙が零れ落ち、翡燕の胸元が濡れていく。視線を上げるも翡燕の目蓋はいまだ閉じられたままだった。意識がなくとも彼は人を想うことを止めない。その優しくも無防備な寝顔に胸が焼きつくように痛む。

「まる、ちょっといいか？」

サガラの呼ぶ声に獅子王は慌てて涙を拭った。

促されるまま寝室を出ると、サガラが深刻な面持ちで立っている。

「まる。やっぱり屋敷で近侍を雇おう。料理人もだ。お師匠様に必要なのは栄養のある食べ物だろ？　俺たちじゃ力不足だ」

「……でも、主の秘密を知られたら……」

「昔ここで働いていた、信頼できる者たちを呼び戻そう。訳を話して大勢で守りを固めた方がきっといい」

獅子王が同意しかねているとサガラがもどかしそうにその肩を掴んだ。真正面から怒鳴りつけるように小声で捲し立てる。

「まる！　仮に正体が明るみになったとしても、誰もお師匠様を悪くは扱わない！　俺たちは隠し通すんじゃなく、守り通すことを優先すべきだ！　たとえ正体が露見するとしてもまずはお師匠様の身辺を整えるべきだろ」

「で、でも……」

「お師匠様は変わってしまった自分が迷惑だと悲観して、皇宮に戻らない決意をした。だけど実際に迷惑だと思う人間なんているか？　そうだろう？　お師匠様の決意は尊重すべきだけど一番は命だ。……やっと帰ってきてくれたんだぞ。そうだろう？」

「……そうですね。その通りだ」

どんな姿になったとしても、戦司帝はこの国の英雄であり恩人だ。正体が明るみになったとしても、翡燕に悪意を向ける者などいないだろう。

サガラが寝室の扉を見据え、頭をがしがしと掻き回す。

「……俺はさ、早くバレちまえとも思ってるよ。その方が、今のお師匠様にはいいかもしれないしな。……使用人の当てを探ってくる」

後ろ手に手を振り、サガラは去っていく。

確かに正体が露見すれば翡燕を支えようとする人がどんどん現れるだろう。その方が翡燕も安心して休めるのかもしれない。

しかし獅子王には、翡燕が皇宮を避ける訳がほかにもあるような気がしてならなかった。

意外にも早く意識を取り戻した翡燕は、側頭部に貼られている脱脂綿に手を伸ばした。仰々しく手当てされたそれに苦笑いが漏れる。

ゆっくりと身体を起こしてみると存外に問題なく動けるようだ。ほっと安堵の息を零しつつも、屋敷の中に気配を感じないと気付いた。

「獅子丸？」

いつもすぐに帰ってくる声が聞こえない。その瞬間、自分が倒れた時に駆けつけた獅子王の姿が脳裏に蘇る。

（……ああ、失態だ。大失態）

まさかあんな形で倒れるとは思わなかった。ああも身体の制御が利かないのは、初めての経験だ。獅子王はきっと慌てただろう。人間以上に繊細な彼は何かあるとすぐに胸を痛めてしまう。サガラが宥めてくれているといいが彼も心配性である。二人して考え込んでいないといいが、と翡燕はもう一度溜息を漏らす。

寝台の脇に置かれた水差しに手を伸ばすと、ちょうどよくサガラが寝室へと入ってきた。身を起こした翡燕を見てサガラは目を見開く。

「お師匠様！」

「うん？　……っ！」

側頭部に鈍い痛みが走り、翡燕は顔を歪めた。視線を移そうと身を捩ったのがいけなかったようだ。サガラが寝台へと駆け寄り、その背中にそっと手を添える。

「お側を離れて申し訳ありません。水ですか？」

「そうだが、自分で飲める。はは、大丈夫だよ」

ずいぶんと過保護なサガラの様子に翡燕は思わず笑いを漏らした。

しかしサガラは真剣な眼差しのまま水差しから器に水を注ぎ、そっと翡燕に握らせる。

「獅子丸は？」

「お師匠様の粥を調達に行っています」

「粥を？　なんで？」

水と米さえあればできる粥をどこに調達に出たというのか。

翡燕が首を傾げていると、屋敷に誰かが入ってくる気配がした。それも複数いるようだ。

気配に気を取られている間にサガラは翡燕の背後に掛布を積み上げる。その掛布に翡燕の身体を凭れさせ、更には別の掛布で身体を包み込んだ。

「僕は子供か」と翡燕が口を尖らせてみてもサガラはやめようとしない。掛布から空気が入らないように隅を潰しながらサガラが口を開く。

「少々騒がしくなりますが、お師匠様はゆっくり身体を休めてください」

「……」

「後で甘味を持ってまいります。どうか、そのままで」

「分かったよ」

しつこいくらいに言い聞かせた後サガラは居室を出ていく。彼らが何をしているか分からないが、ここは従っていた方が良さそうだ。背けば甘味が食べられなくなる可能性がある。

「……甘味かぁ。あれが食べたいな……」

戦司帝には専属の料理人がおり、翡燕は彼の作ってくれる甘味が大好きだった。

中でも一番のお気に入りは小豆を甘く煮た汁物である。ほっこりと安心する料理で何度食べても飽きない味だった。

あの料理人は今ではどこにいるか分からない。翡燕の眠っているうちに何があったのか、ろくに把握できていない。知りたいが今は身体を回復させるのが先決だろう。

ふ、と息を吐き、翡燕は掛布に頬擦りする。

ふわふわとした掛布の心地よさにまた眠気が襲ってきた。


皇家護衛軍は文字通り皇家を護る組織である。その副官を務めるのがかつて戦司帝の弟子だったトツカだ。

サガラは今日、トツカが非番であることを知っていた。私邸に訪ねていき、サガラは開口一番トツカへと尋ねる。

「お師匠様の専属料理人って今どこにいる？」

トツカは睫毛の生えそろった目を威嚇するように見開き、かつて同期だったサガラへと怪訝な態度を示す。トツカは弟子の中でも屈指の美男だったが、顔のいい男の怒る顔は迫力がある。

「なぜ今更、そんなことを聞く？」

「別に深い意味はない」

責めるような目を向けられ、サガラはそっぽを向いた。懐から煙草を取り出し、火をつける。

トツカが煙を手でパタパタと払いながら、更に詰め寄ってきた。

「サガラ、お前最近、お師匠様の私邸に泊まっているらしいな？　何を隠している？　最近よく働くらしいし……」

「働いたら駄目なのかよ？　何も隠してねぇし」

「………ふぅん。お師匠様の料理人の居所、教えてやってもいいぞ？　何を企んでいるか、教えてくれるならね」

サガラはトツカを見ながら紫煙を吐き出した。見定めるような視線を投げると、トツカはまた威嚇するように目を眇める。

「……まるが近侍や料理人を集め始めた。俺はそれを手伝ってる」

「獅子王が？　なぜいきなり？」

「……知りたいなら手伝え。ああ、すまんな。皇家護衛軍は忙しいか」

トツカは驚いたように目を見開き、のちに寂しそうに笑った。

皇家護衛軍は皇都巡衛軍と違って花形だ。弟子の間でも一番出世したのはこのトツカだろう。しかし彼の表情にはいつも憂いが含まれている。

「忙しくなんてない。黒王はいつも引きこもりだし、休日くらいは外を歩きたい」

「じゃあ決まりだな」

サガラが煙草をもみ消して口端を吊り上げるとトツカが今度は嬉しそうに笑う。思えばこうしてトツカと行動を共にするのは久しぶりだった。

かつての料理人は戦司帝がいなくなった後料亭を経営しているらしい。トツカの情報を元に尋ねてみたが、その料亭の門は閉ざされていた。看板も取り外されており、営業している雰囲気もない。試しに門を叩いてみると中から男が一人現れた。男はサガラたちを見て驚いたように目を丸くする。しかしすぐに、冷たい表情へと切り替えた。

「料理長ならもう田舎で隠居していますよ」

男は前掛けを身に着けているが料理人とは思えないほどの大きな体躯だ。金髪の髪は短く刈り上げられ、左目には眼帯をつけている。しかしどこか見覚えのある姿にサガラは目を細めた。記憶を辿っていると、隣にいたトツカが声を上げる。

「ヴァン……だよな？　お師匠様の屋敷にいた、料理人見習いの……」

「ヴァン⁉」

ヴァンといえば小柄で怖がりで、いつも料理長の後ろでもじもじしている子供だった記憶しかない。生まれつき左目の眼球がなかったらしく、当時から眼帯をつけていた。

「ええ、ヴァンです。お久しぶりです」

「……何だよ、言ってくれればいいじゃないか」

ヴァンはお師匠様からも可愛がられ、時々稽古も付けてもらっていた。サガラたちより年は下なので弟分として皆からも可愛がられていたのだ。

しかしヴァンはサガラから視線を逸らし、鼻で嘲(あざけ)るように笑う。

「戦司帝様がいなくなってからのあなた方を軽蔑していましたから」

「……」

「反論もできないんですか？　まったく酷いですね」

　トツカもサガラも顔を見合わせ、苦笑いを零すしかない。もちろん反論の言葉は出てこなかった。可愛い弟分に対して、取り繕いなどしたくはない。

「……それで？　料理長に何の用だったんです？」

「ああ、お師匠様の私邸に戻ってほしいと頼みに来た」

「……それは残念ですね。料理長はもう高齢で鍋も振れなくなっていましたから」

　戦司帝の専属料理人は当時から高齢だった。しかし戦司帝の専属という立場に誇りを持っており、引退を先送りにしていたと聞いた。過ぎた年月を考えれば、引退していても不思議ではない。

「ところでヴァン。君は今、何をしているんだ？　確かお師匠様がいなくなって料理長に引き取られたと聞いたが……」

「はい。料亭の経営を手伝っていましたが、料理長が隠居して店を閉めました。今は野菜を育てて売っています」

「……飯、作れるか？」

「まぁ、料理長の下で修行してましたからね。多少は」

　頷きながら腕を組むヴァンの肩は驚くほど逞しい。彼はずいぶん変わったが、まったくの他人を迎え入れるよりましだ。

「ヴァン、頼みがある。最近、獅子王が人間を拾ってな。その子に食事を作ってほしいんだ。少しの間だけでいい」

「まるちゃんが？」

「……ぷっ！　そうそう、まるちゃんが」

サガラが吹き出すとヴァンの態度が一転、柔らかなものへ変わる。当時を思い出したのか、嬉しそうに顔も綻んだ。

「分かりました。行きます。しばらくは通いでいいでしょうか」

「もちろんだ。早速だが、屋敷で粥を作ってほしい。できれば甘味も」

「甘味、ですか？」

粥と甘味という組み合わせが珍しかったのだろう。首を傾げるヴァンにサガラが補足する。

「ちょっと身体が弱っているから、身体に優しい甘味がいい」

「身体に優しい……じゃあ、あれですね。ちょうど作ってたんで持っていきましょう」

ヴァンが店へ引っ込むと、まるで待ち構えていたかのようにトツカがサガラをきっと睨み付けた。

「まるが人間を拾った？　嘘をつけ。この三万年、極力人との関わりを避けていたあいつが？」

「……嘘は言ってない。拾われた人間はお師匠様の私邸に住んでいる」

「……っ！　あいつ、お師匠様の私邸を我が物顔で……！」

憤るトツカを見ながらサガラは苦く笑う。トツカの反応は理解できた。事情を知らなかったら、サガラも獅子王に憤りを向けるだろう。それだけあの屋敷は、弟子たちにとって宝物のような場所なのだ。

嘆息しながら煙草を取り出そうとしているとヴァンが小鍋を手に出てきた。先ほどよりはずいぶんと柔らかくなった表情で、トツカとサガラを交互に見る。

「よろしくお願いいたします」

「こちらこそ」

三人揃って屋敷へと向かう。

トツカはまだ憤ったままでいつもより歩調が荒い。その様子を笑って見ていると、ヴァンも穏やかに笑みを返す。

「戦司帝様も、甘味がお好きでしたね……」

「……あれから丸三万年。……黒王様は、いまだに帰りを待っておられる。困ったものだよ」

「……なぁトツカ。お前、お師匠様はもう帰ってこないと思うか？」

歩きながら煙草を吸うサガラにトツカは非難の目を向ける。最近になって吸い始めた煙草を、彼はどうしても気に入らないようだ。手で煙を追いやりながらトツカはぽつぽつと口にする。

「希望の持てないことは話したくないんだ。帰ってこないまま、この国は滅びてしまうんじゃないかとも思う。皇王以下、四天王まで機能してないんだ。もう無理だよ」

「……そうか」

真面目で忠実なトツカがここまで弱気になっているのだ。国の中枢は思った以上に深刻化しているのかもしれない。

歩いているうちに屋敷が見え、トツカとヴァンは懐かしさからか目を細める。

屋敷の門をくぐると中庭には獅子王が立っていた。彼は振り返ると、先頭にいたヴァンを見て訝しげに眉根を寄せる。

「誰だ？」

「え、誰？」

一方のヴァンも人型になった獅子王が誰だか分からないようだ。あまりに容姿が変わりすぎた者同士、警戒し合っている。

トツカはそんな二人に構わず、久しぶりに訪れる屋敷を見回した。

「すごい、全然変わらない。まる、ちゃんと管理してるんだな」

「……」

獅子王はトツカに視線を移し、叩きつけるように溜息をつく。いまだ「まる」と呼ばれることが不満な獅子王は抗議するかのごとくトツカを睨み付けた。

そんな中、ヴァンが獅子王を指さして信じられないといった顔を浮かべる。

「え？　まるちゃん？」

「え？　……もしかしてヴァンくん？」

まるちゃん、と呼ばれたにも関わらず、獅子王は心底嬉しそうな顔を浮かべた。

ヴァンもサガラたちに向けた表情とは一転、花咲くような笑顔を見せた。

「まじか～まるちゃん!?　すっかり立派な獣人になって！　しかもちゃんと喋るし！」

「ヴァンくんこそ、大きくなって！　おれと変わらないじゃないか～」

見た目ムキムキの屈強な二人が握手をしながら破顔し合う。

嬉しそうな二人を横目に見ながら、サガラは屋敷の中を見渡した。

「まる、使用人は？　集められたか？」

「……それが、行方が分からないのが多数だったんです。居場所が分かっている人はもう地位のある人の使用人になっているし……」

「……まぁ、そうは上手くいかないわな」

「そういえば、まる！　お前どういうつもりだ！」

トツカが思い出したように獅子王に詰め寄ると獅子王はサガラに向けて呆れたような目を向けた。何で連れてきたんだと言わんばかりである。ヴァンに対しては熱烈歓迎だったが、トツカに対しては違うらしい。

「ここは、お前の私邸じゃないんだ！　人間の子など連れ込んで、私物化するな！」

確かに獅子王はここの管理を任されているだけで獅子王の私邸ではない。本当ならほかに家を借りてそこに住むべきだ。獅子王もその点は自覚があるようであまり追及されたくないのだろう。

トツカは真面目で融通の利かないところが多々あった。それはまだ健在のようで、おかしいと思ったことはとことん追及してくる。獅子王が口籠ったところでヴァンから思わぬ助け船が出た。

「まるちゃん……とりあえず、厨房を借りていい？」

「うん、場所は分かるよね？　道具とかはしまい込んじゃってるから、おれも行くよ」

トツカの剣幕を置き去りにして二人は厨房へと向かう。いまだ怒りの冷めやらないトツカはぶつくさと文句を垂れていた。しかし屋敷を見回す瞳には懐旧の情が確かに籠っている。

「なぁトツカ。お前もそのうち、ここに住みたくなるぞ」

「は？　馬鹿言え。お師匠様の思い出が溢れる場所など悲しくなるだけだろ」

「まぁとりあえずだ。今日は泊まらないか？　久しぶりに皆で話をしよう」

「……まぁ、それもいい、か」

やはり懐かしい想いには勝てなかったのか、トツカは二つ返事で了承する。

泊まりとなればトツカはお師匠様に気付くかもしれない。翡燕を見たらどんな顔をするか、少し楽しみに思う。と同時に、独り占めが終わってしまうのも残念な気がしてならなかった。


翡燕は裸足のまま、窓から地面に降り立った。くんくんと鼻を動かしながら屋敷の外枠を周り、厨房の窓の下まで歩み寄る。

（……まったく。獅子丸もサガラも、僕が寝台を降りるのを許してくれないなんて）

今朝倒れてからというもの、翡燕は夕方となった今まで軟禁状態であった。部屋から出ることはもちろん、寝台から降りることすら許してもらえなかったのだ。

だから今、翡燕はこうして脱走じみた行為をしている。

昼過ぎにサガラが持ってきた甘味は確かにかつての味がした。小豆を甘く煮た、例の大好きだった料理だ。

（でも……ちょっとだけ違うんだ）

厨房の窓枠に手を掛けると翡燕は中を覗き見る。

竈の前に立っているのは見慣れない青年だった。夕飯の支度なのか、竈の横で忙しなく包丁を動かしている。その鮮やかな手並みに感心しながら、翡燕は音もなく厨房へと入り、青年の背後に回る。

金色の短髪、体つきはかなり逞しい。料亭で働く料理人と言うより、用心棒と言った方が合うような風体だ。

気配を消して眺めていると、突如として青年が包丁を手にしながら振り返った。首に包丁を突きつけられ「誰だ」と低い声で威嚇される。殺気も相当なものでただの料理人とは思えない。

(眼帯に金の髪。……ああ、わずかに面影があるね)

包丁を突き付けられながら翡燕の頬がつい緩んだ。あんなに可愛らしかった少年が、こうも立派になるとは。翡燕が感慨深くなる一方で、ヴァンは突然現れた翡燕に戸惑いを隠せないでいる。

翡燕の専属料理人だった男は料理に全てを捧げる頑固な老人だった。そんな彼が拾ってきたのがヴァンだ。

この屋敷に来たばかりのヴァンは警戒心の強い子猫のように、誰にも懐かなかった。しかし戦司帝はヴァンに構って構って構い倒し、弟子たちと平等に稽古も勉学も教えていた。

ヴァンを拾ってくれた料理長と同様に戦司帝は親同然だった。戦司帝が消えたと聞いた時、料理長がどれだけ嘆き悲しんだか。ヴァン自身も、喪失感に打ちひしがれる日々だったのだ。

そしてヴァンは今、戦司帝と同じ水色の髪を持つ翡燕を前に戸惑いと共に瞳を揺らす。

「せ、戦司帝さま?」

「ううん、違う。僕の名は翡燕」

まるで言われる言葉を分かっていたかのように翡燕はきっぱりと否定する。ヴァンは口を噤んだが、いまだ瞳は揺れ続けていた。確信めいたものがあるのか、動揺を隠せないでいる。

そんなヴァンを尻目に、翡燕はきょろきょろと厨房を見回す。

「さっきの甘味なんだけど、もう一回食べたいんだ。まだある？」

「あ、はい！　あります！」

ヴァンは慌てて小鍋に火をつけ、鉄勺を手に取った。

翡燕は近くにあった椅子へ腰掛ける。脚を組んでくすくすと期待の籠った笑い声を零す。

「できれば、小豆をぐずぐずに潰してくれないか？　僕はその方が好みでね」

「……」

鉄勺を持つヴァンの手がぴたりと止まる。

ヴァンの右目からぼろりと大きな涙が零れ落ちた。左目の分も補うかのように、大粒の涙が次々と零れ落ちる。

小鍋に涙が落ちないように袖で拭い、ヴァンは震える口を開いた。

「……そうでした。潰したのが、お好きでしたね……」

「……しまった、覚えていたか」

背後から掛かる声にヴァンの肩が震える。もう二度と聞くことがないと思っていた声は、記憶にあるものよりもずいぶんと若い。しかしそれでも、ヴァンの心は確信に変わる。

沸騰しない程度に小鍋を加熱し、ヴァンは火を止める。そして椀に中身を注ぐと、匙と一緒に翡燕へ差し出した。

「……熱いのも、苦手でしたよね」

「驚いたな。よく覚えていたね、ヴァン」

名前を呼ばれ、また涙が溢れ出した。

「……俺を、覚えておいでなんて……」

「あたりまえだろう。大きくなったねぇ、ヴァン。いろんな意味で」

ふぅふぅと息を吹きかけ、翡燕は椀に口をつけた。とろりとした汁を吸ってほうっと息をつく。

「はぁあ、この味だ」

翡燕がへにゃりと笑い、小さな舌で上唇を舐める。

ヴァンは大きな腕で自身の目を覆って肩を小刻みに揺らし始めた。

翡燕は椀を片手で持ち直し、ヴァンの大きくなった背中を撫でる。

「そうかぁ、ユン料理長は隠居か。思えばあの時から高齢だったからね。僕が引退を引き留めていたようなものだし……」

「料理長はそれをずっと自慢していましたよ。戦司帝様の専属料理人ということに誇りを持っていましたから」

翡燕は小豆を口に運ぶたび、美味しそうにうんと唸る。

ヴァンはその様子を見ながらぐずぐずと鼻を鳴らした。

「……戦司帝様、まさか再びお会いできるとは……」

「ヴァン、これからは翡燕と呼んでくれ。もう戦司帝はいないのだから」

困ったように笑いながら、翡燕はお椀を傾けて小豆をかき込んだ。「美味かった」と言いながら口を拭い、空になった椀をヴァンに差し出す。

「おかわりですか？」

「ううん。もう要らないよ」

椀を受け取ったヴァンは戸惑いつつも翡燕の姿に目を凝らした。

戦司帝はかつて大喰らいだった。そのためこの小豆煮はいつも大鍋いっぱいに煮ていた。料理長が嬉しそうに仕込んでいたのを思い出す。

手元の小さな椀を見てヴァンは独り言のように零した。

「……お加減が悪いと、聞きました」

「加減？　……ああ、僕のかい？　心配はいらないよ」

翡燕は自身の身体を見下ろし、手の平を握ったり開いたりしながら首を傾げる。

「この身体に、まだまだ慣れないんだ。戦司帝としての力は大して残っていないのに、加減が分からず無理をしてしまう。今回倒れたのもそのせいだ。朱王の圧が存外すごかったものだから……」

「しゅ、朱王様が、あなた様を威圧されたのですか？」

「朱王は僕の正体に気付かなかったからね。言うことを聞かない猫を躾けるつもりでやったんだろう」

威圧とは本来、武芸の心得を持った者同士が力比べとしてやる行為だ。気をぶつけ合い、どちらかが圧に呑まれることで勝ち負けが決まる。物理的な攻撃は行わないが、体力気力共に憔悴が激しい勝負である。

ヴァンには目の前の華奢な青年が、朱王の威圧に耐えたと信じられなかった。同時にその身体に掛かった負荷を思うと、行き場のない怒りが湧いてくる。

「ねぇ、ヴァン。ここの専属になってくれるのかい？」

「え？　あ……俺でいいのですか？　一応、長いこと料理人はしていましたが、まだまだユン料理長には到底及びません」

料理のいろはは全て教えてもらっている。ただ、ヴァンはまだまだ粗削りのままだった。師である料理長とは雲泥の差がある。

しかし翡燕はまたへにゃりと笑い、目いっぱい背伸びをしてヴァンの頭を撫でた。掻き回すように撫でてふふふ、と満足げに微笑む。

「もちろんだ！　これだけ料理長の意思を継いでいる料理人はいまい。可愛いヴァンがまたここに帰ってきてくれるなんて嬉しいほかないよ」

「……こ、光栄です」

ヴァンは少しだけ腰をかがめ、翡燕の手を甘んじて受けた。うっとりと目を閉じると、くすくすと笑い声が降ってくる。

変わらないな、とヴァンは思った。以前もこうして、頭を撫でてくれたのを思い出す。じわりと目の奥が潤んで喉の奥が突かれたように動く。

「また……。また、よろしくお願いいたします……！」

「はい。こちらこそよろしく」

大きく頷いた翡燕が更にヴァンの髪を掻き回したその時だった。

厨房に突然何かが飛び込んでくる。

「ある……！　翡燕!!」

狼狽(うろた)えている獅子王を見た瞬間、翡燕は「しまった」という顔を浮かべる。

獅子王は安堵の息をついた後、どかどかと近寄り翡燕を抱き上げた。

「翡燕！　寝ていなさいと、あれほど……！」

ヴァンをちらちらと窺いながら、獅子王は抱き上げた翡燕に戒めるような目を向ける。

翡燕は朗らかに笑いながらヴァンを見た。

「ヴァン、獅子丸も大きくなっただろう？」

「ええ、とっても」

笑い合うヴァンと翡燕を交互に見ながら獅子王は目を丸くする。ヴァンを見ると、彼は笑いながら肩を竦めていた。

「……もしかして、もうばれたんですか？」

「うん、もうばれた」

腕の中の翡燕がケラケラ笑いながら言う。そんな彼を獅子王は呆れたように見て、大きく溜息をついた。

「まったく主（あるじ）は……隠す気がおありなのですか？」

「あるけど……ヴァンならいいだろ？　二人は昔から仲が良かったじゃないか。何も問題あるまい」

獅子王の片腕に収まった翡燕はその胸元へと顔を擦りつける。甘えるような仕草が、獅子王の庇護欲を煽りに煽っているように見えた。

これで無自覚であるなら末恐ろしい。しかし人たらしの戦司帝であればあり得る話であると、ヴァンは思い出した。

「主（あるじ）、今日は寝室から出てはいけません。トツカさんが来ています」

「トツカが？　見たい！」

「駄目ですよ！　すぐばれちゃいます！」

獅子王はそう言いながら、いそいそと翡燕が入ってきた窓から出ていく。

「ヴァン！　つまみはまだか⁉」

中庭の方から聞こえたサガラの声にヴァンははっと意識を引き戻された。そして酒のつまみを作りに来ていたのだったと、今更ながら思い出す。サガラとトツカはもう、中庭に敷物を敷いて飲み始めているのだ。

作りかけのつまみを見下ろしてヴァンは納得したように頷く。

「なるほどな。皇都巡衛軍が真面目になるわけだ」

あの戦司帝がいるのだから、自堕落な隊長もやる気を出したのだろう。中枢に立つことがなくとも、やはり戦司帝は戦司帝である。

「流石だなぁ」と独り呟き、ヴァンは盆を手に厨房を出た。


もうすっかり夜が更けた頃、翡燕は寝室の扉を開く。

中庭にはまだサガラたちの姿があった。莉珀（りはく）の木の下でサガラたちは敷物を広げ、地べたで飲んでいる。ごろりと横になっているのはトツカのようだ。

翡燕は忍び足で近付き、トツカを覗き見た。やはり寝ている。

「翡燕様！」

嬉しそうに頬を緩ませるヴァンに向け、翡燕はしーっと制しながら更に近付く。トツカはぐっすりと眠っているようで、サガラも獅子王も近付く翡燕を咎めはしなかった。

「あいかわらず、トツカは酒に弱い」

「ですね」

酒を呷るサガラとは反して獅子王は酒を飲んでいないようだった。翡燕は獅子王の膝の上へよじ登り、背中を彼の胸にぺたりと付けた。そして獅子王を見上げて「僕も飲む」と言い放つ。

「駄目ですよ！　体調を悪くしたばかりなのに」

「もう良くなったよ。ほら、獅子丸も飲みなさい。どうせ僕を気にして飲んでいないんだろう？」

「そんなに急に治りませんよ！　あ、こら！」

頭上から降る獅子王の言葉にも耳を貸さず、盃に手を伸ばす。その盃を既のところで奪って、サガラは責めるような目を向けた。

「治っていたとしても駄目ですよ！　あんなに酔ってしまわれては後が困ります！」

「あの時は油断していたんだ。大丈夫、いつものように気で流すから」

翡燕はトツカの側で転がっている盃を拾い、獅子王に差し出す。

獅子王は戒めるような目を向けながらも、翡燕の盃にほんの少しだけ酒を注いだ。注がれた酒の少なさに口を尖らせながら翡燕はそれを呷る。

「ああ、美味いな」

「……酔わないでくださいよ」

サガラの言葉に翡燕は視線だけを寄越す。怪しげに目を細めながら、ふふ、と笑いを零した。

「ああ、怖い。酔うとサガラに悪いことをされそうだ」

「!!」

娼館で起こった出来事を思い出し、サガラはカッと頭に血を昇らせた。

狼狽えるサガラに、獅子王とヴァンが侮蔑を含んだ瞳を投げる。

「あ、あれは！　だって、知らなかったんだッ！」

「思い出しました。あれは最低ですよ、サガラさん」

「何したんですか、サガラさん？」

二人に詰め寄られるサガラを見ながら、翡燕は愉しそうに目を細める。そんな中、トツカが身動ぎをした。それに気付かないサガラが、上擦った声を上げる。

「お師匠様だって知ってたら、俺だって……！」

「……お師匠、さま……？」

ゆるゆるとトツカは目蓋を開く。しかしまだ寝ぼけているようで、翡燕を見ても何の反応も示さない。

「トツカ、起きた？」

翡燕が声を掛けるも、やっぱり反応はない。

酒が入ったトツカは一旦寝てしまうと、朝まで起きない。それが分かっている翡燕はいつの間にか手にしていた酒瓶から盃へと酒を注ぐ。

「トツカ。元気そうで良かったよ。悪い子のサガラとは違って、お前はやっぱりお利口さんだったな。僕の自慢の弟子だ」

「お、お師匠様……そんな言い方……」

「サガラも自慢の弟子だよ。ただトツカは、自分の職務を投げ出すことはなかったろう？　本当に頑張ってるよ」

瞬間、トツカの瞳からボロリと涙が零れた。依然として反応はないが、次々と涙が流れ出す。

「黒王を支えてくれてありがとうな」

トツカが皇家護衛軍の副官を務めていると知ってから、翡燕はずっと、この言葉を彼に伝えたかった。恐らくトツカでないと黒王の下は務まらなかっただろう。

「側にいてあげられなくて、ごめんな。黒王もきっと、お前に感謝しているよ」

トツカは流れ出した涙はそのままに、また目蓋を閉じていった。


ゆっくり目蓋を開くと懐かしい天井が目に映る。ここが、戦司帝の屋敷にある自室だと気付くのに時間はかからなかった。

向かいのベッドで鼾(いびき)をかいているのは、恐らくサガラだろう。彼は酒が入ると鼾(いびき)をかくのだ。長年同室だったせいか、サガラの鼾(いびき)にはもう慣れている。それどころか、懐かしさまで感じてしまうのだから困ったものである。

トツカは鼻から空気を肺一杯に吸い込んで少し止める。

懐かしい匂い。頬を緩ませてから吐き出し、トツカは寝台から出て中庭を見た。戦司帝の屋敷は、中庭をぐるっと居室が囲む造りだ。全ての居室から中庭が見える。

まだ夜が明けきっていない中庭は清涼な風を敷きながら静まり返っていた。莉珀(りはく)の木も葉を静かに揺らし、眠っているように見える。

お師匠様は中庭が好きだった。皆が寝静まっている早朝は特にその姿を見かけることが多かったように思う。独りで剣舞を踊っていたり、屋根の上で月を愛でながら酒を飲んでいたこともある。その側にはいつもまるがいた。

当時は小獅子の姿だった獅子王をお師匠様は弟子が妬くぐらい可愛がっていた。溺愛とはあのことを言うのだろう。

耳がひたひたという音を拾う。裸足で地面を歩く音だ。しかしその足音はとても軽く、無防備だ。この屋敷に住まう、武芸に富んだ者たちが出す足音では決してない。

トツカは居室の扉を開け、中庭へ出た。そこにいた青年にトツカは声を掛ける。

「……お前が、獅子王が拾ってきたとかいう近侍か？」

「……」

こちらに背を向けて立っている青年は、背後から声を掛けられたにもかかわらず、微動だにしない。水色の髪がまっすぐ垂れ、華奢な腰の辺りで揺れている。その髪を見てトツカに怒りが湧き出した。

「……なるほど、水色の髪ね。まるは、身代わりを見つけたわけだ」

「……」

「お師匠様の思い出が溢れるここに、お前を住まわせるなんて、まるはどうかしている」

青年はあいかわらず一切の反応を示さないまま、空を見上げていた。次の瞬間、中庭の空に一筋の青い光が走って消える。

青年の頭は確かにその軌道を辿った。そしてそれを見送った後、水色の髪が少しだけ傾ぐ。

「……っ、あれが、見えるのか？」

あの矢は、皇宮の庭から黒王が放っているものだ。秘匿の術が施されたあの矢は、力のある者でないと見つけられない。ましてや軌道を辿るなどトツカでも不可能だ。

あの黒王が、戦司帝だけを想って放つ弓矢なのだから。

「……お前、何者だ」

「……」

青年はトツカの問いに答えないまま、長い髪を揺らしながらふらりと獅子王の居室に入っていった。

（………っ!? 夜が明けきらない時分から、獅子王の居室に自ら入るなんて……！）

獅子王はあの人間にずいぶん籠絡されているようだ。おまけにトツカは終始無視で通された。矢のことも偶然に違いない。あんなふしだらな男に、黒王の矢が見抜けるわけがない。

トツカは居室に入り、腹立ち紛れに扉を勢い良く閉める。かなりの音が響いたが、サガラは起きやしない。そのことにもイライラが募り、トツカは寝台の下に置いてあった昨日の服を引っ張り出した。憤りに身を任せながら寝間着を着替え、口の中だけで毒づく。

「……くそっ！ 泊まらなきゃ良かったな……！」

窓の外を見るとちょうど朝陽が昇り始める時分だった。先ほどの青年が脳裏に過り、トツカはぶんぶんと頭を振る。

あいつはお師匠様ではない。そう否定するものの、どこか重ねてしまう自分が憎らしい。もう一度見てみたいと思う秘められた願望にも気付いてしまい、トツカはそれらを振り切るように屋敷を出た。

室内に満ちる陽の光で獅子王は目を覚ます。しばらく瞬きを繰り返しつつ、昨晩を思い出した。

途中から参加した翡燕に散々飲まされ、まだ酒が残っているような気さえする。しかし身体は柔らかい何かに包まれており、穏やかな気分で目覚められた。思えば、人と酒を飲んだのなんて何年ぶりだっただろう。記憶を辿りながら身を起こそうとしたその時、獅子王は初めて異変に気付く。

獅子王の身体に何かが巻き付いている。腕の細さからして、間違いなく翡燕だ。その腕は脱力しているものの、しっかりと獅子王の身体に巻き付いていた。小さな顔は胸あたりに埋れている。

(……っひぃやあ、あ、あ、主(あるじ)!?)

翡燕といえば、昨晩は酒のせいか早々に寝落ちしていた。獅子王はそんな彼を、確実に本人の寝室へと運んだはずだ。

それなのになぜ、ここにいる。

身体を起こすのも叶わず、獅子王はまた寝台に身を沈める。下唇を噛みながら自身の腰を引き、翡燕からできるだけ遠ざけた。

(そもそもなんでこの人、おれの寝台に入ってこれるんだ!?)

獣人という生き物は気配には非常に敏感だ。獣人に気付かれないよう寝室に入るなど、本来なら至難の技なのである。

しかし翡燕はこうして、獅子王の脇で眠っている。

翡燕を認識した瞬間、身体の触れ合っている部分が熱を持ってくる。その熱さが渦巻いて腰の中心へ集まり始め、獅子王は本気で焦った。

「んん……ししまる?」

「！　……あ、主（あるじ）！　起きましたか⁉」

やっとこの体勢から解放される。獅子王が焦りながらも声を掛けると、翡燕はなぜか獅子王に責めるような目を向けた。上目遣いで見上げられ、可愛い唇も心なしか尖っている。

どきりと心臓が一拍飛んで、獅子王はあわあわと口を動かした。

「……な……あ、主（あるじ）？」

「……獅子丸、なぜ僕と寝てくれない？」

「は？　……ええ？」

「昔は一緒の寝所で寝ていただろう？　以前は獅子丸の居室なんてなかったのに……」

「そっ！　そりゃ、昔は……」

そこまで言って、獅子王は身を起こした。巻き付いている腕を慎重に剥がし、寝ているままの翡燕の脇へと正座する。

「主（あるじ）、三万年前のおれは、ただの小獅子でした。今は違います。立派な成獣です」

「うん。立派になったな」

「はい。だからですね、その……主（あるじ）と獣徒が、そ、そそそ、そういう関係になることも、あの、世間では、不思議ではない、わけで……」

獅子王のたどたどしい言葉を聞いて、翡燕は掛布を引き剥がしながら身を起こした。目を瞬かせながら獅子王の姿に目を凝らし、次いで真剣な顔を浮かべる。

「獅子丸……。お前がそういう風に思っていたとは……」

「主《あるじ》……」

翡燕が悔しそうに視線を下げるのを見て、獅子王の胸はつきりと痛んだ。同時に、自分の邪《よこしま》な想いを知られてしまったことに、深い絶望感が襲う。

獅子王が小獅子だった時代、戦司帝に向けていた情は確かに親愛だった。ただ、あの頃はまだ小さかっただけであり、成獣になったとしたらどんな状況だったとしても、戦司帝に向ける心情は変わっていっただろう。

伏せられた翡燕の瞳は髪の色と似た浅葱《あさぎ》色だ。睫毛は長くて儚げで、見ているだけで胸が熱くなってくる。

時折獅子王は、四天王やほかの人間が堪らなく羨ましく感じる。獣徒である獅子王と違って、彼らは翡燕への想いを隠さなくて良いのだから。

獅子王は最近になって、翡燕に向ける自分の感情が明らかに変わったのを自覚した。だからこそ、焦りを感じ始めている。

この感情を知ったら、翡燕はもう獅子王を側に置いてはくれなくなるだろう。慈愛に満ちた目で見つめてくれなくなるかもしれない。

翡燕が視線を戻して、獅子王の顔を見据える。次いで彼は、手の平を自身の胸へと押し当てた。誓いを立てる際の仕草だ。

「獅子丸、不安にさせてすまない。お前に触れたりするのは、親愛の証だ。決してやましい思いはない。誓うよ」

「……？」

「大丈夫。僕は天と地に誓って、お前を襲ったりしないよ」

「……」

（ぎゃ、逆うぅ……！）

獅子王が固まると、翡燕は心の底から許しを請うような顔を浮かべ、頭（こうべ）を垂れた。

「ああ、僕の配慮がまったく足りていなかったね……。すまない。確かに、世の中には獣徒と関係を持つ主人も多い。だけど僕が獅子丸に肉体の繋がりを強いることはない。これは信じてくれ」

「……はい」

（……こ、ここまで言われると、なんか、寂しい……）

わしゃわしゃと髪を撫でられながら、獅子王は翡燕に聞こえないほどの溜息を零す。小獅子だった頃とまったく変わらない撫で方には、色気など一つもない。

向かい合って座っていると、居室の扉がトントンと叩かれる。音と匂いから、サガラであるとも う分かっていた。

「まる、お師匠様そっちいる？」

振り向いた時には、もうサガラは扉を開いていた。寝台に向かい合って座る二人を、サガラは交互に見る。次いで獅子王の股間あたりを凝視し、サガラは顰（ひそ）めていた眉を一気に吊り上げた。

「てめぇ、まる！　勃たせてんじゃねぇ!!」

「ち、違う！　こ、これは！」

「サガラ、やめなさい。ただの生理現象だよ」

獅子王は枕で股間を隠し、狼狽えながら翡燕を見る。

翡燕というと、それはそれは穏やかに微笑んでいた。まるで恥ずかしがっている子供を慰めるかのように。

「あ、あ、主？　いつから気付いて……？」

「いつからって、起きた時だよ。大丈夫、朝だから仕方がない」

獅子王が顔を真っ赤に染めると、翡燕はサガラを振り返り、責めるような目を向ける。

「サガラ！　まったく、獅子丸は年頃の男の子なんだよ!?　もっと言い方を考えなさい！」

「違いますよ、お師匠様！　まるは、お師匠様に……」

「うわぁあああ！　サガラさぁん！　朝餉はどうしましょうかぁあ!?」

なかば飛び上がるように獅子王は寝台を降りる。その勢いのままサガラに抱きつき、引きずるように寝室を出た。


その日の朝餉には、大好きな小豆煮が食卓に並んだ。

声を上げて喜ぶと、共に食卓を囲んでいたヴァンが、嬉しそうに目を輝かせる。

食卓には翡燕と獅子王、サガラ、そしてヴァンが揃った。

翡燕は昔から、大勢と食事を共にするのが大好きである。わいわいがやがや話しながら食べる食事は、割増しで美味しいと感じるのだ。

「人が増えるとなんだか嬉しいな。それに朝餉も美味しそうだ」

いつも果物や出来合い物ばかりが並んでいた食卓に、手作りの温かい料理が増えている。獅子王が準備してくれる食事もありがたかったが、親しい人の作った食事というものは、気持ちの面でも安らぎを与えてくれる。それは翡燕だけでなく、獅子王やサガラにも良い影響を与えてくれるだろう。

サガラと獅子王に視線を移せば、しかし今日の二人はどこか不機嫌そうに黙り込んでいる。

「二人とも、どうした？」

「……別に。サガラさんに腹を立ててるとかはないです」

「俺も別に。まるが生意気だとか言うつもりはありません」

「そう？」

今朝の一件が原因なのか、二人の間にはいまだ棘があるようだ。弟子たちが大勢いた頃は、こうした争いも少なくなかった。当の本人らには悪いが、どこか懐かしい想いで見守ってしまう。

二人の様子に頬を緩ませていると、食べようとしていた鶏肉が口に入らなかった。一旦皿に戻すと、すかさずヴァンがナイフで鶏肉を小さくほぐしてくれる。

「申し訳ありません。次からはもう少し小さく切りますね」

「いや、皆に合わせてもらって構わない。僕に合わせると、全部の食材がみじんになってしまう」

翡燕はふにゃりと笑って、ヴァンの頭を撫でる。翡燕の中でヴァンは、いつまでも最年少の教え子のままだ。ついつい子供相手にするような態度を取ってしまうが、ヴァンは嫌がる素振りもなく受け入れてくれる。

　穏やかな気持ちでヴァンを撫でていたところ、サガラがぱちりと箸を置いた。あいかわらず棘を含んだままサガラは、真剣な面持ちで翡燕を見つめてきた。

「そういえばお師匠様。あれだけ力が使えるなら、中枢に立つに十分だと思いますが？」

「あれ？」

「裏手の空地の件です」

「ああ、あれか。でもあれは、僕の力じゃないだろ？」

「いや、力の使い方がもう桁違いすぎて……」

「それでも、僕一人では何もできないのは変わりない」

　翡燕は手元の鶏肉とサガラの皿に乗った鶏肉を交互に見遣る。今の翡燕はまさにこれで、細切れになった一欠片ほどの力しかない。

「体内の力の量が、昔と比べて圧倒的に少ないんだ。仮に戦司帝のポストにまた就いたとて、この身体では四天王を御せない。暴れ馬だからね、あいつらは」

「……それは、そうですが……」

「お前の上司がまさにそうだろう？　蘇芳を御せるか？」

　サガラは口を噤み、小さくかぶりを振る。

　朱王は豪胆な性格な上、気性も荒く、誰も彼を掌握できない。ほかにも黒王、白王、青王といるが、曲者揃いである。互いに統制し合いもしない。そんな彼らをまとめてきたのがほかでもない戦司帝だったのだが、状況が状況である。

翡燕が箸を置き、小さく嘆息する。普段あまり浮かべることのない物憂げな表情で翡燕は眉尻を指で掻いた。

「だけど……ちょっと気になることがあるんだよなぁ……」

「どうしました？」

「四天王には極力、僕の正体は知られたくない。朱王には、多分まだばれていないだろう。だけど確実に、僕だと見抜くやつが一人だけいる」

「四天王の中で？　誰ですか？」

「黒王だ」

黒王は皇家護衛軍の長官である。皇家護衛軍といえば、言わずと知れた精鋭部隊だ。

朱王が率いる国軍より規模は小さいが、武力も権力も後れを取っていない。黒王自身の武芸の腕も確かなものであり、一対一なら朱王にも勝るほどだ。現に国が廃れ、皇家は何度も狙われたが、彼の鉄壁の護りで事なきを得ているようだ。

しかしその人柄といえば、問題だらけなのである。

黒王は何事にも関心を示さず、人との関わりを故意に避ける節があるのだ。意思疎通が限りなく難しい。加えて黒王の特殊性はその体質にもあった。

「あの子には特殊な能力があってね。色というものの概念が我々と違う。例えば青、と言っても彼には分からない」

「色覚障害ですか？」

サガラが問うと翡燕は首を横に振った。次いで向かいにいる獅子王の髪を指で摘まむ。

「黒王の目は、何もかもを色で捉えているんだ。気配や匂いとか全部、色で見えてしまう。だから、彼の世界は色で溢れていて、同じ色はこの世界に二つと存在しない。例えば、獅子丸の髪は金色だろ？　でも黒王には違う色に映る。恐らく『金』という色の種類が細かに分かれているんだ。そして恐ろしいのは、その全ての色を、彼は把握している」

「……それは、想像もできませんね」

「だから、僕を認識する色もあるわけだ。だから多分、見つかったらすぐにばれる」

髪を摘まんだついでに、翡燕は獅子王の頭を撫でる。

「まあ、黒兎（コクト）は皇軍の長官だから、皇宮からそうそう出ない。大丈夫だろう」

「……黒王のことは、黒兎と呼んでいるんですか？」

「うん。僕が名付けた」

四天王の中でも、黒王の特殊さは群を抜いていた。彼の特殊な能力に気付き、育て上げたのも翡燕だ。だが力量、技量に相反して、黒王は他人と意思疎通を図る能力が非常に乏しい。否、意思疎通しようと思ってもできないのだ。

今朝がた見かけた、空を走る青い矢を思い出す。あの矢は、黒王の想いが乗ったものだ。

翡燕がこの身体で帰って以来、毎日のように空で矢を見かける。

『僕に会いたくなったら、弓を引きなさい。すぐに駆けつけてあげるよ』

彼に言った言葉が、呪い返しのように心に伸し掛かる。

戦司帝として生きていた時、黒王は時折矢を放っていた。駆けつければ、嬉しそうに翡燕を出迎えてくれたことを思い出す。

（でももう……駆けつけられる身体ではないんだよ。黒兎……）

心の中で呟いた言葉が我ながらひどく言い訳がましく思える。うんざりしながら中庭を見遣ると、莉珀の木に蕾が付いているのが見えた。風が冷たいとは思っていたが、そろそろ冬がやってくるようだ。

「ん？　そういえば、明日は皇王の誕生日じゃないか？」

「……ああ、そう言えば、そうですね」

平然と返すサガラは、粥を掻き込みながら他人事のように言う。

「そう言えばって、巡衛軍も明日は大変なんじゃないのか？　隊列行進やら祭典やらで、都は大賑わい………ってまさか、なくなったのか？」

「……ですねぇ」

何とも言えない表情でサガラは茶を啜る。なぜか申し訳なさげにしている獅子王を見れば、粗方予想はついた。翡燕の不在時に、誕生祭はなくなってしまったらしい。

「……何だよそれ。年に一度のお祭りだったじゃないか！　僕は誕生祭が大好きだったのに！」

「……ええ、存じてますとも……」

皇王の誕生祭は、毎年盛大に行われていた。皇家もその日だけは姿を見せ、民衆に和平を誓う。

ユウラ国で一番重要な国祭だ。そして年に一度、戦司帝が民衆の前で剣舞を披露する場でもあった。

「……まさかとは思うが……僕がいなくなったせいか？」

「まあ、一番の原因はそれですけど……最近は国も荒れて、それどころではないというか……」

「皇家は皇宮から出てこないのか？」

「……姿を晒せば、何が飛んでくるか分かりません」

「なんてこった。……そこまでか」

王の記念日も祝えないなど、国が機能していないのだ。街の荒廃は目にしていたが、まさかここまでとは思わなかった。

「分かった。明日、舞おう」

「は？」

「え？」

「ちょうどいい。金も稼げる」

腕を組み、翡燕は決意の灯った顔で頷く。

サガラと獅子王の説得は、もう耳には入ってこなかった。


翌日、刺繍の施された頭巾を巻いて、更に面布もつけた翡燕は街の中を跳ねるように歩いていた。瞳も黒に変化させ、翡燕の特徴はかなり消せている。しかし不安要素は、まだたっぷりとあった。

とは言え、サガラは高揚感を隠せないでいる。もう何万年と見ていない、お師匠様の舞を見ることができるのだ。

皇宮前の広場はかつて、民衆で賑わう場所であった。今では人通りも少なく、露店などは一つも出ていない。しかし街外れとは違って、近くの店は開いており、民衆のまともな営みも確認できる。

「やっぱり、この辺は羽振りが良さそうだね」

「貴族が多く住む通りですからね。それは以前と変わりません」

この広場の中央には、岩を積み上げて作られた舞台がある。この舞台は皇宮からも見える場所にあり、戦司帝はここで毎年剣舞を披露していた。

「この広場も廃れたものだ……」

ボロボロになった舞台を撫でながら翡燕はぽつりと零した。舞台の上で目線を上げれば、以前より昏い雰囲気の皇宮が見える。

翡燕は剣を置き、その場に跪いた。皇宮に向かって深く頭を垂れる。

「……親父様。御誕生日のお祝いに、翡燕が舞を披露いたします」

呟くような小さな声だったが、サガラの全身が粟立った。ゾクゾクと高揚感が駆けあがり、期待感で胸がバクバクと高鳴る。

「太鼓を」

サガラは太鼓を構え、桴を握りしめる。弟子の頃は剣舞を舞う際、皆で太鼓を叩いたものだ。

ごくりと喉を鳴らし、サガラは最初の一音に気持ちを込める。

その音に、まるで操られているかのように翡燕が動き出す。細身の剣を一振りすると、キィンと刀身が鳴った。

サガラは自分を戒めるように下唇を噛み締める。そうでもしないと、涙が零れ落ちそうだった。

(嘘だろ……あの頃と、変わらないなんて……)

翡燕の剣舞には一切の淀みがない。動き一つ一つが鋭く繊細で、かつ驚くほど滑らかに動作を繋げる。

踊り出してから間もなく、人が集まり始めた。人だかりができるのも時間の問題だろう。皆一様に、翡燕から目を離せない。それほど見事な舞だった。

『――あの頃はいくらでも舞えたが、体力がもたん。一節で終えよう』

その言葉通り、翡燕は一節で踊り終えた。

いつの間にか溢れかえっていた観衆はあまりにも早い終演に落胆の声を漏らしている。

しかし翡燕が弾けんばかりの笑顔を浮かべると、落胆の声がすっと鎮まった。翡燕が観衆へ向けて、ぺこりと小さな頭を下げる。

「短かったけど……最後までお付き合いいただき、ありがとうございました!」

観衆がわっと沸き、大量の銭が投げ込まれ始めた。銭を捻じ込むために手を伸ばした観客は、獅子王が翡燕の前に立って制する。

翡燕は何度も頭を下げて観衆に向けて満面の笑顔を振り撒いた。あの頃と変わらない、人を惹きつけてやまない笑顔だ。

サガラは太鼓を肩に担ぎ、自然と漏れる笑い声に身を揺らす。

「っはは、大盛況だな……。やっぱお師匠様は、すげぇわ……！」

舞台の下では、貴族も平民も関係なく、興奮した面持ちで翡燕を見上げている。その目はきらきらとして生命力溢れるものだった。

これほどに活気溢れる光景など久しく見ていない。舞台にいる翡燕がまさにこの光景を作り上げたのだ。

「主、座っていてください。ここはおれが片付けます」

銭で溢れかえった舞台を見回し、獅子王が翡燕をその場へと座らせる。素直に従う翡燕は申し訳なさそうに眉を下げた。

「すまない、獅子丸。……情けないよ、まさか一節でこれとはね」

翡燕は溜息をつきながら頭を垂れ、そのまま側の柱に凭れ掛かった。もう一欠片の体力も残っていない。そんな仕草だった。

「お師匠様、素晴らしい舞でした。もう後はまるに任せて、屋敷で休みましょう」

「んん……」

緩く返事する翡燕を背負い、サガラは獅子王を見る。獅子王は任せたとばかりにサガラへと頷きを返して、舞台に戻っていった。

予定ではこの後、三人は業者との打ち合わせに向かうはずだった。片獣の施設の着工が明日へと迫り、その最終調整があったのだ。

翡燕も打ち合わせに参加する気ではいたがこの状態では無理だろう。サガラは翡燕の軽い体を背負い直して帰路を急いだ。

翡燕は目蓋を薄らと開く。目に映るのは見慣れた天井で、いつの間にか屋敷に帰ってきていたと知る。恐らくサガラが屋敷まで運んでくれたのだろう。

怠い身体は少しも回復しておらず、翡燕は寝台の中でまた目蓋を閉じる。すると、中庭に誰かが降り立った気配を感じた。

（……うん？　なぜ、中庭に？）

扉から入ってこない客は、往々にして良くない客だろう。翡燕は重い身体を起こして、寝台から降りる。寝室の扉を開いてみると、なんと侵入者はすぐ目の前に立っていた。その正体に翡燕はひくひくと頬を引き攣らせる。

朱王と並ぶほどの大きな体躯、引き締まった身体を包むのは、皇軍の証である黒い軍服だ。

中庭に佇んでいるのは、翡燕が一番会いたくなかった人物、黒王だった。

短く切られた黒髪、目は一重で切れ上がり、鋭さを感じる顔つきだ。しかし眉や鼻、そして唇、顔を彩る要素すべてが、まるで狙ったかのように絶妙な均衡を保っている。魅入られてしまう顔というのはまさに黒王だと、翡燕は昔から思っていた。

そんな黒王が、翡燕をじっと見つめている。

そして次第に、表情の変化が乏しいと言われる彼の顔がどんどん変化し始めた。

翡燕は咄嗟に扉を閉め、視界から黒王を消す。自分でも馬鹿みたいな抵抗だとは思うが、身体が勝手に動いてしまったのだ。

　しかし扉が閉まる寸前、扉の隙間に黒王の足が差し込まれた。同時に手も扉に掛かるのを見て翡燕は半開きになった扉から咄嗟に飛び退く。

　翡燕の耳に、黒王の震える声が届く。

「戦……！」

「っ！　入ってくるな……！」

　否定する翡燕の言葉も耳に入らないかのように黒王は寝室へと入ってくる。

　翡燕は更に後退し、寝台に尻もちをついた。

「だ、誰だ？　ここは、獅子王様の屋敷で……」

「戦……」

「……おいおい、聞いているのか？　いや、聞いてないな」

　翡燕の言うことなどまるで聞かない黒王は、更にじりじりと間を詰める。遂には寝台に乗り込み、翡燕の髪を一房掴んだ。その髪を見つめて黒王は瞳を潤ませる。

「愛してる」

「は!?」

　突然の告白に翡燕は上擦った声を上げた。長く会っていなかったが、こんな直球の性格ではなかったはずである。

「言わないと、またいなくなる」

「……あの？」

黒王は翡燕の髪を離し、今度は両手で頬を包み込んだ。冷たくて大きい黒王の手は、まるで壊れものを扱うように翡燕の頬を包む。

「戦、小さくなった」

「……僕の名は翡燕と申します」

「翡、燕？」

ここに来て、初めて黒王は翡燕の言葉に反応した。黒王は吊り上がった瞳を垂れさせ、幸せそうに微笑む。

「戦の名前？」

「………………うん。こりゃ駄目だ」

翡燕は諦めた。黒王にはもう完全にバレているのだ。彼が感じている翡燕の色が戦司帝と一致したのだろう。彼の中で翡燕は完全にクロであり、それを確信した上でもう会話は進んでいるのだ。

「翡燕が、名前？」

「ああ、うんそう。黒兎、あのな……皆には黙っていてくれないか？」

「名前を？」

「いや、そうじゃなくて……っ？」

黒王がぐっと顔を寄せ、視界が彼で染まる。唇を重ねていると気付いたのはその直後だった。突然のことに翡燕が身を捩ると、逃さないとばかりに黒王の片手が後頭部へと回る。

体温を馴染ませるように唇を押し付けたと思えば、その感触を味わうかのように唇を擦り合わせてくる。翡燕が身体を強張らせると、まるで宥めるように、啄むような口付けが降ってきた。強引なようで触れ方は優しく、抵抗する気が湧いてこない。

唇が離れると、翡燕は今更とは思いながらも力一杯黒王を睨み付けた。

「何をする」

「決めていた」

「三万年間、ずっと」

「帰ってきたら……」

ぶつぶつと単語を区切りながら黒王はまた顔を近付けてくる。翡燕はその顔を手で押さえ、キッと睨み上げる。これ以上好きにさせておくと、勘違いを助長させかねない。

「黒兎、お前は間違っている。長い間離れていたせいか、寂しさを恋心だと勘違いしているんだ。しっかりしなさい。四天王だろう？」

「……」

黒王はきょとんとした顔をして翡燕を見つめ返した。

翡燕はそんな黒王の頭を愛おしそうに撫でる。

「ふふ、間違いに気付いたか？　まったくお前は、あいかわらず可愛いな」

声を立てて笑う翡燕を黒王は眩しそうに見る。何も言葉を発しないが、彼の心中は騒がしかった。

翡燕が舞を披露していたあの時、黒王は皇宮にいた。

皇軍の班長らを執務室に呼び出したトツカは黒王の代わりに指示を飛ばす。

「本日は皇王の誕生日である。警備を強化し、飛来するものがあれば問答無用で撃ち落とせ」

黒王は執務机に座り、ただ窓の外を見つめていた。

実質、皇家護衛軍を動かしているのは副官のトツカだ。人との意思疎通を苦手とする黒王だけでは皇軍を動かせない。しかし戦力としては、皇軍随一だと自信を持って言える。トツカも戦力だけ見れば、黒王に遠く及ばないだろう。

黒王の存在価値は戦力と四天王という立場だけ。

これには黒王も自覚があり、その立ち位置に甘んじているのも事実である。

「黒王様、それでよろしいですか？」

「良い」

黒王は基本、一言しか発さない。それは皇家に対しても同じである。皇家の意志に逆らうことはできないため、「御意」という言葉しか言ったことがない。

つまらない人生だ。物心付いた時から黒王はそう感じていた。

人とは違う自分が誰かを愛せるはずもなく。そして愛されるはずも、理解されることもなかった。

そんな人生が変わったのが、戦司帝との出会いだった。

彼がいてこそ、人生が色づいた。彼がいなくなった後も、それは変わらない。

一度ついた色は消せないのだ。ずっとそこに残り続ける。

「……戦……」

トツカの指示を聞き流しながら、黒王は執務室で彼の名を口にする。無意識に口から出ていたのだ。しかし次の瞬間、窓の外に色が満ちた。

椅子を倒しながら立ち上がり、黒王は窓を開け放つ。窓枠に手をついて、眼下に広がる景色を見下ろした。

「見つけた」

皇宮前広場の舞台上。そこに彼はいた。以前と変わらない色で彼は黒王を魅了する。

そして今、黒王は戦司帝の屋敷で、彼と再会できた。

黒王の口からは、あいかわらず言葉が出てこない。しかし心の中は驚くほど雄弁だ。

(戦が笑ってる……すごく可愛い。昔の姿も可愛かったけど、今も変わらない……)

黒王は戦司帝をずっと愛していた。言葉にできない激情をずっと心に秘めていた。

(翡燕って名前、やっと教えてくれた。ずっと知りたかった名前……)

これはもう、想いが通ったと同義ではないだろうか。黒王はそう思う。

(祝言の日取りを考えなければ。いや、私邸を作るのが先か……?)

「黒兎？　何を考えている？」

「……好きだ」

「……まだ言うか！」

翡燕は黒王の頭をわしゃわしゃ掻き回し、鼻梁に皺を寄せる。

その顔を見た黒王は顔を歪め、翡燕をぎゅうと抱きしめた。翡燕の喉が苦しげにぐぅ、と鳴く。

しかし彼は突き放しなどしない。受け入れてくれる。昔からそうだった。

「……黒兎、矢を放ってくれてたろ？　駆けつけられなくてごめん」

「問題ない」

（……本当に、問題ないんだ。矢を放つことで、俺はあなたを感じられたんだから……）

望みを残してくれてありがとう、素直にそう思う。

いつでも駆けつける。その約束がなければ、きっと心は折れていただろう。

翡燕の細い腕が、黒王の背中へと回る。労わるようにポンポンと叩かれ、翡燕の底抜けの優しさに心が蕩けていった。

しかしその腕が、次第に弱々しくなっていく。翡燕から聞こえてくる呼吸が穏やかになり、黒王の心の底から愛おしさが溢れ出した。

「翡燕、寝た？」

返事がない代わりに、くたりと身体が預けられる。

その温かさを、預けられた信頼を、黒王は噛み締めた。

第四章

硬くて大きな手が、翡燕の身体を這い回っている。

またこの夢だ。しかし夢と分かっていながら、翡燕の意識は支配されていく。

自分の上に跨っているのは、黒く長い髪を帳(とばり)のように垂らした男だ。吐き出す吐息はひどく酒臭い。

どれだけ身を捩って暴れようと、非力な身体は容易くこじ開けられる。

『兄貴に手を出されてないなんてな。ああ、綺麗な肌だ』

体中を舐めまわされ、不快感に喉が鳴る。敏感な場所を撫でられると不本意な快感に奥歯がガチガチと音を立てた。

可愛い、可愛いと言いながら、男は窄まりに指を突き立てる。恐ろしさに涙が湧いて流れると、男から笑いが漏れた。

『翡燕、俺の女神。やっと願いが叶った』

地面に頭を押し付けられ、尻だけを突き出した体勢で貫かれる。痛みに咽(むせ)び泣くと、男はその声にすら興奮するのか、がむしゃらに腰を打ちつける。

残された力で上へ這うと大きな体躯で押し潰され、更に奥まで暴かれた。

泣いても吐いても、止まらない行為。

叫びすぎて喉が潰れ、ゆさゆさ揺られながら、ひゅうひゅうと壊れた鞴（ふいご）のような声だけが漏れる。

（ああ、僕が強ければ、こんなことにも……ならなかっただろうに）


「……っ!!」

胃を突き上げるような不快感に翡燕は飛び起きた。胸元を鷲掴んだまま、近くにあった塵捨てに、胃の中のものを全て吐き出す。塵捨てを掴む手が、小刻みに痙攣（けいれん）する。

「っ！　くそ……最悪、だ」

夢見が悪すぎて全身に悪寒が走る。ガタガタと震える身体を抱きしめ、翡燕は口を拭った。

呼吸が定まらない。夢がじわじわと精神へと侵食してくる。

怖くて怖くて仕方がない。きっと、自分が弱い時の身体に戻ってしまったからだろう。鎧を纏う前の、柔らかく無防備な身体に。

（落ち着け、もうあの頃とは違う。自衛もできる、そうだな？）

呪文のように自分に言い聞かせ、抱きしめた身体を前後にゆらゆら揺らす。次第に落ち着いてきた呼吸に耳を傾けて、翡燕はごくりと喉を鳴らした。

「ああ、こわかった……」

独り呟いて、翡燕は散々になった塵捨てを見下ろした。これを獅子王に片付けさせるのも酷だと、翡燕は塵捨てを持ってゆらりと立ち上がる。

（そういえば黒兎はどうしたんだ？　帰ったのか？）

子供のように寝落ちした自分が恥ずかしいが、思えば黒王もフラフラしていられない身分だ。

（そもそも皇王を護る身でありながら、皇宮を出るとは何事だ。職場放棄だろ……）

まだ思考の定まらない頭を揺らしながら、翡燕は手洗い場へと向かう。塵捨ての中身を捨て水で濯ぐ。綺麗にはなったがびしょ濡れになった塵捨てを手に、翡燕は寝室へと足を向けた。

「主（あるじ）？」

後ろから掛かった声に翡燕は緩慢に振り向く。そこにいた獅子王の姿にどうしてか安堵が湧き上がった。

「……ああ、獅子丸、帰っていたんだね。お疲れ様」

「あ、主（あるじ）？　……飲んでます？」

「……？　飲むって、酒をか？」

翡燕が首を傾げると、獅子王がどしどしと近付いてくる。

「失礼を」と言いながら額に手の甲を押し当てられた。

いつもなら温かい獅子王の手が妙に冷たい。

「……主（あるじ）、熱があります。じっとして」

「熱……？」

塵捨てを取り上げられ、そのまま抱きかかえられる。寝室へと運ばれているのは分かったが、手際の良さに笑いが漏れた。

「獅子丸、ずいぶん板についてきたな……」

「吐いたんですか？　何で言ってくれないんです？」

「だって、汚いだろう？」

翡燕は言いながらぶるりと震えた。獅子王が歩みを早め、寝室の扉を足で開ける。寝台に下ろされると、布団に残っていた自分の体温にほっと息を漏らす。

「そういえば、獣人は体温が高いよね。今日の獅子丸は何だか冷たい」

「それは主が発熱しているからです。寒いですか？」

「もう平気だよ」

「……主、ちょっと待っていてくださいね」

獅子王が寝室を出ていくのを見送りながら、翡燕は掛布を引き上げた。

うつ伏せになり、重く痛む頭を枕に擦りつけると、また先ほどの夢が頭に過る。途端に吐き気が襲ってきて、喉を鳴らしてそれを耐えた。

（獅子丸、意外と冷静だったな。あの子も大人になったなぁ）

子供のようになってしまった主を彼はどう思っているのだろうか。そう思うと、また情けなさに溜息が漏れる。

しかし身体の調子は思ったより悪く、意識は次第に遠のいていった。

荒れたユウラ国に、まともな医者は少ない。

前回、翡燕を診てくれた医者は街でも評判が良かった。その診療所は運悪く「閉」の札が下がっていて、獅子王は仕方がなく別の医者を捕まえた。

寝台に寝ている翡燕は顔を真っ赤に染めて意識はない。その医者は翡燕を見るなり、大げさに眉を下げる。

「これは良くありませんね。感冒(かぜ)でしょう。少し詳しく診ますので、席を外していただけますか?」

「……同席してはいけないのか?」

獅子王が言うと、医者は目線だけを寄越す。

「私の医術は、手首と首筋の脈を診る繊細なものです。少しの物音も弊害になる故、良ければ別室でお待ちいただきたい」

「……分かった」

翡燕の寝室を出ると、獅子王はうろうろと歩き回る。

(人間の医者はあんな感じの人もいるのか? なんかすごく、嫌な感じだった)

獅子王は医者に掛かったことがない。ましてや人間の医者など、あまり関わることもなかった。

前回の医者は、席を外せということもなかったはずである。戸惑っていると、サガラが帰ってきた。

「ただいまぁ。あ~あぁ緊急の仕事なんてツイてねぇなぁ、やっとおわっ……ってまる? どうした?」

「サガラさん、大変なんです。主(あるじ)が熱出して……今医者が来てます」

「あぁ? 来てますって、お前なんで部屋にいねぇの? こないだと同じ医者か?」

捲し立てながら、サガラは中庭を突っ切る。仕事用の鞄をその辺に放り投げ、翡燕の寝室の扉の前に立った。

「医者から席を外すように言われて……」

「馬鹿！　そういうのが一番危ねぇ！」

ノックもせずに、サガラは翡燕の寝室の扉を開いた。そして罵倒しながら、寝室になだれ込む。

「てめぇ‼　手を離しやがれ‼」

医者は翡燕の帯を掴んだまま、サガラを見て呆然としている。寝台の上の翡燕はいまだ寝たままだが、胸元ははだけ、鬱血痕まで確認できた。一気に血が沸騰したように駆け巡り、眉間あたりが痺れるように熱くなる。

サガラが医者の襟首を掴んで翡燕から引き剥がす。

間髪いれず獅子王がその髪を掴んで、寝室の外へと放り投げた。

扉が破壊される音と男の悲鳴が響く。

「まる！　お師匠様頼んだぞ！　俺はこのクソ野郎を詰所へぶち込んでくる‼」

「……！」

獅子王は返事もできないまま、翡燕へと駆け寄った。はだけた服をかき寄せて、緩んだ帯を締めているとボロボロと涙が零れる。

「主(あるじ)、申し訳ございません。まさか、こんな……」

翡燕はあいかわらず意識がない。この騒ぎで起きないのであれば、相当身体が弱っているのだろう。そんな翡燕を更に辛い目に遭わせてしまった。

獅子王がぼろぼろと涙を流していると、水桶を手にヴァンがやってきた。

「まるちゃん、とりあえず胸元を拭いて清めよう。あとは、額を冷やさないと」

「……」

「まるちゃん、休んでて。大丈夫、俺がやる」

「……分かった……」

本当は翡燕の側を離れたくはない。しかしあの鬱血痕を見れば、次はきっと冷静ではいられなくなる。獣人は理性が利かなくなると獣に戻ってしまう。本能に忠実になれば、何をしてしまうか分からない。

自分が獣人であるとこんなにも思い知ったのは、初めてだった。


詰所へと向かう道すがら、サガラは頭から血を流した男の尻を後ろから蹴り上げた。のろのろと歩く男が殊更に憎らしい。いっそ引き摺っていこうかと思った時、後ろから声が掛かった。

「おう、サガラやないか。お前こんな時間まで仕事か？」

「……しゅ、朱王様。どうしてこちらに？」

陽が落ちたばかりの街中に朱王が立っていた。買い食いをしていたのか、口には串を咥えている。大きなその姿は、あいかわらず一際目立っていた。

「今朝、戦場から戻ってん。ついさっき、女漁りが終わったとこや。翡燕は元気にしとるか？　今から遊びに行くか、明日行くか、どうしようかのぉ」

「あ、朱王様。翡燕は今、身体を壊しておりまして……」

「あぁ!?」

朱王は咥えていた串を放り出し、サガラに大きく詰め寄った。その迫力は流石のもので、サガラは仰け反り、医者の男はブルブルと震え出す。

「身体壊したぁ!?　医者には診せたんか!?」

「そ、それが……」

「あん？」

サガラが連行している白衣の男に目を遣る。すると朱王の顔がみるみる凶悪に歪んでいった。血を流した男を上から下まで見下ろして、口の端を吊り上げる。

「こいつ、翡燕になんかしたな？」

「……」

「サガラ。お前、阿呆やなぁ？」

サガラが口を開く前に、激しい血潮が散る。医者の男は見事に二分割され、べしゃりと地面に落ちた。

朱王は具現化させた長剣を振って血糊をはらいながら吐き捨てる。

「殺さな、あかんやんか」

「……」

「医者なら俺が手配したる。行くぞ、サガラ」

サガラが嘆息しながら見上げると、朱王はもう屋敷へ向けて歩き出していた。慌てて後を追い、朱王に問われるまま状況を説明する。

「胸糞悪いのぉ。野良の医者なんて信用するからあかんねん」

「獅子王には、人間の医者のことは分かりませんから……」

朱王は忌々しげに舌打ちを零し、暗い夜道を大股で進む。しかしその足がぴたりと歩みを止めた。

「……おまえ、何でここにおんねん」

「……？」

サガラが前方に目を凝らすと、夜道にゆらりと影が浮き上がった。

黒い外套と軍服、髪も黒い。その男は、こんな街中には絶対にいるはずのない男だった。

「こ、黒王様……」

黒王は何も言わず、朱王の前に立つ。

この国で最も尊敬され、畏怖の対象でもある四天王。

そのうち二人が揃うなど、最近では皇宮でも見たことがない。

「あいかわらず、意思疎通のできん男やな。ここに何の用や、聞いとんねん」

「……」

黒王は朱王と目線を合わせるものの、何も言葉を発しない。遂には朱王を無視し、踵を返す。

ここらは街から離れており、道の先にあるのは戦司帝の屋敷ぐらいしかない。朱王は早足で黒王へと追いつき、その肩を掴む。

「お前どこに行くつもりや？　もしかして戦の屋敷か？」

「……去ね」

「……はぁあああ!?　お前、なんて言うたぁ!?」

互いに胸ぐらを掴んで揉み合う二人を、サガラは呆然と見守るしかない。今手を出すと、酷い目に遭うのは目に見えている。

遠く見える屋敷の前にはもう朱王の手配した医師が待機していた。まっすぐ屋敷へ向かう黒王とそれを止めようとする朱王。競うように中へなだれ込む二人の後ろを、サガラと朱王の手配した医師が続く。

「え？　え？　サガラさん、これは……!?」

屋敷にいた獅子王が突然の四天王に狼狽（うろた）える。

サガラは両手を合わせ、ごめんのポーズを取りながら、翡燕の寝室に医師を案内した。

しかし黒王と朱王のやり取りはいまだ鎮まる様子がない。

「おい黒、こんなとこにおってええんか？　皇宮出たらあかんやろ？　お前こそ去ねや」

「……」

「戦の屋敷に来て昔を懐かしむつもりやったんか？　ほんなら目的は達成したやろ？　さっさと帰れや」

「……喧（やかま）し」

「なんやてぇ？」

対峙する二人に不穏な空気が流れ始める。中庭の空気が震え、居室の窓がガタガタと音を鳴らし始めた。

熱く滾る朱王に対し、黒王は冷たく鋭い。まさに相反する性質の二人は相性も良くないようだ。

朱王に構わず、黒王が翡燕の寝室へと歩を進める。

すると朱王は顔色を変え、黒王の前へと立ちはだかる。

「おまえもしかして……翡燕を知ってんのか？　あれは俺のもんやぞ！」

「否」

「はぁ？　おまえ、殺すで？」

寝室から医師が顔を出すと、黒王は猛る朱王を置いて寝室へと歩み寄った。

「診察は終わりました、朱王様……と……黒王様」

朱王が手配した医師も突然の黒王の登場に驚きを隠せていない。視線を泳がせながら寝室の中に二人を招く。

「原因ははっきりと分かりませんが、この子は極端に身体が弱いようです。安静にして静かに過ごすのが一番かと……」

寝台の横に朱王と黒王が並んで座る。お互いに身体を押し合っているが、どちらも譲る気はなさそうだ。しかし翡燕の顔を心配そうに見る表情は二人とも同じだった。

「身体が弱いんか？　鍛えれば治るか？」

「いいえ、この子は鍛えても良くはなりません。力もないので、安静に過ごすしかありませんね」

「「……翡燕」」

同時に翡燕と呟いてしまい、二人は殺意を持って睨み合う。

殺伐とした空気が流れる中、翡燕が身を捩った。

わずかに瞳を見開いて翡燕は黒王を見る。次いで、黒王の隣にいる朱王にも視線を移す。

翡燕の意識はまだ覚醒しきっていない。目蓋をゆらゆら揺らし、意識の狭間を行き来しているように見えた。しかしそんな状態でも、翡燕は憂いたように眉を顰（ひそ）める。

「……何でこんな、とこ、に……」

黒王の手が翡燕の瞳を覆い隠すように翳（かざ）す。

朱王が身を乗り出して覗き込むと、もう一度翡燕が呟いた。

「仕事を……しなさい」

朱王が目を見開き、黒王は頬を緩ませる。一方、獅子王とサガラは息を呑んだ。四天王に対して『仕事をしなさい』などと言える人物は限られている。

「今、なんて言うた？」

「行くぞ」

「は？　おい、引っ張んな！　馬鹿力!!」

狼狽（うろた）える朱王の腕を掴み、黒王が強制的に引き摺っていく。彼は大きい体躯の朱王をものともせず、寝室の外まで引き出した。

「どういうつもりや！」

「仕事に戻れ」

「はぁ⁉」

「翡燕がそう言った」

言い残すなり、黒王は出口に向かって歩き出した。

その姿を呆然と見た後、朱王は後ろの寝室を振り返る。

「仕事を、しなさい……って言うたやんな？」

朱王はガリガリと頭を掻く。またもや翡燕に謎めいた部分が増えた。

「朱王」

「あん？」

もう出ていったとばかり思っていた黒王が、出口でこちらを見遣っている。訝しげな顔を浮かべると、彼はポツリと零した。

「……嫌われるぞ」

「‼　っおまえぇ‼」

憤る朱王に黒王は顎をしゃくって外を示した。「出ろ」の仕草に腹の底から怒りが湧く。

去っていく黒王を追うようにして、朱王も屋敷を後にした。

一夜明け、翡燕は無事に目を覚ました。身体にはまだ怠さが残るものの、熱はほぼ下がっている。しかし目の前の獅子王はまだ憂いを含んだ表情だ。翡燕は獅子王へと手を伸ばし、泣き腫らしたと思われる目の下を撫でる。

「全然覚えていないけど……。僕、何かされたのか？」

「やぶ医者に、悪戯されたんですよ。……覚えていないなら、それがいいのかもしれません」

意識のないうちに、いろんなことがあったようだ。思い出さなければいけない内容でもなかったので、サガラの言葉に翡燕は素直に頷く。

やぶ医者を呼び込んでしまったせいなのか、獅子王はまだ悔しそうに俯いていた。

「すみません……主（あるじ）……」

「気にしないでいいよ、獅子丸。医者を呼んでくれて、ありがとう」

「主（あるじ）……もう絶対、一人にしません」

「はは、ありがとう」

ヴァンが作った汁物を口に運ぶとやっと思考が回り始めた。思い出せないのは医者の件だけで、そのほかのことは問題なく思い出せる。

「黒王が来て、驚いたろう？」

「え？　覚えているんですか？」

「うん。いやぁ、やっぱり意識のはっきりしない時は駄目だね。黒兎に助けられた」

「黒王様に？」

翡燕は「うん」と言いながら汁物を飲み干した。ヴァンへと返すと、彼は安堵の表情を浮かべながら下がっていく。

「実はさ、黒王にはもうバレたんだ。剣舞を舞ったのを見られたんだろう。一発で見抜かれた」

「……そうだったんですか……」

翡燕は頷き、自分の瞳を指で示す。そして苦笑いを零しながら「これを忘れていた」と言った。

「咄嗟に黒王が手で覆ってくれて助かったよ。瞳は浅葱(あさぎ)色のままだったから、朱王に気付かれるところだった」

「なるほど……」

「黒王は昔から何事にも無頓着なようで、しっかり見ている子だったなぁ……。さて……」

ヴァンの汁物のおかげか、怠い身体も幾分かましになった。掛布を捲って寝台を降りようとすると、サガラが慌てて詰め寄ってくる。その勢いに押され、翡燕はまた寝台に座り込んだ。

「どうした、サガラ。僕は施設工事の具合を見に行こうと……」

「駄目ですよ！　もう数日は、絶対に安静です！」

憤るサガラは、冗談を言っている風ではない。

翡燕のこの不調はいわば燃料切れである。何か特別なことがあると、この身体はすぐに燃料切れを起こしてしまうのだ。毎度毎度気にしていては寝たきりになってしまう。

「サガラは大袈裟だな。今回の熱はいわば知恵熱みたいなものだ。自然に治る」

「駄目です！　最低でも今日一日は、大人しく寝ておいてください」

「……まったく、変なところで心配性なんだから……なぁ、獅子丸？　ん？　何している？」

獅子王が翡燕をひょいと担ぎ上げ、再度寝台へと沈める。掛布を素早く被せ、外気が入らないようぐいぐいと端を押さえ込まれた。

「し、獅子丸？」

「主、おれはずっと側にいます。だから今日は、休んでください」

「ええ？　休んでいる暇はないんだけどな……」

翡燕は眉を下げながら寝台の側の獅子王を見た。獅子王から懇願するような目を向けられ、翡燕は静かに嘆息する。

「分かったよ。今日一日だけだ」

「明日からも、ゆっくりですよ？」

サガラには念押しされ、翡燕は枕の上で口を尖らせた。やはりこの身体でいると皆が子供扱いをしてくる。

翡燕が威嚇するように鼻梁に皺を寄せると、なぜか二人とも顔を綻ばせる。不満げに目を細めても、結果は変わらなかった。

それから数日間、翡燕は療養生活を送ることとなった。

くすん、とくしゃみが漏れれば案の定、獅子王が心配そうにやってくる。翡燕は皮肉をたっぷり込めた、盛大な溜息を漏らした。

「獅子丸、僕は大丈夫だから、外に出ておいで」

「いや、おれは側にいます。獣の頃はずっとお側にいたはずです」

「でもお前はもう立派な獣人なんだから、外の世界を見ないとね。僕は本があるから、お前は自由にしなさい」

翡燕の手元にはサガラに持ってきてもらった大量の書物がある。

眠っていた間に出ていた書物で、読んでいると空白の時間が埋まっていく気がする。気が晴れるし、いい情報源だ。

しかし翡燕が夢中で読む間も、獅子王はじっと待っているのだ。正直気になって仕方がない。それを指摘すれば、獅子王は必ず小獅子だった時を引き合いに出してくる。

確かに彼が小獅子だった時は、翡燕と獅子王はそれこそ片時も離れなかった。あの時を思えば今の状態は特段おかしくはない。中身は変わらないのだから。

しかし翡燕はもう獅子王を小獅子扱いなどできない。獅子王はもう意志のある成獣だ。あまり縛るべきではないと思ってしまう。

その翡燕の心情が分かってか、獅子王は最近、自分を完全に獣化させ、側にいる。それに凭れるようにして本を読んでいれば余計な考えを持たずに済んだ。しかしそれで良いのかといつも翡燕は迷ってしまう。

「そういえば……サガラさんが、困ってましたよ」

「困ってた？　どうしてだ？」

「主が、朱王様と黒王様に『仕事をしなさい』って言ったからです」

「うん？」

聞けば、サガラの上司である朱王が最近になって巡衛軍の指揮に本気になってしまったようだ。

国軍が皇都巡衛軍へと出向き、合同訓練を始めたのだという。朱王の指示らしく、最近までだらけ切っていた巡衛軍は地獄のしごきを受けているらしい。

「っはは、なるほどなぁ。国軍は巡衛軍と違って怠けられないからな。いい訓練相手だ。朱王のやつ、なかなかの手腕をしてるじゃないか」

「トツカさんも、驚いているらしいですよ」

「黒王か？」

何となく話が読めてきた翡燕は、頷く獅子王を見てくすくすと笑いを零した。

「あいつも、やる気を出しちゃったのか？」

「はい。東北の砂岩地域にいる蛮族の住処に、単独乗り込んで殲滅しちゃったみたいです」

「流石に単独は危ないな。ったく……今度会ったら説教だ」

いくら黒王が強いとはいえ、単独で敵に突っ込むのは危険すぎる。

鼻息を荒くしながら本へと視線を戻すと、屋敷に軽快な声が響いた。

「お～い、翡燕！　元気になったか!?」

当然のように屋敷に入ってきた朱王が翡燕の寝室を覗く。

寝室の扉はやぶ医者を吹っ飛ばした際に半分壊れている。故に朱王はノックすらしない。

今日の朱王は珍しく二人の供を付けていて、双方とも大量の荷物を抱えている。

「滋養のある食べ物、たんと持ってきた！　翡燕はもっと食べなあかん！」

「こんなにたくさん、恐れ多いです。朱王様」

「今日は特別なもんがあんねん」

朱王が自慢げに鼻を高くし、自分の手で持ってきた小包を翡燕に差し出した。

翡燕が首を傾げると、朱王がにやりと笑う。

「灯来亭（とうらいてい）の角煮入り包子（パオズ）や」

「と、灯来亭（とうらいてい）……!!」

灯来亭（とうらいてい）は皇宮近くにある飯屋で、戦司帝の時は足繁く通った店だった。どれも美味しかったが、特に角煮が絶品で帰りには必ず包子（パオズ）を包んでもらっていた。

「何や、翡燕も知ってるんか？　灯来亭（とうらいてい）」

「つし、知りませんが、角煮は好きです」

「ほおぉ？　角煮が好きなんか」

翡燕の顔を観察する朱王は明らかに何かを窺うような目をしている。

一方の翡燕は目の前の包子（パオズ）に夢中だった。

「た、食べても良いですか？」

「もちろんや。包みを解いたる」

朱王自ら包みを解くのを翡燕はきらきらした目で見つめている。

そこは恐縮するところなのだろうが、翡燕はそれに気付かない。

朱王は翡燕の顔を興味深げに見ながら、解いた包みから包子（パオズ）を一つ、翡燕に渡した。

「ありがとうございまふ！」

感謝の言葉も言い切らないまま、翡燕は包子（パオズ）に齧（かじ）り付いていた。

その勢いの良さに朱王が吹き出し、身体を揺らしながら笑い始める。

「うまっ！　いや、美味しいです！」

「くく、翡燕、お前はほんまに面白いな」

朱王は薄い唇を引き上げた後、包子（パオズ）を頬張っている翡燕の顎を掴んだ。翡燕の双眸を強制的に自分へと向けさせ、その目線を絡めとる。

普通の人間は委縮して目を逸らすが、翡燕はまっすぐに朱王の目を見返した。

「……やっぱええな、翡燕。食うてしまいたい」

「……僕は食品ではありませんので、腹を壊しますよ」

翡燕は言い放ち、また包子（パオズ）に齧（かじ）り付いた。朱王に顎を掴まれたまま、翡燕は平然と包子（パオズ）をパクつく。

それを見た朱王が口端を吊り上げ、ぐいと顔を近付けた。

「これは命令や。食わせ、むぐ」

「……美味いですか？」

齧（かじ）っていた包子（パオズ）を朱王の口に突っ込み、翡燕は満面の笑みで微笑む。棘が隠された笑みだったが、どこか妖艶である。

「……翡燕、やばい、惚れた」

「そうでしょう、美味いでしょう？」

翡燕はするりと朱王の手から逃れ、もう一つ包子を取り出した。そちらにパクリと齧り付くと、ふふ、と笑う。

朱王は包子を齧る翡燕の頬に触れて、優しく眉を下げた。

「ちんまいのぉ。壊れそうや」

「そりゃ、朱王様に比べれば、皆ちんまいです」

「せやな」

二人して包子に舌鼓を打っていると、寝室の壊れた扉がコンコンと叩かれた。今の今までまったく気配を感じなかったとすると、かの者しかいないだろう。

翡燕が呆れ顔を浮かべると同時に、朱王が苛立ちげに立ち上がった。

「……黒！　お前ぇ……！」

「朱王、退け」

壊れた扉に凭れるようにして黒王が立っている。朱王が捲し立てながら詰め寄ったところで、翡燕はまた本へと視線を戻す。

最近では朱王と黒王のこうしたやり取りも頻繁になってきた。相性の悪い二人が足繁く同じ場所を訪れると、こうなるのは必然だろう。

翡燕は残った包子（パオズ）を口に押し込み、獅子王の獣毛へ更に埋まる。

「やっぱり……この屋敷は騒がしい方が楽しいな、獅子丸」

「……は、はい……」

かつての賑わいにしては物足りないが、屋敷に人気が戻ってきた。このままずっと続けばいいと、願わずにはいられない。


ユウラ国は荒れていた。特に街外れには、今にもボロボロと崩れそうなほどの建物が並ぶ。

都、と呼ばれている中心街にも、昔ほどの賑わいはない。

家の前を、四天王である黒王と朱王が並んで歩いている。その光景をソヨは呆然と見つめた。そして二人は何やら言い争いながら、戦司帝の屋敷に入っていく。

かつて戦司帝の近侍として働いていたソヨは、獅子王に暇を出された後も未練がましく近くに居を構えていた。

三万年も大人しかった戦司帝の屋敷が、何やら賑やかになったのはつい最近である。それと共に、この廃れた街もどことなく騒がしくなってきている。

何のためにいるのか分からなかった皇都巡衛軍が仕事をし始め、街の治安は目に見えて良くなった。あいかわらず浮浪者はいるが、諍（いさか）いごとや人攫いはほぼなくなっている。

特に国軍と巡衛軍が街中で訓練をし始めたという噂はその日のうちに国中を駆け巡った。

両軍が切磋琢磨しながら訓練をしている光景など、ずいぶん見ていなかったというのに。

加えて、何のやる気も見せていなかった四天王のうち二人が真面目に仕事をし始めたという。

（どういうことだろう……）

家の前を掃きながら、今日もソヨは戦司帝の屋敷を窺う。しかしそれも限界が来ていた。箒をその辺に投げ捨て、ソヨは戦司帝の屋敷へ向けて歩き出した。


屋敷の門が叩かれ、獅子王は手を止めて扉の方を見遣る。

陽も落ちた頃の訪問者はこの屋敷では珍しい。

ちょうど翡燕は入浴を終え、獅子王がその髪を拭っている時だった。

「誰だろ？」

「扉を叩く礼儀があるってことは、四天王じゃねぇな」

「サガラさん、棘ありすぎですよ。……殺気は感じないし、気配はまっすぐです。きっとまともな来客だと思います」

獅子王が鼻を動かしながら立ち上がると、翡燕はサガラに促されて瞳の色を変化させた。

門が開かれて男が入ってくる。背が高く痩身で、眼鏡の奥にあるのは優しそうな細目だ。獅子王と二言三言会話を交わし、男はこちらに向かって頭を下げた。

「こんばんは。ソヨと申します。昔こちらで近侍をしていたのですが、覚えておいででしょうか？」

「……ソヨ？　お前、貴族の家令はどうした？」

「辞めてきました。こちらで働こうかと思って」

サガラが近侍を集めていた時、ソヨも候補に入っていた。しかし、別の貴族の家令をしているとの情報があったので、声を掛けるのはやめておいたのだ。

ソヨは優秀な近侍だった。戦司帝の家令の右腕としてしっかりこの屋敷を切り盛りしていたのだ。

正直、かなり欲しい人材ではあった。

そのソヨが翡燕にそっと近付く。翡燕が驚いているとソヨが腰を折った。

「ソヨと申します。今日からこちらでお世話になります」

「あ、翡燕と申します。よろしくお願いいたします」

突然やってきたソヨに翡燕は驚きつつも、満面の笑みを浮かべる。翡燕もソヨを覚えており、ずいぶん背の高くなった彼を感慨深げに見つめていた。

ソヨは翡燕の存在を特段おかしく思っていないようで、肩に掛けていた鞄をその場に置く。

「翡燕様、よろしければ髪をお拭いしてもよろしいでしょうか」

「へ？ ああ、そういえば途中だった。い、いいんですか？」

「失礼いたします」

ソヨが翡燕の後ろに立ち、髪を一房持ち上げる。少しの間の後、ソヨが口を開いた。

「髪が細いんですね。これでは絡みやすいでしょう。香油を使っても？」

「うん。お願いします」

「……薫衣草(ラベンダー)の香油です」

翡燕は懐かしい匂いに、思わず微笑んだ。それはソヨがよく使っていた香油で風呂上がりには必ず付けてくれていたものだ。

後ろにいるソヨの吐息が震えているのが分かる。振り向かずとも分かってしまった。これはもうバレているのだろう。

翡燕が眉を下げて笑い、サガラと獅子王に目線を送る。彼らは確信が持てないようで、肩を竦めながら首を傾げている。しばらくすると、後ろにいたソヨから棘を含んだ声が飛んだ。

「獅子王様、大判の浴巾はないのですか？」

「あ、洗濯できていなくて……」

「……洗濯は獅子王様が？　一日に何回ですか？」

「おれか、サガラさんが、できる時に……」

ソヨは大きく溜息をついて翡燕の髪を拭う作業に移る。彼は手を動かしながら、口も止めない。

「その様子じゃ、寝台のシーツも洗っておられないのでは？　翡燕様の着用されている寝間着も夏用の物でしょう？　もう冷える時期だというのに、夏用じゃお風邪を召されます」

「……寝間着に夏も冬もないんじゃねぇか？」

「……巡衛隊長様みたいな方は年中下着一つで寝られるでしょうが、翡燕様はそうはいきません」

「……」

ソヨは口を動かしながらも手際よく翡燕の髪を梳き、ぼそりと呟いた。

「まったく、何で早く声を掛けないのですか……」

翡燕はふふ、と声を漏らして笑う。この屋敷にまた一人、懐かしい人が帰ってきてくれた。

翌日の朝、翡燕は食事をとりながら、ぼんやりと考えていた。

(さぁて、体調は良くなった。あとは何をすべきか……)

食糧難、浮浪者の増加。街全体が廃れて、今日生きることで精一杯の民衆。この国の問題は吐いて捨てるほどある。

「……良くないなぁ」

ポツリと呟いたのを獅子王もサガラも器用に拾った。おまけにヴァンやソヨまで眉を寄せてこちらを見てくる。

「……お師匠様、また何かしようとしてます?」

「う〜ん……何から手を付けていいか、さっぱりだ」

「主(あるじ)、考え事より、朝餉を食べてください。まだ半分も食べていませんよ」

翡燕は目の前に並ぶ、鮮やかな果実を見た。口に運ぶとさっぱりとした味が口に広がる。でも何か物足りない。

「サガラ。僕が消えた後、国はどこまで復興した? 禍人(まがと)との戦争で、ずいぶん焼け野原になったよな? 南に広がっていた畑や牧草地も見る限りない。あれは、あの時からないのか、それとも再建してからなくなったのか、どっちだ?」

「……あの戦は壮絶だったので民衆も多く命を落としましたよね? 郊外に広がっていた牧草地や畑も、一度は再建しようとしましたが人手不足で……」

「……なるほど」

「しかも禍人は呪いを多用する民族だったでしょう？　焼け野原になった土地は、いまだに植物が芽吹かないんです。呪われているって皆言っています」

翡燕は頷きながら、青菜を挟んだ箸をヴァンに向ける。

「じゃあ、この野菜は誰が作った？」

「それは、俺が。街の中にも共同の畑があります。そこで野菜を作って売ったり、自分で食べたりしています」

「ほう。では農業の知識がある者がいる、ということで間違いないな？」

「……はい。年長者の中にはとても詳しい人がいます。でも街中だとやはり栄養分が少なくて、味に深みが出ないとか言ってましたが……」

翡燕は「素晴らしい！」と言いながら青菜を口に運んだ。そして満面の笑みを浮かべると、サガラと獅子王が項垂れる。

「ん？　どうした、二人とも」

「……お師匠様、土壌改良するおつもりでしょう？」

「あんな広大な土地……おれ、生きていられるかな？」

項垂れるサガラと怯えた顔を浮かべる獅子王。

翡燕は彼らを交互に見ながら思わず苦笑いを浮かべた。

「あはは、よく気付いたな。……いや、まだ案なんだが……」

他人の力を借りて土地に手を入れる。もう裏手の空地で実験済みで、問題なく力は発揮できた。しかし弊害はあるもので、流す方の翡燕よりも力を渡す方の疲弊が凄まじい。

(サガラは本来の仕事があるし、獅子丸独りに背負わせるのもなぁ)

力があって、翡燕の正体を知っている人物……。翡燕はその人物をすぐに思いついた。


日付ももう変わろうという頃、真っ暗な空を、黒王は見上げていた。

月も星も出ていない、真っ暗な夜だ。そんな空に一筋の青い線が走る。それが見えた瞬間、黒王は走り出した。

黒王という名の通り、黒王は黒衣しか身に着けない。皇軍支給の黒い外套も夜に紛れるのに役立ってくれる。

疾走していると戦司帝の屋敷が見えた。門前に立つ人物に心が震える。

「翡燕」

「早かったな。黒兎」

翡燕の服も今日は上下黒だ。普段結っている髪は解かれ、垂らして揺れている。

「ごめんな黒兎。お前の力が必要なんだ」

「構わない」

(嬉しい。戦が、翡燕が頼ってくれた。これほど嬉しいことはない。……今日も髪がきれいだ。可愛い)

黒王が心中で騒ぐ中、翡燕が通りの奥を指さした。指した先は暗（やみ）で閉ざされている。

「南の平原へ行こう。昔よく馬で遠乗りしたのを覚えているかい？」

「ああ」

「もう荒れてしまっているんだってな。そこに連れていってくれないか？」

「行こう」

返事をしながら黒王は翡燕を抱き上げる。驚くほど軽い身体に、思わず腕の中の翡燕を見下ろした。腕の中の翡燕は拗ねたように口を尖らせている。

「ったく、皆して……」

「……急ごう」

街中を疾走すると、先ほどから一転、腕の中の翡燕が嬉しそうな声を上げる。鈴を転がすような笑い声に黒王の心がゆるゆると解けていく。

「すごいなぁ黒兎！　速い速い！」

「……」

南の平原には、戦司帝と四天王の思い出がたくさん詰まっている。

草原がどこまでも広がる土地で、牧草地や果樹園もあった。野生の動物も多く、よく狩りをして競ったものだ。その土地が今や、黒い焦土に覆われている。禍人（まがと）との戦いからずいぶん経つが、植物が育つ気配はない。それどころか、魔獣も頻出する危険な土地になっていた。

目当ての場所に着くと腕の中の翡燕が黒王の胸元をくいくいと引っ張る。視線を落とすと、翡燕が心配そうに見上げていた。上目遣いの表情に、黒王の心臓が一拍跳ぶ。

「黒兎、疲れたか？　今からもっときついことをするが……大丈夫か？」

「大丈夫」

「そうか？　それならいいけど」

黒王は翡燕を抱いたまま、小高い丘の上へと昇る。荒れた平原を二人で見下ろしていると、腕の中にいる翡燕が口を開いた。

「僕に以前のような力は残っていない。でも、力を与えられればそれを流して使うことができる。だから黒兎の力を僕に貸してほしい。この土地を再建しよう」

「土魂蘇生（どこんそせい）？」

「そうそう、よく覚えていたね」

「やる」

褒められた黒王は眉を下げて即答した。拒否などできるはずがない。心底焦がれていた相手からの頼みなのだから。

黒王は翡燕を更に抱え上げ、片腕にすっぽり納まるように抱き直す。目の前の光景が見えやすいように、自らの顔の横に翡燕の顔が来る高さまで抱え直した。

「ご褒美は？」

黒王が一言呟くと、翡燕が笑いながら頭を擦りつけてきた。

やたら触れたがる、昔から変わらない彼の親愛の示し方だ。しかしこの調子でほかの男にも触れていると思うと正直焦りは隠せない。

「終わったら、一つ願いを叶えてあげるよ」

「一つ？」

「……じゃあ、二つな」

「やる」

厚い雲から月が顔を出して荒れた地を照らし出す。

翡燕が鼻から息を吸い込み、口から吐き切った。

「いきますよ、黒兎くん」

翡燕は平原に向けて、まるで挑むように手を突き出す。目に見える範囲の景色が揺らぎ始め、黒王は体内の力が急激に引き抜かれていくのを感じた。不思議と不快感はなく、ゆだるような熱さが湧き出してくる。

「っふふ、ふ！　黒兎、すごくいいよ！　量も質も桁違いだ……！」

「!?」

黒王が目線を声の方へ向けると、そこには顔を赤らめる翡燕がいた。

顔を紅潮させ、赤い舌が上唇をぺろりと舐める。

まさに最中のような妖艶な顔に思わず息を呑む。

「っあ！　黒兎、待て！　流し込むな……あぁ、そうそう上手だ……」

「ひ、翡燕……」

黒王の胸元をぎゅうっと握り、翡燕は眉を顰(ひそ)めながら微笑む。快感に耐えているような顔に、ますます翻弄させられた黒王は下唇を噛み締めた。

どんどん理性を削られていく黒王とは反して、目の前の景色は目まぐるしく変化していく。

地面が賽の目に割れ始め、それらがまるで意思を持ったように裏返る。裏返った地面は健康な土そのもので、辺りに新鮮な土の匂いが噎せ返るように漂った。

「ひ、翡燕……！」

「もう疲れた？　あともう少し！　お願い！」

（……ち、違う、そうじゃない。理性が焼き切れそうだ……！）

ふぅぅ、と細く息を吐き、黒王は自身の執務室を思い浮かべた。

閉鎖的な空間、繰り返される退屈な警護、なぜか浮かんだ朱王の顔……理性を保てるなら何だって脳裏に叩きつける。

そうこうしているうちに、翡燕の猛攻はやんだ。腕を下ろし、翡燕は腹を抱えて笑っている。

「あは、ははは！　愉しかった……やっぱり黒兎はすごいねぇ！　ほとんどいい土に替えられたんじゃないか？　強くなったねぇ！」

「……ほかの人間と、これをやった？」

「うん。サガラと獅子丸」

「……」

責めるような目で見つめると、翡燕は申し訳なさそうに微笑む。

「とりあえず、ちょっと休もうか」

「……ご褒美、二つ」

「ああ、ご褒美ね、いいよ」

地平線の向こうが少しずつ明るくなっていく。

二人はそれを眺めながら、大きく張り出した岩の上に腰掛ける。

目の前の広がる大地に確かな命の息吹が感じられた。それを見下ろして、安堵したように翡燕が微笑んだ。

「ああ、良かった。黒兎のお陰だ。ありがとう」

「……」

（三万年荒れ放題だった土地がたった一晩で生まれ変わる。俺のお陰なわけないだろう？）

そう伝えればいいのに、口から出ない。

伝えたいことが伝えられない。

しかしそれもひっくるめて、翡燕は黒王をいつも受け入れてくれた。

甘えてばかりいるのに、どんどん甘えたくなる。戦司帝だった時の彼には皆甘えっぱなしだったのだ。

「ご褒美一つ目は何だい？」

「……俺以外のやつと、これはしないで」

「……？　いいけど、それはご褒美になるのか？」

「なる」

翡燕が頷いて髪を耳に掛ける。指の細さといつも隠れている翡燕の耳の形に、心がぎゅっと絞られた。

「二つ目は？」

「口付けしたい」

「……食い気味に即答したな……」

翡燕が眉を顰め、子供に何かを言い聞かせるような表情を浮かべる。黒王が抱く感情は誤りだと、どう伝えればいいか、彼は思案しているのだ。

翡燕が、自分自身に向けられる感情から目を逸らす理由を四天王は皆知っている。

だからこそ誰も、本気で踏み出すことはなかった。ただ側にいられればと思っていた。

しかし彼がいなくなって黒王は後悔した。そして後悔したのは自分だけではないとの確信がある。

彼らが翡燕を知れば今度は誰も二の足を踏まないだろう。現に朱王は、翡燕が戦司帝と知らないままで執着を強めている。争奪戦になるのは目に見えていた。だからこそだ。

「絶対に傷つけない。絶対に泣かせない。絶対守る。怖いこと、嫌がることは絶対しない」

「こ、黒兎？　すごくたくさん喋ってるぞ？　いきなりどうした？」

「翡燕、俺を信じて。口付けは、怖くない」

「……？」

ふ、と黒王は視線を上に移す。翡燕がその視線を追うように上を向いた隙に、黒王はそっと口付けた。

触れて離れるだけの優しい口付けだが、黒王は溢れるほどの多幸感に包まれる。

一方の翡燕は不意打ちの口付けに顔を真っ赤に染めた。

「こ、こら、黒兎！」

黒王は笑いながら憤る翡燕を抱き上げて立ち上がり、腕に抱き込む。すっぽりと納まる翡燕は、暴れることもない。

「怖くなかった？」

「……うん。ん？　問題はそこか？」

「帰ろう」

「……そう、だな……？」

腕の中で首を傾げる翡燕を真似して、黒王も首を傾げる。

思わず吹き出した翡燕は、長かった空白の期間を容易に埋めてくれるほど可愛い。

(離すと飛んでいきそうで怖いな)

腕の中で笑う翡燕に笑顔を返して、黒王は街に向かって歩き出した。


街の農園で野菜を作っていた初老の男は、目の前のサガラの言葉に驚きを隠せない様子だった。

「どういう……ことでしょうか、巡衛隊長様……。あの荒れ地が、甦った？」

「ああ、そうだ。まだ組合はあるか？　全員で見に行って割り当てを決めろ。決めたら詰所へ報告しろ」

驚くのも無理はない。何万年も呪われた土地と言われ、放置された場所が一夜で甦ってしまったのだから。

「このまま放置すると、必ず独占しようとする者が現れる。以前組合長を務めたお前なら信用できると思っているが、皆を纏めることはできるか？」

「……！ も、もちろんでございます！ かつての仲間も集めて、作業に取り掛かります！」

「……不正がないか、皇都巡衛軍は順次見回りに来る。しっかりやれよ」

跪く男を制止しながら、サガラは小さく溜息をついた。

（まったくお師匠様は、やることが早すぎてこちらの処理が追いつかねぇ……）

『――おはよう、サガラ。あの土地生き返ったから、あとはよろしく。かつての組合長に、統括を、ふわぁ、頼んでくれ……僕は寝る』

朝方に翡燕から言われた言葉に、サガラは歯磨きをしながら吹き出した。馬を飛ばしてあの場所を見に行くと、言われた通り土地は甦っていた。一転した景色に、サガラも自分の目が信じられなかった。

いまだ困惑している初老の男は、うろうろと視線をさ迷わせている。

「しかし巡衛隊長様、どうしていきなり……」

「……神様が帰ってきたんだよ」

目を見開く男の肩を叩いて「さぁ仕事だ」と言うと、バタバタと彼は出ていった。

その姿を見ながら、サガラは煙草を取り出す。

(なんか急いているようにも見えるんだよなぁ、お師匠様……何とかなんねぇかな)

帰ってきてまだひと月ほどだというのに、成し遂げたことが多すぎる。

皇族の耳に入るのも、時間の問題ではないだろうか。


一方、屋敷の居間では、張り詰めた空気が漂っていた。朱王は来客用の寝椅子へ座り、逞しい腕を威圧的に組む。

「なるほどぉ？　獅子王は俺に指図するほど、偉くなったってことやのう？」

「……！　いや、おれは、その……」

側に立つ翡燕の熱い視線を感じながら、獅子王は目の前の朱王に呑まれそうになっていた。

朱王は空になった茶器に茶を注ぎ、牽制するように獅子王を睨む。

「南の荒れ地が甦ったんは良かった。んで、今まで手を出しても無駄やった土地が、価値のある土地になり狙われやすいんは、俺やって分かる。……要は南方軍の守りを強化せぇってことやろぉ？　しかしそれを何で、お前から言われなあかんねん」

「い、いや……国軍がお忙しいのは分かりますが、農地を開拓する者たちに危険がないように……」

翡燕から事前に伝えられた言葉を引き出し、獅子王は必死に反論する。しかし目の前の朱王は茶器を口につけたまま睨むことをやめない。気を抜けば、目を逸らしたくなる。

この圧をかけられて顔色一つ変えない翡燕はやはりすごいと獅子王は再認識するしかない。

「……南側は亜獣の飛龍が住む地域や。ほかのとこより守りは固くしとる……東北の砂岩にいた族は黒の野郎が殲滅したようやから……そうやなぁ……」

凄みながらも、朱王はちゃんと思案している。その様子に翡燕の頬が自然と緩んだ。

国軍は手を抜けない機関でもある。四天王の中で一番仕事をしているのは意外にも朱王なのかもしれない。

「おし、分かった。甦った土地は手放せん。増員しておく。……その代わりにやなぁ、翡燕、一緒に街へ出かけへんか？」

「いいですよ」

「ええんか!?　今日は素直やな！　翡燕！」

手放しで喜ぶ朱王に翡燕も悪い気はしないようだ。朗らかな笑顔を浮かべ、朱王の顔をしっかりと見つめる。

「今から増員の手配をしてくれるなら行きます」

「造作もないわ。すぐ手配する。早速行くで、翡燕」

朱王が翡燕の手を引き、足早に去っていく。獅子王が慌ててその後を追った。

「しゅ、朱王様、翡燕は身体が弱いのです。あまり無理させると……」

「そんなん分かっとる。翡燕、疲れたら言うんやで？」

「はい、朱王様。主、大丈夫ですよ」

心配そうな獅子王に翡燕は片目を瞑って合図する。大丈夫と伝えたつもりだったが、果たして伝わったかどうかは分からない。翡燕が街に行くのはずいぶんと久方ぶりだ。獣人たちから襲われて以来、街をゆっくり散策することもなかった。

「翡燕、馬には乗れるか？」

「馬!?　乗りたいです！」

門を出ると、屋敷の前に巨大な赤毛の馬が道端の草を食(は)んで待っていた。逞しい体躯に沿ったたてがみが柔らかに風になびいている。その懐かしい姿に翡燕ははっと息を呑んだ。

(赤風(セキフウ)だ!!　久しぶり！)

翡燕は思わず駆け寄ると、その首にしがみ付く。

赤風は朱王の獣徒で人型をとらない獣人だ。獣人族にも長命種が多く、赤風はずっと朱王と共に育った、兄弟のような馬である。赤風は言葉を話さないが、意思はしっかり持っている。

赤風がぶるると鼻を鳴らし、頭を擦りつけてくる。どうやら赤風も、翡燕を認識してくれたようだ。久しぶりの再会に喜びが溢れ、翡燕は赤風の鼻筋に何度も口付けを落とした。

「……熱烈やなぁ。翡燕は動物が好きなんか？」

「好きです！　可愛い！」

「可愛いんは翡燕やなぁ？　なぁ、赤風」

朱王が背を撫でると、赤風は嫌そうに鼻で朱王を押しやる。この二人のじゃれ合う仕草も、つい懐かしくて笑みが零れてしまう。

以前はひょいと乗れていた赤風も、今の翡燕には大きすぎて騎座に手が届かない。

朱王が先に乗り、伸ばされた手を翡燕は素直に掴んだ。いとも簡単に引き上げられ、赤風に跨る。

「行くで」

「はい！」

期待を込めて返事をすると、後ろに跨る朱王から笑い声が響いた。


目の前の水色の髪がさらさらと靡(なび)く。

翡燕の髪を一房掴んで朱王は想いを馳せる。かつて恋い焦がれた男の髪は白に近い水色だった。

（戦の髪は、もう少し色が薄かった……）

目の前の青年は身体も小さく華奢で、彼とは似ても似つかない。瞳の色さえ違うのに、なぜこんなにも心が突き動かされるのか、朱王には分からなかった。

「何か欲しいもんはあるか？　何でも買うたる」

「何もいりません。美味しいものが食べたいです」

「翡燕は意外と食いしん坊や。昼食は灯来亭(とうらいてい)にするか？」

その言葉に翡燕は振り向いた。顔いっぱいに笑顔を湛(たた)えて何度も頷く。

朱王も笑顔を返すと、道の先を指さした。

「都の入り口に飴屋もある。食べるか？」

「露店があるのですか？　行きたい！」

「少ないけどあるで。行ってみよか」

朱王は赤風を走らせ、都の中央広場へ急ぐ。

露店が出ている場所まで進んで朱王は先に赤風から降りた。翡燕を抱きかかえようとしたが、彼は赤風からひょいと飛び降りる。

「おてんばだな」

「僕も立派な男子ですよ」

翡燕は生意気に笑うとべーっと赤い舌を突き出した。身体が弱いはずなのに、時折見せるやんちゃな部分が堪らなく可愛い。それが翡燕の魅力の一つでもあった。

翡燕は街並みを眺めながら露店で買った飴を嬉しそうに舐める。朱王は並んで歩きながら、時折その横顔を眺めた。

楽しんでいる顔だが、どうしてか寂しそうな色が潜んでいるようにも見える。年若い青年だが、時に達観した雰囲気も垣間見えるから不思議である。

街には人がちらほら見え、通りも以前に比べ賑やかだ。露店が増え始めたのもつい最近だった。

「最近は巡衛軍が真面目にしとるから、これでも露店は増えた方や。街にも人が多なった」

「それは、喜ばしいですね」

「珍しく黒も仕事しとる。まぁ、あいつは目障りなだけやけど」

「黒王様ですか？　それも喜ばし……」

言葉なかばで、機嫌よく話していたはずの翡燕が話も歩みも止めた。

不思議に思った朱王が横を見ると、翡燕が目を見開いたまま硬直している。手に持っていた飴が、ぽろりと力なく地面に落ちた。

翡燕が一心に見つめる先。そこには男がいた。

長い黒髪を一つに緩く結った男は藍色の衣(ころも)を着て街を歩いている。身体は朱王と同じほど大きい。一目見てただ者ではないのが分かる。朱王はその人物を知っていた。現皇王の実弟、弐王(におう)だ。

朱王は男に歩み寄り、拱手(きょうしゅ)して頭(こうべ)を垂れる。

「弐王様、ご無沙汰しております。朱王でございます」

「おお、朱王！　偶然やなぁ。こんなところで会うとは…………っ!?」

弐王が言葉を詰まらせ、朱王は何事かと顔を上げた。弐王の視線の先には翡燕がいる。彼らの視線は確実に絡んでいた。そして弐王は、震える手を翡燕に向ける。

「……翡燕、なのか？」

朱王は驚き、翡燕の方を振り返った。翡燕は下唇を噛み締め、明らかな嫌悪感を顔に滲(にじ)ませている。普段の彼からは想像できないほど刺々しい顔で、冷たく尖った声を発した。

「なぜ、あなたがいる？」

「翡燕……本当に、本当に翡燕か？　帰って、きたのか？」

弐王が翡燕に近付き、更に手を伸ばす。

その手を、翡燕は激しく叩き払った。その仕草には激しい拒否がはっきり見て取れる。

「……僕に触れるな……!!」

吐き捨てると翡燕は一歩後退する。踵を返したと思うと、朱王の制止も聞かず走り出す。朱王は弐王へ頭を下げ、慌ててその姿を追った。全速力で走りながら、朱王は混乱する頭を整理する。

（弐王が翡燕を知っている？　翡燕も弐王を知っている……しかもあの態度はなんや？）

皇族に対する態度では決してない。弐王の身分を知らなかったのか、それとも翡燕がそれに相応するほどの身分なのか。

『帰ってきた』とはどういう意味か。

街中を引き返していると翡燕はすぐに見つかった。街の脇に小さく蹲った背中から、嘔吐く声が低く聞こえる。

「……翡燕！」

朱王の声に、翡燕は身体をびくりと弾ませる。

ゆっくり振り返った翡燕は朱王を見て怯えた顔をみるみる安堵の顔に変化させていく。そしてその身体が力なく倒れるのを、朱王は既のところで抱き留めた。

朱王は自分の私邸に着くなり、寝室に籠った。使用人は全て下がらせ、潜んでいる護衛にまで退くように命令する。完全に人払いしてから朱王は翡燕の身体を寝台へと降ろした。自身は床に腰を下ろし、寝台へと凭れ掛かる。

（……もしも……もしもお前が戦やとしたら、全てに合点がいく……）

思えばこの青年が現れてから、ユウラ国は少し騒ぎ始めた。

奴隷市場が一掃され、巡衛軍も真面目に仕事をするようになった。何に対しても無関心な黒王が翡燕には執着を示し、荒野が一夜にして甦った。

「だとしたら……何でや。何で、教えてくれんのや」

声に反応してか、翡燕がわずかに身じろいだ。朱王が黙して見守っていると、翡燕の目蓋が薄ら持ち上がる。その下から覗く瞳は、底まで透けるような浅葱色だ。その美しい双眸に、驚愕の表情を浮かべる朱王が映る。瞬間、翡燕は慌てたように瞳を閉じた。

「……目ぇ、開けぇよ」

悔しさを滲ませた声で朱王が言う。

翡燕は瞳を閉じたまま眉を顰め、花弁のような下唇を噛んだ。

朱王が寝台へ膝を掛け、翡燕の両肩を掴む。そのか細さに心が絞られた。

「なぁ頼む。……目ぇ、開けぇって……」

発した声が震える。

途端、朱王の両目からボロボロと涙が滴り落ちた。その涙に驚いてか、翡燕が目を見開く。その瞳の色はやはり、朱王が長い間恋い焦がれ続けた、浅葱色だった。

「……戦……」

「……戦司帝は、もういない」

翡燕の呟いた声がか細すぎて、朱王は顔を手で覆った。声にならない嗚咽で肩を揺らすと、小さな手が朱王の肩に触れる。

「戦司帝は死んで、抜け殻だけが残った。……ただいまなんて、言えないよ」

「……ただいまなんて、いらん……」

顔を手で覆ったまま、朱王が口を開く。手から覗く朱王の口の形は、駄々をこねる子供のように波立っていた。

「亡骸でもええから、帰ってきてほしいって、三万年間願ってたんやぞ!! ……お前が息してるだけで、十分なんじゃ！ ぼけぇ！」

「……ごめ、ん……」

謝りながら翡燕は目蓋をゆらゆら揺らす。朱王は覆っていた手を離し、翡燕を見据えた。

「まさか、眠いんか!? 今の状況で！」

「……ごめん、スオウ……起きたらまた、あやま……」

言い終わる前に翡燕の手はパタリと敷布へ落ちる。まるで気を失うような眠り方だ。朱王が眉を顰める中、人払いしたはずの寝室に、誰かが入ってくる気配がする。

寝台の後ろに立った人物に、朱王は振り返らないまま声を掛けた。

「来ると思っとったで。黒」

何も言わず立ち尽くす黒王は、朱王と同じような表情を浮かべていた。

翡燕の身体に掛布を被せ、朱王は黒王を促して寝室を出る。寝室から続く渡り廊下には人払いしたせいか誰もいない。

朱王は庭に降りると、池の脇に作られた亭へと腰掛けた。すると、危機感のない腹がぐぅと鳴る。思えば昼食を食べていない。翡燕と灯来亭に行く予定だったのに、予想外の出来事が多すぎた。

隣に立っている黒王が小馬鹿にしたように鼻を鳴らす。

しかし今は、舌打ちするぐらいしか反応ができない。

「……お前が翡燕に執着しとる時点で、気付くべきやった。くっそ、腹立つわぁ」

「……」

「何で誰にも言わへんねん」

「……」

黒王は自ら言葉を発しない人間だ。往々にして会話が成り立たない。

成立しない会話に、朱王は頭を掻きまわす。いつものことだったが、今日は殊更もどかしい。

「何で黙ってた!? 戦がどういう状況でも、国を挙げて帰りを祝うべきやろ！ もうこの国は、返せないほどの恩を戦に貰ってるんやから！」

「……望まん」

「望まんって戦がか？ 望む望まんちゃうやろ！ 戦が帰ってきたってだけで、この国はまた動けんねん！」

「……戦じゃない、翡燕だ」

朱王は思わず殺気を以て黒王を睨み付けた。喋ったら喋ったで、会話が混乱する。

「お前はなぁ、頭ん中でごちゃごちゃ考えとんのを、他人が理解してると思うなよ。問いには相応の返事せぇ！」

「……善処する」

「いきなり素直になんな！」

返事を返す黒王がどうしてかいつもより愉しそうに見える。

朱王は大きく舌打ちをすると、面白くもなんともない池を見遣った。

「……翡燕っていうんは、戦の本名なんか？」

「……そうだ」

黒王の返事を聞いた途端、朱王が怒りに顔を歪める。怒りのまま柵を殴りつけると、亭がミシミシと音を立てる。

「だとしたら……くそほど胸糞悪い事実が、今日分かってもうたな。………お前、聞く勇気あるか？　っていうか聞け」

「聞く」

即答する黒王を見て、朱王は少しだけ頬の強張りを解いた。溜まりに溜まった澱をようやく吐き出せる。

「昔、戦が誰かに乱暴されたんは、知ってるな？　その誰かは……皇王の実弟、弍王かもしれん」

「……」

「弍王は今、都に帰ってきている。翡燕にも気付いた。名を呼んだ。くっそ、胸糞わるいやろ」

皇王の実弟である弍王は皇王の座には興味がないと宣言した後、西の地に留まっている。医術に精通し、今では国で一番の名医と謳われる男だ。国の祝い事の時のみ、都を訪れている。それは今も昔も変わらない。

戦司帝であった頃の翡燕も弐王とは少なからず交流があった。実際に朱王も、弐王と翡燕が親しげに話しているのを見たことがある。その時の翡燕の態度には何も違和感がなかった。しかしその心中が穏やかであったなど思えない。

いつまでも返事がない黒王を朱王は見た。普段は何に対しても顔色を変えない黒王が、まるで痛みに耐えるような表情を浮かべている。

朱王も黙り込み、また池へと視線を移す。すると後方から、小さな溜息と共に声が響いた。

「何だ。知っていたのか……」

「……っ！　翡燕!!」

二人の後ろに立つ翡燕は亭の柱に身を凭れ掛けさせながら、どこか悲しげに微笑んでいる。四天王二人の背後を取るなど、やはり翡燕はただ者ではない。

驚愕に目を見開く二人を前にして、翡燕は口を開いた。

「……その件は、もう終わったことなんだ。僕ももう許しているし、今日つい反応してしまったのは……まぁ、この身体になってしまったからかな……」

「……許す？　許されへんやろ？」

「二人ともどこまで聞いているんだ？　……ちょっと悪戯されただけなんだよ。このことで皇王は激怒し、彼は皇宮を離れた。もう十分罪は償っている」

翡燕が朱王の横へと座り、その肩に額を押し付ける。朱王は身を固くし、黒王が悔しげに顔を歪めた。翡燕はそんな二人の反応を知ってか知らずか、すんと息を吸って緩やかに吐き出す。

「に、してもだ……。ありがとう、蘇芳。……今日はお前が側にいてくれて、良かった」

「……翡燕……戻る気はないんか？　戻ってくれたら四天王全員で、お前を守ることができる。いろんな意味でや」

「……」

黙して考え込んでいるような翡燕を、二人はじっと見つめる。

戦司帝の帰還は、四天王の悲願だ。いつでも迎える準備はできている。

翡燕は何も言わないまま、ぐっと身を後ろへと反らした。そして反動をつけ、朱王の肩へと頭突きする。朱王の呻き声を聞きながら翡燕はくすくすと笑う。

「僕を守るくらいなら、民を守りなさい」

「あいかわらず、頑固やなぁ」

「そうだ、蘇芳……灯来亭（とうらいてい）……！」

沈痛な色をたっぷり含んだ翡燕の声に朱王は吹き出した。同時に翡燕の腹もぐぅと鳴り、側にいた黒王が貴重な笑い声を零す。

治まりかけていた涙が今になってじわりと湧き出した。朱王は目元を拭いながら立ち上がる。

「買ってこさせるから、待っとき」

「え!?　食べに行きたい！」

「駄目に決まってるやろ！　まだ寝とかんかい！」

非難の声を上げる翡燕と自然な流れで食事に同席しようとする黒王に、朱王は溜息をつきながらも笑うしかない。

愛する男が帰ってきた。その実感はまだ湧かない。

しかし確実に、目の前の青年への想いが変わっていくのを朱王は感じていた。


翌日の昼過ぎ、戦司帝の屋敷に朱王がやってきた。

いつものように供は付けず、フラリと軽いノリ……ではなかった。真剣な顔で現れ、どことなく落ち着かないようにも見える。

「翡燕、おるか？」

「蘇芳か？　どうした？」

戦司帝の屋敷にも執務室があり、翡燕はそこから顔を出した。手には何冊か書物を持っているが、かなり重そうだ。

朱王がどかどかと翡燕に歩み寄り、その書物を受け取った。

「何をしとんねん」

「何って、片獣（へんじゅう）の子たちへの教材を探していたんだ。簡単な読み物はないかと思ってね」

「それは、お前がせんとあかんのか？」

「あかんねん」

翡燕は軽い口調で返し、また執務室へ戻っていく。

故郷の訛りを準（なぞら）えられた朱王は、虚をつかれたのかわずかに顔を赤くする。

そんな朱王の様子を、サガラと獅子王は離れた場所から信じられない思いで見つめていた。

昨日、翡燕が帰ったのは夕刻を過ぎてからだった。

翡燕を屋敷まで送り届けたのは朱王だったが、その時の彼は明らかにいつもと様子が違っていた。いつものおちゃらけた姿勢は鳴りを潜め、翡燕に対しては敬愛に満ちた態度で接する。おかしい、と獅子王は訝しがっていたが、やはりバレていたと後に翡燕に聞いた。

朱王は遊び人で有名だ。特定の相手を作らず、好みの相手がいれば強引にでも手を付ける。それで終われば良いのだが、朱王は地位も権力も高く、容姿は誰もが認める男前である。当の本人は本気にはならないが、強引に迫られた相手がずぶずぶと沼に嵌っていくのだ。

朱王に人生を狂わされた人間は数えきれないほどいる。しかし今、屋敷を訪れている朱王は、どこかわたわたと翡燕に振り回されているような雰囲気である。

朱王の本命はやはり戦司帝だったのだろう。突然帰ってきた本命に振り回されている図が、完全にできあがっている。

訪ねた朱王を放って、翡燕はいまだ教材選びに夢中になっていた。

「翡燕、話があんねんけど……」

「うん。蘇芳、これも持ってて。ああ、こっちも……」

執務室には山のように積み上がった書物がいくつも連なっている。机の上も同様で、書類の山や木簡で埋め尽くされている状態だ。つまりは、かなり散らかっている。

獅子王はこの部屋を、いつ帰るか分からない主（あるじ）のためにそのままの姿で維持していた。朱王も戦司帝の生活力のなさは把握しており、執務室の光景にはさして驚かない。

しかし今の翡燕は当時よりもかなり縮んでしまった。高く積まれた本に囲まれる翡燕を見ていると、はらはらとこちらが落ち着かない。

「おい、慌てんな。あぁ、あかん、俺が取るから待っとき」

悪戦苦闘する翡燕を押さえ、朱王はひょいひょいと書物を回収していく。

「蘇芳、すまないな。僕もまさか背が縮むとは思わなかったから……」

「にしてもや。書物は積むもんちゃうねん。崩れたら危ないやろ」

書物の塔を崩さないようにするのは存外骨が折れた。朱王は指定された書物を全て回収し、執務机へと置く。

一息ついた後、朱王は真剣な眼差しを翡燕に向けた。

「翡燕、お前このまま、獅子王の近侍って言い続けるつもりか？」

「……」

「見るからに近侍ちゃうし、粗が出るのも時間の問題やぞ」

「そうやなぁ……」

呟く翡燕に、朱王はぐぅと喉を鳴らす。

いちいち口調を真似して返す翡燕が可愛くて仕方がない。戦司帝の時もこんな風に揶揄(からか)うところがあったが、今の風体でそれをやるのは反則である。

はぁっと大きく息をついて朱王は雑念を流した。そして懐から木簡を取り出し、積み上がった書物の横へ置く。かなり古いものだが、木簡は出生証明書だった。

「俺の実家と繋がりの濃い貴族がおってな。そこの五男坊が荒くれモンで、勘当されて以来行方不明なんやが……その身分を買うた。この身分を名乗れ」

「買った？　いくらしたんだ？　馬鹿なことを……」

「その貴族は俺の実家に頭が上がらん。タダ同然で貰い受けたわ。そこの親や、親戚までそのことを周知させたから心配すんな」

翡燕は木簡を手に取った。幼名しか書いていないところを見ると、成人になる前に勘当されているようだ。

朱王の故郷は西の遠い地にある。ユウラの都に朱王と同じ出身の者はそうそういない。

「髪色は水色で、瞳も濃い茶色やったらしい。ごまかしも効くやろ。俺を頼って都に来たことにしとき。俺も口を合わせる」

「ってことは、僕は蘇芳の屋敷に住むのか？」

明らかに嫌そうな顔をする翡燕に、朱王は眉を下げて笑った。

「獅子王が片獣（へんじゅう）の保護施設なぞ大層なもん作って大変そうやから、お前はそこの手伝いをするように、俺に命令された。こんなもんでええやろ？　誉れ高い戦司帝の屋敷に住み込みや。ええなぁ？」

「ほんまに、ええなぁ。西の訛りはこんな感じか？」

「……不合格やな。発音がちゃうねん」

ばっさり切り捨てられた翡燕が悔しげに鼻梁へと皺を寄せる。

朱王は翡燕を見て、愛おしそうに笑いを零す。

もしも戦司帝が帰ったら、朱王はどんな手を使ってもこの手に抱き込もうと思っていた。しかし実際にこうして翡燕を目の前にすると、いつもの手腕が一つも発揮されない。攻めの姿勢も翡燕の前だとなぜか引っ込んでしまう。

「蘇芳、ありがとう。助かったよ」

「……礼なんて……いらん」

執務机に腰を引っ掛け、朱王はぶっきらぼうに言い放つ。その横に立っていた翡燕は朱王の肩を抱き寄せた。

かつては肩を抱いたり抱かれたりするのは当たり前だった。しかし今は体格差があるせいで、翡燕の腕は朱王の背中までしか届かない。それでも翡燕はその手で朱王の背を優しく撫でる。

「本当にありがとう」

「……ええて……」

翡燕の髪から薫衣草(ラベンダー)の香りがふわりと届く。かつての香りに朱王の胸がざわざわと騒いだ。

◇◇◇

『―――兄さん』

『ねぇ兄さん。薬草を取ってきたよ。干しておくね』

『ああ、すごいなぁ、翡燕。もう覚えてしまったのか？』

肩まで伸びた水色の髪は少年が笑うたびに跳ねて揺れる。

荘宗（ソウシュウ）の恩師はもう高齢で、隠居先は山の奥であった。少年はそこで拾われた子であったが、老夫婦の愛情をたっぷり貰い、健やかに育ってきたようだ。

翡燕と名付けられた少年は信じられないほど美しく、輝きに満ちていた。こんな山奥でなければ、きっと誰かの手に堕ちていたであろう。

荘宗がこうして訪ねると、恩師がわずかに怯えたような表情を浮かべる。翡燕を奪われたくないと瞳が物語っていた。

『翡燕、荘宗様の手を煩わせてはいけませんよ』

『いいんですよ、先生。翡燕は賢い子です。一つ教えただけで、まるで枝葉を広げるように知識を広げてしまう。私も教えるのが楽しいのです』

翡燕が嬉しそうに荘宗を見上げると、恩師はまた眉を顰（ひそ）めて黙り込む。

ユウラ国の第二皇子として生まれた荘宗は欲のない男だった。医術にのめり込み、こうして隠居したかつての恩師に会いに来るのも、医師としての知識を広げるためだ。

翡燕を奪おうなんて、その時は思ってもいなかった。

かつての記憶に掠め取られていた意識を、弐王である荘宗は引き戻した。

通りの先に見えるのは大きな門である。ユウラの英雄で、今はいない、戦司帝の屋敷だ。

翡燕がここにいる確証はない。いたとしても、また怯えさせるかもしれない。それなのに足が向いてしまったのは、あの子が帰ってきたという確証が欲しいからだった。

戻ってきたからといって会いに来て良い身分ではない。理解しているが、一目でも姿が見たかった。

「じゃあな、獅子丸。気を付けて」

「行ってきます。すぐに戻りますね」

門前に立つ獅子王を見送る、小さな人影が見える。門の隙間から覗く翡燕の姿を見た瞬間、弐王の全身が痛いほどに粟立った。

戦司帝の時代とは違い、華奢で美しい青年の姿だ。翡燕を皇宮に連れて帰ったあの頃と同じ姿に、胸がちりちりと焦がされていく。

息を詰めて見つめていると、ふいに翡燕がこちらへ視線を寄せた。弐王はぎくりと身を固くする。

翡燕は不機嫌そうに目を眇め、こちらへと歩み寄ってきた。

「なぜ、ここにいるんです？」

「……」

「弐王様ほどの大物が、供も付けずに歩かないでください。それにあなたはどこにいても目立つ。屋敷の門前に佇まれると、巡衛軍が来ますよ？」

「……すまない」

弐王の返事に翡燕は腰に手を当てつつ、大きく溜息をつく。前傾姿勢になりながら息を吐き切って、翡燕は弐王を見上げた。

「今ちょうど、料理人の子しかいないんです。茶でも飲んでいきますか？」

「……いいのか？」

「……どうぞ。安茶しかないですけど」

門に入っていく翡燕を追って弐王も門をくぐる。

中庭にいる眼帯をした男に翡燕は優しい微笑みを向けた。

「ヴァン、お茶を二人分お願いできるかな？　昼餉の準備で忙しいところ、すまない」

「すぐにお持ちします」

弐王は翡燕に促されるまま、中庭に置いてある小さな卓へ座る。翡燕が茶を注ぎながら、小さな口を開いた。

「この間は……すみません。取り乱してしまいました」

「お、お前が謝ることなど……」

弐王が眉を顰めて言うと、翡燕が困ったように笑う。向かい合って座る翡燕は凛と背筋を伸ばし、まっすぐに弐王を見据えた。

「僕はとうにあなたを許している。それは弐王様もご存じでしょう？　大体、何万年前だと思っているんです？」

「……」

「長い間寝ていて、目が覚めたらこの姿だったんです。まるで鎧を剥がされたようだ。こんな身体になってしまったせいで、この間は怯えてしまったのでしょう」

翡燕は言いながら弐王を見上げた。黒王と同じくらいの体格が窮屈そうに椅子に納まっている。身体が大きいのは体内の力が膨大な証だ。ユウラの皇族は揃って身体が大きい。

「では翡燕、私の手を握れるか？」

「……もちろん」

翡燕は躊躇わず、弐王の手を握る。得意げに翡燕が笑みを浮かべていると、弐王がその手をひっくり返した。

何をされるか気付いた翡燕は慌てて手を引くが、掴まれた腕はびくともしない。

弐王は翡燕の手首に指を当て、脈と気力の巡りを診る。

「……翡燕、お前ずっと力を巡らせているな？　具合でも悪いのか？」

「何ともない！　離せ……！」

「……ちょっと黙りなさい。大人しくして」

弐王に咎められ、翡燕は空いた手でぐしゃぐしゃと前髪を掻き回した。そのまま額を手で覆い、そっぽを向いて黙り込む。

弐王が息を詰める音を、翡燕は鼻梁に皺を刻みながら聞いた。

「……翡燕、今すぐ皇宮に帰りなさい。これは命令だ」

「嫌だ」

「私が……何とかしてみせる。だから、翡燕……」

「もう手遅れだ！」

悲鳴にも似た翡燕の声で弍王の手が緩む。その隙に手を引き剥がし、翡燕は立ち上がった。弍王は懇願するような目で翡燕を見上げる。

「……そんな身体で、何をするつもりだ？　翡燕」

「こんな身体で、皇宮には帰れない！」

震える手を握りしめて翡燕は目の前の男を睨み付けた。いつもそうだった。弍王の前だと、翡燕は上手く感情を制御できなくなる。

翡燕は弍王が憎かった。憎いはずなのに、いつも弍王を前にすると優しかった頃の記憶ばかりが甦る。

荒くなった呼吸を整えていると翡燕の目の前に黒い影が降り立った。殺気を伴うその影を、翡燕は躊躇（ためら）うことなく掴む。

「黒兎！　……お前、どうした？」

「……」

いつも無表情な黒王の顔が悪鬼のように歪んでいた。その視線の先には弍王がいる。

「黒兎、駄目だ。手を出すな」

「……翡燕の色が、こいつの前では濁る」

「……四天王の、黒王か」

今にも剣を抜きそうな黒王を見て弍王は渋々といった風に立ち上がった。そして黒王の後ろに立つ翡燕に向けて何度となく希う。

「今日は帰るよ。でもね、翡燕。私はいつでも力になる。どうか、考えていてほしい」

「……」

弐王が立ち去ると黒王は身体ごと翡燕へ振り返った。先ほどとは打って変わって、泣き出しそうな表情だ。

「大丈夫だよ、黒兎。それよりも駄目だろう？　弐王に手を出したら、お前だってただじゃすまない」

「翡燕、平気？」

「だから大丈夫だって」

翡燕をしっかりと見つめながら、黒王はまた悲しげに眉を下げる。

翡燕は慰めるように彼を撫で、秘められた不穏な空気を均していく。

腹の底に押し込んだ殺意を黒王はいつだって冷静に見つめている。そしてそれを、彼はいつでも引き出せるのだ。

「翡燕、いつでも言って」

「……何をだよ。怖いこと言うな」

翡燕はその大きな身体を抱きしめる。

そしてその胸の中で、言い聞かせるようにかぶりを振った。

ユウラの皇宮は今日も荘厳な雰囲気が流れている。荘厳といえば聞こえはいいが、単に沈んでいるだけなのかもしれない。

そんな昏い雰囲気の皇宮だが、秘書官長室だけは浮いている。今日も派手な愚痴が廊下にまで響き渡っていた。

「ちっ、ほんっと、やんなっちゃうよね。また獣人のお偉いさんと酒宴？　しかも獣王も出席？　げぇ」

「前獣王も前回と同じく密かに都入りするでしょうね。牽制のつもりでしょうか」

皇宮の秘書官長であるナギはいつものように愚痴を漏らす青王には一瞥もくれない。書類を凝視し、忙しなく何やら書き込む。こうでもしていないと、仕事が回らないのだ。やる気のない四天王の愚痴を聞くのは、片手間でいいとナギは割り切っていた。

そんな態度のナギを青王は責めることもない。四天王の中で一番砕けていて軽い。それが青王だ。青王は愚痴りたい時に秘書室を訪れ、寝椅子に座り延々と喋っている。

今日も今日とて、である。

「獣人なんて、エロい目でしか人間を見てないんだよ。ぼくをやらしい目で見るなんて、烏滸がましいと思わない？」

「青王様はお美しいですからね」

ナギがそう言うと、青王が切って捨てるように鼻で笑った。

絶世の美女、という言葉が相応しい唯一の男、それが青王だ。肩まである髪は青く艶やかで、肌は白磁のように白い。宝石のような碧い瞳と紅い唇。顔の造形においては、まるで計算し尽くされたように均衡が整っている。

「……でもあの人の方が、何万倍も綺麗だった」

「おや……珍しいですね。お師匠様の話をするなんて」

寝椅子の背もたれに顎を乗せ、青王はすんと鼻を鳴らした。どこか拗ねたような顔をして、片方の頬を膨らませる。

「最近さぁ、朱（あか）と黒が仲いいような気がするんだよね。探らせたら、最近あいつら戦の屋敷に遊びに行ってるらしいんだ」

「お師匠様の屋敷に？」

「うん。なんか獅子王も最近、ごたごたやり出したし、何か除け者にされてるみたいで悔しい。こっちは大変なのにさ」

獅子王が片獣（へんじゅう）の施設を運営し始めたという噂は青王にも届いていた。主（あるじ）を亡くしてから引きこもっていた獅子王が、急に活動し始めたことにもどこか違和感がある。

大きく溜息をついて青王は仰け反った。長い脚を放り出し「あ～ぁ、面倒くせ」と見た目にそぐわない毒を吐く。

「黙認してた人身売買もさぁ、急に取り締まって、獣人側ちょっと怒ってるし……獣人も何人か死んでるしさぁ。巡衛軍は何をいきなり本気を出してるんだよ。本気を出す前に申請してくんないとさぁ。外交している側としてはさぁ……」

「……申請書、作成しましょうか？」

「はは、ナギのそういうところ、大好き」

ちょいちょいと手招きされ、ナギは嘆息しながら立ち上がった。側まで寄ると、青王の腕がナギの首へ絡みつく。

ナギはまた大きく溜息をついて、青王と視線を合わせた。

「……今日は俺、下は嫌です」

「どうして？」

「だって今日、あなたは特に重ねるでしょう？」

青王はナギの耳元でくすくすと笑い声を零す。青王の瞳は緩やかな弧を描いているが、目の奥は冷ややかな芯が残っている。

割り切った関係だとお互いに承知の上だ。

青王に言われれば、ナギは抱く側にも抱かれる側にもなる。身代わりに抱かれるのも、いつもだったら構わない。しかし、お師匠様の話題が出た後は流石に気持ちが乗らなかった。

「よく言うよ、ナギ。それはお前も一緒だろう？」

「……お好きにどうぞ」

「じゃあ、どっちも……」

青王の言葉にナギは諦めたかのように目を瞑った。今日も残業だ、と胸の内で愚痴るしかない。


雲一つない晴れ空の下、戦司帝の屋敷は今日も朗らかな空気が流れる。

「翡燕様……食事の際は読書をお控えください」

「うん。ソヨ、もう少し……」

翡燕はそう答えた後、匙を咥えて頁(ページ)を捲った。手元には数冊の書物があり、足元にも積み重なっている。

遂にはソヨが翡燕の了承を得ず、足元の書物を片付け始めた。しかし当の本人は、本に夢中で気付いていない。そんな彼をサガラは呆れ顔で見つめる。

「お師匠様、何を読んでいるんです？」

「……三万年分の、歴史だ。寝ていた分のね……」

読書しつつ、食事しつつの翡燕の返事は当然ながら空(から)である。片手で書物を保持しつつ粥を食べる姿は戦司帝の頃によく見た光景だ。しかし今は、小さな手が幾分か無理をしているように見える。

先ほどから粥しか口に運んでいないのに気付いてか、獅子王が翡燕の粥に副菜をぽいぽいと入れ始めた。翡燕はやはりそれに気付かないまま、副菜入りの粥を口に運ぶ。

「朝餉が終わってから読まれてはいかがですか？」

「……朝餉が済んだら、子供たちに勉学を……」

「お師匠様がやらないといけないのですか？」

「……」

完全に集中し出したのか、翡燕からの返事が止まった。

サガラと獅子王は顔を見合わせ、溜息をつく。

翡燕は数日前から、片獣（へんじゅう）の子供たちに勉学を教え始めた。言うまでもないが、もう既に子供たちにはすっかり懐かれている。

しかしながら「先生、先生」と囲まれる翡燕を見ると、サガラは正直気に入らないのだ。

そして声高に叫びたくなる。この人はあの戦司帝なんだぞ、と。俺らのお師匠様なんだと。

子供じみた嫉妬だとサガラも分かっている。しかし「お師匠様」と表立って言えない立場としては、羨ましいことこの上ないのだ。

サガラが粥をかき込んでいると、翡燕が「あ」と声を上げる。依然、本は持ったままだ。

「ああ、グリッドは引退したんだね。獣人国の現国王はフォウルディータ……うん、舌を噛みそうだ」

「主（あるじ）が眠られてからすぐ引退したんですよ。最盛期での引退に、フォルト国は大騒ぎでした」

「そうか。彼は強かったもんな」

翡燕は本を閉じて、一息つくとサガラを見た。サガラが粥をかき込むのを口元を綻ばせながら見ている。

翡燕の弟子を見る瞳はいつも優しい。つい先ほどまで嫉妬に塗(まみ)れていたサガラも、その瞳にいつの間にか解(ほぐ)されてしまう。

「サガラ、獣人の奴隷市場が一掃されて、動きはあったか？」

「……あったといえば、ナギに愚痴を零されましたね。人身売買は今まで黙認していたので、いきなり取り締まられて獣人側が怒っているみたいです。和解するために宴が開かれるようですよ」

「どうしてナギが愚痴る？　あの子は秘書官長だろう？」

「秘書は青王様の管轄ですからね。外交官として宴に出る青王様に、ナギはいつも愚痴られているようです」

「え⁉　青王が外交官⁉」

翡燕が顔を輝かせ、弾けるように笑い出す。笑う姿は可愛いのに、卓をバンバン叩く癖は抜けない。

「あ～ぁ、時の流れってすごいなぁ。あのやんちゃな子が外交官か……」

「青王様をやんちゃなんて言うのは、お師匠様ぐらいじゃないですか？」

「そうか？　彼はさぞ美しく成長したんだろうね。可愛かったもんなぁ」

「……そのせいで獣人たちにやらしい目で見られるって、愚痴ってたそうですよ」

「……なに？」

翡燕はぴたりと動きを止めた。怪訝な顔を浮かべ、指の腹で自身の下唇をなぞる。

「それは……いけないな。外交の場は、そのように不純な場であってはならない。……可哀想に、きっと不安な想いをしているだろう」

「……お師匠様。もう青王様も立派な大人ですよ」

「う～ん……」

翡燕の中では、四天王は数万年前で時が止まっている。弟子に対してもそうなのだが、親目線が抜けないのだ。今は見た目が逆転しているため、サガラたちにとっては違和感でしかない。

「獣人は戦いを好む、猛々しい種族だった。色を好むような者たちじゃなかったけどなぁ」

「……そういえば、前獣王はよくユウラの都に来ているらしいですよ。今回も来ているんではないでしょうか」

「そうか。グリッドも元気にしているかな」

前獣王グリッドと戦司帝は深い信頼関係を築いていた。当時の外交の場には戦司帝が必ず出席し、飲めや歌えの大騒ぎをしていたと聞く。ご機嫌取りの接待が主となった現在とは大違いである。

食事を終えた獅子王が、思い出したように口を開いた。

「グリッド卿なら、ユウラでよく見かけましたよ。おれもよく行く場所だったので……」

翡燕が獅子王を見ると彼は少し寂しそうに笑う。その表情から、その場所がどこかサガラには分かってしまった。

ユウラ国の東の砂丘には、かつて魔泉があった。

以前そこで死した禍人の怨念が生じ、戦司帝が自らを犠牲にしてそれを治めた。今では魔泉は干上がって、大半が砂で埋まってしまっている。

そして今、前獣王であるグリッドは泉の淵に腰掛ける。いつものように懐から瓢箪を取り出し、中の酒を傍らの地面へと注ぐ。酒が砂に吸い込まれていくのを見届けて、グリッドも酒を呷った。

「うまいか？」

独り言を言うのもいつものことで、自嘲気味に嗤うのもいつものことである。

「ああ、つまらない」と見上げると、茜に染まった空がゆっくりと降りていく。

しばらく酒を飲んでいると、砂の上をサクサクと歩く音がした。

（最近見なくなった、戦司帝の獣徒か？）

弔いのために訪れているのか、グリッドは何度もここで獅子王と顔を合わせている。

しかし最近はその姿を見なくなった。遂に獣徒でさえ彼を忘れたのかと思うと、自分もそろそろとは思うものの、それができない。

聞こえる足音は軽い。獣人が踏みしめる音ではないと思いながら、グリッドは振り返った。

そこには青年が立っていた。水色の髪、浅葱色の瞳。戦司帝の特徴を全て併せ持っているが、余りに若く華奢だ。

「……誰だ？」

グリッドが言うと青年は笑った。親しみの籠った笑みで、ますます戦司帝の影が濃くなる。

「亡霊だよ。久しぶりだね、グリッド」

「……亡霊か。やっと会えたな。座れよ、話に付き合え」

隣に座った青年をグリッドは見つめた。横顔は確かに彼に似ている。しかし精悍さが抜けて、美しさだけが際立つ顔だった。彼から漂ってくる香りも、不思議と記憶に残る彼の香りと違わないように思える。

「まだ成仏してなかったか？」

「そのようだねぇ。なにやら地上が騒がしくて、寝てもいられないんだ」

「それにしても、出てくるのが遅ぇだろ」

グリッドが唸ると青年が膝を立てながら笑う。とても亡霊とは思えない、朗らかな笑い声だった。

「グリッドはあいかわらずだね。力も衰えていないのに、なぜ退いたんだい？」

「……王の座など、つまらんもんだ。特にお前がいなくなってからは、何もかもがつまらん」

「戦闘狂も変わらずか。ユウラには四天王がいるだろう？　相手に不足はないはずだよ？」

青年の言葉にグリッドが鼻を鳴らした。

不思議そうに首を傾げる青年に、グリッドは呆れた顔を送る。

「お前には遠く及ばない。そもそも腑抜けた奴らなど、戦う価値もあるまい」

「手厳しいねぇ」

「ユウラ国は腑抜けた。獣人国も同様に腑抜けだ。亜獣に滅ぼされるのも時間の問題だろう」

「……うん……亜獣らが脅威になるなど、思ってもみなかったな」

青年はそう言いながらグリッドの持つ瓢箪をちらりと見遣る。グリッドが舌打ちをしながらそれを渡すと、青年は笑いながらそれを呷った。

喉が小さく動き、「うまい」と声が漏れる。昔と変わらない仕草にグリッドの喉が鳴った。

「お前、亡霊じゃないだろ。手合わせしやがれ」

「あのなぁ……。今の僕は、その辺の子供より劣るよ？　亡霊だって言ったろ」

「……生前のお前には、ついぞ勝てなかった。それどころか本気の姿も見ていない。この際、死んだ後でもいい。勝たせろ」

グリッドがそう言い放ち、直後に身体から獣毛が生え始める。白銀の毛で全身が覆われ、尖った耳が現れると、牙や爪など凶器になる部分が発達していく。

狼の獣人であるグリッドは、半獣の姿になると二倍ほどの体躯に変化する。

その姿を見た青年が、懐かしそうに瞳を細めた。

「すまないな、グリッド。愉しめないと思うぞ？」

「構わない」

「……分かった。ただ一つだけ約束してくれ」

「なんだ？」

青年が立ち上がり、その手に具現化された剣が現れる。昔使っていた大剣とは違う、細身のものだ。

彼は申し訳なさそうに微笑むとぽつりと漏らす。

「ユウラの奴隷市場を一掃したのは僕の指示だ。国からの指示は一切ない。だから怒りを治めてほしい。現国王に進言してくれないか？」

「……何だそんなことか。堕ちた自国の民など俺には関係ない。ユウラに対して牽制をかけているのであれば、止めるよう言おう」

「ありがとう」と青年が呟いた瞬間、空気が動いた。

グリッドの一撃を青年は剣で受け止めるが、衝撃で後ろへと吹き飛ばされる。そのまま身を反す と、近くの砂丘に降り立った。

「何と軽い身体よ」

「霊体だからかな？」

軽口を叩く青年へと間を詰め「抜かせ」とグリッドは腕を振り上げる。その攻撃を最小限の力でいなし、青年はまた後ろへと飛び退く。

グリッドはすかさず跳躍して青年の頭上まで跳び、拳を叩きつけた。剣で受けた青年の顔は力の波動を受けて痛みに歪む。

「重い！」と叫びながらグリッドの拳を跳ね返すも、勢いが足りない。跳ね除けられなかったせいで、繰り出された蹴りをまともに受け、青年は真横へ吹き飛んだ。

華奢な身体がまるで人形のように力なく砂の上を転がっていく。その姿を見ながらグリッドは楽しそうに笑う。

「巧いな！　飛ばされる方に退いたろう？　派手に転がって、弱者気取りか？」

「……あいかわらず、馬鹿力だ」

頭を振りながら立ち上がった青年は耳を押さえていた。手から血がしたたり落ち、青年の服を染めていく。

青年が血で濡れた手をはらい、グリッドに抗議の目を向けた。

「何が弱者気取りだ。見てみろ、耳が裂けた」

「おい、本気を出せよ。戦司帝。戦司帝」

「僕の名は翡燕だ。戦司帝は死んだ」

「……どちらでも良い。本気を出せ、翡燕」

グリッドの言葉に翡燕は大きく溜息をついた。具現化していた剣を打ち消して、グリッドを睨み付ける。その目に、強者だけが持つ強さが灯る。

グリッドが身構えてると、次の瞬間には翡燕が目前に迫っていた。美麗な瞳に見据えられ息を詰めた瞬間、側頭部に衝撃が走る。

バラ手で殴られた、と気付いた時には身体が傾いでいた。

踏みとどまろうと力を入れた足を払われ、体躯が大きく崩れる。間髪いれず、翡燕はグリッドの上に伸し掛かった。

グリッドの喉元には鋭利な何かが向けられている。上から見下ろす翡燕は顔半分を血に染めながら微笑んでいた。

喉元に突き付けられている物の正体にグリッドは驚愕に目を見開く。

「お前の爪だよ。ごめんね、痛かった？」

「……何という奴……」

いつの間に、とグリッドが自身の両手を見た。爪が数本へし折られ、指先は血に濡れている。獣人にとって肉体は武器であり誇りである。その誇りをへし折られ、あまつさえ武器として使われるなど、これ以上の屈辱はない。

悔しげに見上げると、翡燕が手をパッと広げて降参の仕草をした。

「おっと、もう僕は動けないよ。二回戦は無理だ」

力なく笑う翡燕の耳からは、まだ絶え間なく血が流れている。

グリッドは人型に戻りながら身体を起こし、翡燕の傷口を確認した。耳輪の真ん中あたりが裂け、後頭部まで裂傷が続いている。

「耳と一緒に後頭部も切れている。血が止まらんな」

「押さえてれば、止まるだろ」

翡燕がグリッドの身体の上から退いて手巾で傷を押さえる。胡坐(あぐら)をかいたまま、翡燕は大きく溜息をついた。

「はぁ、また弟子たちにどやされる」

「……お前、亡霊じゃないだろう」

グリッドの言葉に翡燕はつい吹き出した。「そうだ、亡霊だった」と言いながらクスクス笑う。

グリッドは同じく胡坐(あぐら)をかき、翡燕の笑う顔を眺めた。

「……お前はやはり、美しいな」

「は？　何だって？」

「……国の中枢に戻らず、何をしている」

「何をって、何もしていないよ」

翡燕がごろりと横になり、細い腕を投げ出して大の字になる。目線はグリッドに向けられたままだ。親しみが籠った瞳に胸が焦がされる。ずっと待っていたのはこれだったのだと、グリッドは思い知った。

どれだけ待つのかと揶揄（からか）われることもあった。懲りずに待ったのは、この感覚が忘れられなかったからだったのだろう。

言葉もなく翡燕を見つめていると、その小さな唇が開いた。

「グリッド……悪いが、このまま転がしておいてくれるか？　……そのうち獅子丸が迎えに来ると思う」

「……馬鹿なことを言うな」

グリッドが翡燕に身を寄せ、その顔に鼻先を近付ける。翡燕は眉を顰（ひそ）めるも、抵抗はしなかった。そのまま口付けて唇を一噛みしてから離れる。翡燕が「痛い」と呟くと、噛み跡のついた唇から血がじわりと湧いた。

それを見てグリッドは満足そうに笑い、力をなくした翡燕を背負った。驚くほど軽い身体に、また思わず笑いが漏れる。こんなにか弱い人間に負けたなど、同族には口が裂けても言えない。

翡燕からは小さな声が漏れる。不満をそのまま口にしたような声だ。

「なぁ……最近よく、口付けされるんだが……僕の口は、そんなにうまそうか？」

「なに？　それはいかんな。確かにうまそうではあるが」

「そうか……正直、困っている」

翡燕の言葉に笑いが漏れる。こんなに笑ったのは、何年ぶりだろうか。


まったく視線を合わせようとしない獅子王に翡燕は冷汗を掻いた。彼はずっと、自分の手元だけを見つめている。翡燕の頭に包帯を巻く、自分の手元を。

「し、獅子丸？　怒ってる？」

「……怒ってなど……」

血に濡れた手巾や水桶を片付けながら、側にいたソヨがぼそりと呟いた。

「……怒られるでしょうねぇ……」

「ソ、ソヨ？」

「サガラさんにも怒られますし、朱王様や黒王様にも隠せませんよ」

「……」

転んだだけだ、そう言い張ったものの、グリッドに背負われて帰った手前、信じてはもらえなかった。おまけにグリッドも負傷していたため、尚更言い訳は厳しい。

「良い風呂だった！」

朗らかな声を上げて居間に入ってきたのは、グリッドだ。

二人して砂だらけだったので、グリッドに風呂を勧めたのは翡燕だった。「傷に障る」というソヨの制止を聞かず、翡燕もさっと湯浴みを終えている。

グリッドの登場に獅子王はあからさまな警戒心を示した。翡燕の前に立ち、ぐるると喉を鳴らす。

「おお、怖い怖い。そんな顔をせずとも、もう翡燕を襲いなどせぬわ」

「……獅子丸。本当に転んだだけなんだ」

翡燕に袖を引っ張られ、獅子王は眉を下げて翡燕を振り返る。その姿を見てグリッドは腕を組みながら豪快に笑った。

「そうだな、転んでいた。俺の攻撃を上手く避けて、ゴロゴロと……」

「グリッド！」

翡燕に睨み上げられるも、グリッドは嬉しそうにするばかりだ。手を上げて降参の姿勢を取っているが、肩が込み上げる笑いで震えている。

「っくく……！　ああ、こんなに愉しいのは久しい。そろそろ帰るとしよう」

「ん？　もうか？　夕餉を共にと思っていたが……」

翡燕の言葉に視線で応えながら、グリッドは長靴を履いて服装を正した。

「お前との約束を、果たしに行かなきゃならん」

「……ああ、あれか。ありがとう」

「夕餉は、別の機会にいただこう」

襟を正してグリッドが言うと獅子王の喉がぐっと鳴る。

また来るのかとでも言いたげな顔に、翡燕も思わず笑いを零した。

宴の会場は、騒然となっていた。

ユウラと獣人国フォルトの宴は獣人側の形式に則り、立食となった。そこに、出席予定のなかった前獣王が現れたのである。

世襲制ではない獣人国はもっとも強いものが王になるのが習わしだ。しかしグリッドはその習わしを一蹴し、自ら王座を退いた。後を継いだのは、弟分であるフォウルディータだ。

グリッドは王座を退いてからは公の場に姿を現さないものの、獣人国ではいまだに最強を誇っている。そのため獣人国の頂点は、尚もグリッドが君臨しているといっても過言ではない。

そんな前獣王が宴へと現れたことで、ユウラ側はもちろん、獣人側も動揺を隠せない。

「呼ばれてもおらんのに、来て悪かったな」

軽い口調で会場に入ってきたグリッドだったが、酒を飲みに来た雰囲気ではなかった。獣人側を威圧するように睨み上げ、人型であるのに獣化しているような迫力で会場を歩く。

そしてグリッドはフォウルディータの前に立った。グリッドの体躯はフォウルディータの体躯を大きく上回る。

現獣王に敬意を示すこともなく、グリッドはフォウルディータを威圧的に見下ろした。

「フォウル、これは何の宴か？」

「……グリッド卿、なぜここに？」

明らかに狼狽えるフォウルディータは視線をあちこちにさ迷わせている。しかし彼が望む助けはどこからも得られない。

答えないフォウルディータを侮蔑の目で見下げた後、グリッドは側に立っている青王へと視線を移す。

「久しいな、四天王。お前は青か？」

「……はい。青王でございます。グリッド様、誠にお久しぶりですね」

不穏な雰囲気を垂れ流していたグリッドが少しだけ態度を緩めた。鼻をすんと鳴らしながら会場をぐるりと見回す。

会場は嫌な臭いで包まれていた。獣人に腰を抱かれる人間や娼婦らしい女性をはべらせる獣人。

グリッドが呆れたように口を開く。

「……ユウラ側が誰一人として、楽しんでおらん。これが宴か？　……宴とは本来、双方が仲を深めるためにあるのではないか？」

「グ、グリッド卿……」

「黙れ」

フォウルディータを牽制するように睨み、グリッドは青王へ向き直る。

「青王よ。急で申し訳ないが、我が私邸をユウラに構えても良いか？」

「ユウラにですか？　ええ、もちろんでございます。拒む理由もありませんし……誰も異議は唱えないと思いますが……」

快い返事にグリッドは頷くと、次は獣人たちへ鋭い視線を投げつけた。その目には侮蔑の感情がはっきりと見て取れた。

「そんなに人間を抱きたければ、娼館へ行け。お前たちが施しを受ける理由はない。人様の国で奴隷商売なんぞやりおって。恥を知れ！」

爆風のような圧がグリッドから発せられる。会場全体に行き渡った抗いようのない圧に、獣人は漏れなく、王のフォウルディータまでもが身体一つ動かせない。

しんと静まり返った会場で「まぁ、いい」とグリッドが呟く。

「これからは……我が私兵をユウラに置き、不正をする同族を取り締まる。俺もフォルトとユウラを行き来しながら監視を強めよう。フォウル、良いな？」

「……」

何も答えないまま震えている現獣王を忌々しげにグリッドは睨み上げた。舌打ちを零し、現獣王の胸元に指を突き付ける。

「気が変わった。俺が王座に返り咲いてやろう。ここでお前を八つ裂きに……」

「わ、分かりました、グリッド卿！　許可、いたします……」

「……はやく言え。返事が遅い」

獣人国のやり取りに青王は唖然としながらも、成り行きを見つめるしかなかった。

今まで国政に興味を示さなかったグリッドである。なぜ今更ながら干渉するのか、ユウラ国側にもさっぱり分からない。

「ところで青王よ」

意味深な笑みを浮かべたグリッドが青王へと近付いてくる。

青王が目を丸くしていると、グリッドがその耳元へ口を寄せる。

「この辺りの娼館で、青か水色の髪の男娼はいるか？」

「……？」

「久しぶりに昂ってな。どこかおらんか？」

青王はふ、と息を漏らした。

グリッドの瞳に情欲の色は浮かんでいないが、この状況だ。グリッドのお陰で獣人族との軋轢が消えたと言っていい。

青王はグリッドに向け、含みのある笑みを浮かべる。

「ではぼくが、お相手いたしましょう」

「お前は駄目だ」

予想もしていなかった答えに、青王は反応もできず硬直する。

グリッドは細い眉を歪ませて、溜息をつく。

「青と寝たなどと言ったら、あいつに一生恨まれそうだ。自分を安売りするな、青王よ」

「あいつ……？」

「亡霊だよ」

首を傾げる青王を見て、グリッドは何かを思い出したかのように肩を揺らす。

そして踵を返し、動けないでいる獣人たちを睨み付けながら、グリッドは去っていった。

一方の翡燕は、身体を襲う悪寒に悪態をついていた。掛布を首まで引き上げるものの、震えはまったく治まらない。腹立ち紛れに零した舌打ちさえ弱々しくて、心底情けなくなる。

翡燕の怪我を診たソヨから『夜中に熱が出るかもしれません』と言われ『そんな馬鹿な』と笑い飛ばして、今である。

獣の姿で寝る獅子王に気付かれないよう、翡燕は震えながら息を吐いた。今はこうして耐えればいいが、翌朝に熱が下がっていなければ確実に気付かれる。そしてまた、数日間の療養を強いられるだろう。

この身体に残された時間は少ない。しかし焦れば焦るほど、身体が歩みを止めてしまう。

翡燕が願うことは二つだ。国が荒れたまま去るのは、もう最後にしたい。そして最期はしっかり明確にしたい。

本格的に熱を持ち出した身体で、翡燕は浅い眠りと覚醒を繰り返す。重たい目蓋に翻弄されている中、翡燕はふと黒王の気配に気付いた。また中庭から入ってきたようだ。

夜中の訪問が多い理由は、黒王の執務を考えれば納得がいく。しかし忍び込む必要はない。だが彼は大抵こうして塀を乗り越えて、中庭から入ってくるのだ。

（……普通に門から入れば、いいものを……）

翡燕がぼんやりと考えていると、突如何者かに後ろから抱きしめられた。

入り口に背を向けて横臥していたので、寝台に侵入してきた者の顔は見えない。しかし身体の大きさと状況から、黒王であることは間違いない。

「黒兎……獅子丸に怒られるぞ。そもそも普通に門から入っておいで」

「……大丈夫、皆眠らせた」

「ええ？　なぜそんな、盗人のような真似をする？」

皇王を護るため、黒王は隠密にも長けている。三、四人眠らせるなど造作もないのは分かっているが、なぜわざわざそんな手を使うのかが分からない。この屋敷の者は誰も黒王を拒んではいないにもかかわらずだ。

しかも黒王は肌着一枚で寝台に潜り込んできている。理解不能な行動が熱に侵された頭では処理しきれなかった。

黒王は翡燕の頭に巻かれている包帯をそっと撫で、そのまま額に触れる。夜風で冷えたのか、その手は驚くほど冷たい。黒王の手が大きいため、翡燕の目元まで覆われてしまう。視界が遮られた状態で、黒王の低い声が耳元で響いた。

「……無茶した？」

「……」

もう翡燕には言い訳する気力も残っていない。しかも、昼間グリッドと腕試ししたのは事実である。否定しないでいるとぶわりと身体の中を何かが駆け巡った。

力を流し込まれている、と認識した瞬間、翡燕は身を捩って黒王に訴える。

「何してる!?　やめなさい、無駄使いをするな！」

「……」

「言ったろう？　貰っても、溜められない。流すことしかできないんだ」

戦場に限ってだが、力を失った仲間に気力を分け与えることは珍しくはない。

しかし、それは器あってのことだ。翡燕の小さくなった器ではすぐに溢れかえって流れ出してしまう。しかし慌てる翡燕をよそに黒王はどこか嬉しそうな声を発する。

「翡燕、気持ちいい？」

「は!?」

「この間、気持ち良さそうだった」

「……ああ、あの時か」

黒王の力を使って平原を甦らせた、あの時のことを言っているのだろう。翡燕にも自覚があった。他人の力が流し込まれている時、愉悦とも似た感覚が身体を襲う。

人の気力を体内に巡らせて思うがまま放出すると、堪らなく気持ちがいい。快感と言ってもいいかもしれない。

「……た、確かにいいが、今は必要ない」

「気持ちいいってことは、多分身体にもいい」

「……！　何言って……！」

身を捩って身体を起こそうとした翡燕を、黒王は押さえつけた。

横臥したまま黒王に体重を掛けられるだけで、身動き一つできなくなってしまう。体格差は大人と子供ほどあるのだ。どれだけ藻掻こうともびくともしない。

流し込まれた力をそのまま放つと、じわじわと身体の奥から熱を帯びていくのが分かる。

翡燕は思わず枕を両手で鷲掴んで、そこに顔を埋めた。

「お、ねがいだ……！　やめ、黒兎……！」

「翡燕、怖くない」

「っちが……！　離し、てくれ」

本格的に自分の中心が熱を持ち始めたことに翡燕は焦った。無意識に腰を揺らし、太腿を擦り合わせる。黒王はそれに気付き、嬉しそうに頬を緩ませた。

黒王は手を伸ばすと、翡燕の衣の上から硬くなった中心を撫でる。途端に翡燕の身体がビクリと跳ねた。

「ひゃっ……！　こ、こらっ！　何を……！」

「ここが辛い？」

「ちが、なで、なでるなぁっ……」

黒王の手を制止しようとするが、思うように身体が動かない。がっちりと固定された状態で撫で擦られると、堪らない快感が襲う。

翡燕の抵抗も空(むな)しく、とうとう衣の合わせ目から手が差し込まれた。

大きい手で直接握られると、黒王の指をありありと感じ取ってしまう。上下に擦られるだけで羞恥と快感がない交ぜになり、目の前がチカチカと点滅を繰り返した。

「っひッ！　いや、だぁ……！　コク、ト……！」

「うん。ここにいる」

「ち、ちがッ……！　てぇ、とめて！　とめ、てぇ……！」

流れ込む力の強さと与えられる快感に気が狂いそうだ。子供のように泣き叫びながら、翡燕は必死に枕を鷲掴む。もう限界が近かった。

「コ、コクトぉ、おねがい、やめ、っあ！」

「かわ……」

「ッつ！　おまえ、今っ！　あ!?　ひッ……っ！　て、手ぇ……！」

言葉も紡げないほど翡燕は快感に打ち震えた。太腿が痙攣し、足先がぴんと伸びる。

熱を吐き出す瞬間、視界が真っ白に染まった。しかし黒王の手はまだ離れず、まだ出せとばかりにゆるゆると動いている。

黒王の手で果てたという背徳感は長引く快感に打ち消される。送り込まれる力に強制的に高みが引き伸ばされていく。

「あつ、いぃ……っ！　もう、流さない、で……」

おかしくなってしまった身体に恐怖を感じ、翡燕はボロボロと涙を零す。

翡燕が何度達しても、黒王はしつこくそこを嬲った。空っぽになるまで吐精すると、黒王はやっと力を流し込むのを止める。

痙攣する身体から黒王の重みがなくなると、翡燕は甘い吐息を吐き出した。すぐさま黒王が覆い被さってきて、額や鼻筋に唇が落ちてくる。

「なん、で……こんな、こと……」

「……翡燕、気持ちいいね」

(駄目だ……もう、起きてから考えよう……)

じんじんと後引く熱を感じながら、翡燕は望んで意識を手放した。


翡燕が目を覚ますと、予想通り黒王はいなかった。もう昼前のようで獅子王も部屋にはいない。

身を起こして自身の身体を見下ろす。放った形跡はない。おかしいな、と首を傾げるも、あれが夢だったとは思えなかった。

翡燕は空を仰ぎ見て顔を手で覆い、もう一度寝台に突っ伏した。

(うわぁあ……黒兎……、ほんっとに、もう、あの子はぁああ……!)

恥ずかしさで身悶え、翡燕は寝台の上をゴロゴロ転がる。

黒王を含む四天王については、彼らが少年だった時から翡燕は知っている。武術や戦い方を教え、成長を見守り、成人したら戦友として共に戦った仲だ。翡燕にしてみれば黒王は弟、いや下手すると子供のような存在だった。

そんな彼に組み敷かれて、挙句の果てに痴態まで晒すこととなった。これで混乱しない親はいまい。

(しかも僕、蘇芳にも痴態を晒しているよな……? いや、あの時は薬のせいで……)

翡燕はピタリと硬直し、目を見開いた。今更ながら背中に冷たい汗がぶわりと湧く。

薬を使われた時の朱王の行動も今回の黒王の行動も、彼らが翡燕を労わってやったことだ。いわば処置と言えよう。

「じ、じゃあ、僕……。あの子たちに、処理してもらっている、ってことだよな？　いやでも昨日は、黒兎が流し込まなければ、あんなことには……」

翡燕ははっと目を見開いた。昨夜は発熱していたのに今はすこぶる体調がいい。熱が出た翌日の怠い感じも……特にない。明らかに恩恵を受けている証拠である。

「……な、なんてことだ！　なんて親だ！」

叫びながら悶えている翡燕の部屋に獅子王が飛び込んでくる。しかし翡燕はしばらく獅子王の顔さえも見ることができなかった。


ソヨは静かに溜息をつく。最近になって困り事が増えているのだ。

今日も今日とて、屋敷の外が妙に騒がしい。ソヨは扉を開け放し、声のする方を見た。

年若い女性が五人ほど屋敷の塀の前にたむろしている。ソヨに気付くと彼女たちはクスクスと笑い合った。

「何の用でしょう？」

「……あの、この『片獣(へんじゅう)の世話役の募集』っていうの、このお屋敷で働けるんですか？」

彼女たちは屋敷の塀に貼られた、求人の案内を指さしている。

ソヨは心中でうんざりと溜息をついた。このやり取りを、最近嫌というほど繰り返している。

「いいえ。ここの裏手にある、片獣（へんじゅう）の施設で働いていただく方の募集です」

「そうですか……。このお屋敷の侍女は募集していないんですか？」

「いいえ。募集しておりません」

ぴしゃりと言うと、彼女たちの顔が残念そうに歪められる。

ソヨは薄く笑いを返して容赦なく扉を閉めた。食い下がられると困ることは学習済みだ。

翡燕が屋敷に来た当初から、謎の美青年が戦司帝の屋敷にいると噂にはなっていた。近所だった
ソヨもそれは耳にしていたが、翡燕が滅多に姿を現さないことから、ただの噂で済んでいたのだ。

しかし片獣（へんじゅう）の施設で、翡燕が子供らに勉学を教え始めてから状況は一変した。尚かつ、朱王の地元の御曹司である肩書も増えてしまったのだ。若人が沸き立つのも無理はない。

ユウラ国では同性婚も珍しくないため、屋敷を訪ねてくるのは女性六割、男性四割といったところだろうか。人を惹きつける能力はいまだ十分に健在である。

ソヨが扉に閂（かんぬき）を掛けていると、後ろから声が掛かった。

「ソヨ。出かけてくる」

「翡燕様、駄目です」

振り向きざまに答えたソヨに翡燕は目を丸くしている。案の定、髪すら結っていない翡燕にソヨは大袈裟に頭（こうべ）を垂れてみせた。

「翡燕様、髪を結ってからお出かけになってください」

「すぐそこだし、子供たちしかいない。結わなくてもいいんじゃないか？」

「……駄目です。さあ、居間へ戻って」

渋々といった様子で居間へ向かう翡燕の後ろ姿をソヨは見つめる。

水色の髪は翡燕の腰のあたりで揺れている。背丈は違うが歩き方も戦司帝そのものだ。

戦司帝は髪を結わなかったため、翡燕が髪を下ろしていれば余計に彼の面影が濃くなる。

もう三万年も経ったからか、民衆の間では戦司帝は亡くなったという認識だ。若人などお伽噺でしか戦司帝を知らないだろう。

それでも念には念を、とソヨは思っている。

「傷がありますので、今日は緩く結びますね」

「うん。ありがとう」

ソヨが傷を避けながら髪を結っていると扉が叩かれた。扉が撓むほどの豪快な音だ。

「朱王かな？」

黒王であればこうも堂々と屋敷は訪れない。扉の叩き方からすれば朱王が妥当だろう。

しかし門前に立っていたのは、朱王ではなくグリッドだった。予想外の姿に迎えたヴァンが驚き、思わず仰け反っている。

居間の扉はいつも開け放しているため、翡燕にもその姿がよく見えた。

「グリッド！　まだユウラにいたのか？」

「ああ、まだ用事が残っている」

グリッドは中庭を突っ切って居間に入ると翡燕の前の椅子へ腰掛けた。翡燕が歓迎の笑顔を浮かべると、グリッドも微笑みながら長い脚を組む。

グリッドは白銀の毛を持った狼の獣人だ。人型になっても髪は白銀のままで、緩く波立ったくせ毛をしている。彼はいつもその髪を無造作に束ねていた。

白銀の髪を揺らしたグリッドが翡燕へ興味深げな視線を送る。

「翡燕は、親がいない片獣(へんじゅう)たちの保護施設を作ったらしいな？」

「うん、作った。奴隷市場にいた子たちはもちろん、浮浪者に混じっていた子たちも集めた」

グリッドは「そうか」と言いながらヴァンが出した茶を呷った。まるで酒のような呷り方に翡燕が笑いを漏らす。

「では翡燕。俺はその片獣(へんじゅう)施設を支援しよう。出資させてくれ」

「……どうしてだ？　グリッドに何の得がある？」

小さな頭を傾ける翡燕を見てグリッドは拗ねるような表情を浮かべた。そして溜息をつきつつ、逞しい腕を組む。

「忘れたか？　俺は損得で動く男じゃない」

「……確かに。はは、失礼した」

「片獣(へんじゅう)の問題は両国の問題だ。それに今回の奴隷問題は明らかに獣人側が悪い」

「そうだが……施設を作ることは完全に僕の独断でやったことだ。グリッドに助けてもらう謂れはない」

「強情だな」

グリッドが呆れたように呟くと、ちょうど翡燕の髪結いが終わった。

結っていたソヨは頬をだらしなく緩ませている。取り繕おうとしているようだが、まったく制御できていない。

どうやら髪を緩く結ったところ、存外に似合いすぎたようだ。調子に乗ったソヨはつい緩めの三つ編みまで施してしまっている。これでは可愛すぎる。翡燕に却下されるのも時間の問題だろう。

しかしグリッドはこの髪型を気に入ったらしく、にやりと口端を吊り上げてソヨを見上げる。そして翡燕の意識を逸らすように話を続けた。

「卒業した片獣たちが獣人国を選ぶならこちらで働き口を与えよう。労働力が増えて良いことばかりだ」

「……確かに、そうだな。あの子たちには選択権がある。人間として過ごす未来だけを残すのも、酷だ」

人間と獣の間で生まれた子供は差別を受けやすい。その環境を改善しようとグリッドは提言してくれているのだ。翡燕にとってこの申し出はとても嬉しかった。

「本当に良いのか？」

「良いと言っている。資産は余りあるほどある。有意義なことに使いたい」

「ありがとう、よろしく頼む」

翡燕が笑みを湛えながら手を伸ばすとグリッドがその手を掴む。

「そうだ。まだ施設の名を決めていない。グリッドが決めてくれ」

「……そうだなぁ。……じゃあ、朗々荘」

「朗々荘？　良い名だな」

朗々と、夜が次第に明るくなっていくように、両国が良くなっていくといい。そんな想いが宿ったような名だ。グリッドらしい前向きな名付けだった。

「ところで翡燕。お前、結婚はしないのか？」

「ん？　藪から棒だな。そもそも僕に嫁いでくれる人などいないよ」

翡燕の返答にグリッドは吹き出した。

腹を抱える勢いで笑いながら立ち上がり、翡燕の肩を抱き寄せる。

「そうかそうか！　嫁いでくれる人か！　っはは！」

「そんなに笑うところか？」

肩を抱かれながら翡燕は眉を顰めている。しかしひどく嬉しそうなグリッドを責める気にもなれない。そしてグリッドが笑いながらも口を開いた。

「翡燕、俺は美しいものがそんなに好きじゃないが、お前は好きだ」

「……？　よく分からんが、ありがとう」

その答えにまたグリッドは笑い出す。

翡燕は戸惑いながらも嬉しそうなグリッドに少しだけ吹き出した。

第六章

皇宮の書庫には、膨大な量の書物が眠っている。

ユウラの長い歴史の全てがここに詰まっており、その管理を任されているのが白王だ。その聡明さはユウラの中でも頭一つ抜けており、ユウラの頭脳とも言われている。

そんな白王に声を掛けられ、青王は眉を顰めて立ち止まった。普段だと会話はおろか、挨拶もしない。青王と白王はそんな関係であったはずである。何事か、と青王は一瞬身構える。

「何をそんなに身構えている？」

「いや、何？　ていうか白の声、久しぶりに聞いた」

青王の言葉に、白王はふんと馬鹿にしたように鼻を鳴らす。

真っ白な髪に褐色の肌を持つ白王は最近になって眼鏡を掛け始めた。ますます昔の面影がなくなって、取っつきにくくなったと青王は密かに思っている。

「なぁ青……最近、都が騒がしいと思わないか？　……朱と黒も、様子がおかしい」

「白も気付いた？　なんか仲いいような気がするんだよねぇ？」

青王は笑いながら、本来なら相反する二人の姿を思い起こした。

表立って仲良くしているわけではないのだが、彼らの行動には共通点があるのだ。彼らは最近、よく仕事をし、よく出かける。明らかにおかしい。

「私は最近、二人に会ったんだ。そして同じように聞いてみた。『最近、都が騒がしいと思わないか？』と」

「ふんふん、何て答えた？」

「朱は『知らん』と答えた。黒は『知らない、聞いてない、今忙しい』と答えた」

「……そりゃ、おかしいわ」

青王が腹を抱えて笑い出すと、白王はほっとしたように微笑んだ。

袖で目尻を拭いながら、青王が口を開く。

「朱が一言なんておかしいし、黒が二単語以上喋るのは、もっとないわ」

「……解(わか)ってくれて良かった。戦の獣徒だった獅子王も動き始めたし、サガラも吃驚するほど働いている」

「サガラ……皇都巡衛軍ね。彼らには困ったよ。今まで黙認してた獣人たちを狩っちゃうんだもん」

奴隷市場を殲滅(せんめつ)して、獣人側を怒らせたことは白王の耳にも届いていた。

和解を図るため宴を開いたのは宰相の指示だったが、その宴に前獣王が絡んだと聞いた時は白王も耳を疑ったものだ。

「グリッド卿が絡むとなると本格的に怪しい。南の土地の甦生ももう無視はできない」

「……分かった。ちょっとぼくの方でも探ってみるよ」

白王が薄く微笑み、青王が応えるように笑う。

会話を交わすだけでも久しぶりなのに、共同作業までするとは思わなかった。昔に戻ったような感覚はずいぶんと久しい。二人してにやにやと頬を緩め、青と白が動き始める。


朗々荘に行ってくる。そう声を掛けて翡燕は裏門をくぐった。裏の空地に建てられた朗々荘は裏門から出てすぐに入れるようになっているのだ。

普通の外出だったら誰かが絶対に付いてくるが、裏門から朗々荘に行く時は単独行動ができるようになった。翡燕が日頃から寄り道せず朗々荘に通うからか、最近やっと独りで行くのを許されたのだ。

しかし今日の翡燕は、朗々荘に行くつもりはない。

(ごめんよ。ソヨ、獅子丸……)

謝罪を心の中で呟いて翡燕は表通りに出る。道の脇で休憩していた駕籠屋に声を掛け、翡燕は駕籠に乗り込んだ。行先は、都の中央部にある弐王の私邸だ。

不穏に鳴る心臓を押さえて翡燕は駕籠に揺られながら前を睨んだ。弐王の私邸に行くのは、戦司帝の時代を含めても初めてだった。できればあの時代に、一回でも行っておくべきだったと後悔する。悶々と考えているうちにもう門前に着いてしまった。

駕籠から降りると一度大きく深呼吸して門を叩く。出てきた近侍に、翡燕はできる限り愛想のいい笑顔を向けた。

「弐王様に翡燕が来たとお伝えください」

近侍が屋敷に消えたと思えば、驚くほどあっさりと中へ通される。これほど警備が緩くていいのかと訝しがりながら翡燕は門をくぐる。

案内された部屋の中は懐かしい匂いがした。

生薬と消毒液の匂いが混ざった、翡燕にとって涙が出るほど懐かしい香りだ。昔暮らしていた爺ちゃんの家と同じ匂いがする。

「翡燕、ゆっくり掛けてくれ。それにしてもなぜ独りで来た？　何かあったらどうするつもりだ？」

「……大袈裟ですよ」

陰鬱な様子の翡燕に弐王は責めるような目を向けた。まるで家族を窘めるような表情だ。居心地悪そうに翡燕が俯くと、弐王が重く口を開く。

「お前の身体については、私が一番理解していると思っている。皇宮に帰る件、考え直してくれたのか？　それともどこか辛いのか？」

「違う。でも……困ってる。……あなたなら、分かると思って……」

「何だ？　言ってみろ」

弐王は先を促すように問うが、決して近くには寄らない。翡燕を怖がらせないようにと配慮しているのか、一定間隔の距離を置かれているのが分かる。

翡燕は一息ついて重い口を開いた。

「僕の身体に残った力はわずかです。だけど力を貰えば、以前と同じように攻撃や技を発動することができます」

「……うん、お前なら可能だろうね。ほかに同じ境遇の者がいてもそんな芸当はできない。しかし貰った力を溜め込むことは難しい。そうだろう？」

「……流石ですね。その通りです」

弐王はやはり医術に関しては天才と言わざるを得ない。ユウラの民の特殊な身体の造りも完全に理解している。

若い頃からこの弐王は医術を極めるために学び続けていた。医術に向ける情熱は今も変わらず、国一番の医師という評判は一度も落ちることはない。だからこそ、この男から答えを聞くのが恐ろしいのだ。

「翡燕、それに何か問題が？」

「……あ、あの、非常に、言い辛いのだけど……」

今更ながらここに来たことを後悔する。しかし、相談する相手は彼しかいない。ほかの医師に相談しても首を傾げられるだけだろう。翡燕は思い切って、息を吸い込んだ。

「……ち、力を貰って、外に放出する時、その……とても気持ちが……いいんです。快感と言ってもいい。これって、大丈夫なんでしょうか？　……気力を提供している人間に害はない？　気力は自然と満ちるものだから心配はないと思っていたんだが……僕ばかりが、その……」

しどろもどろに言う翡燕を弐王は驚きを隠せない表情で見つめている。ますます落ち着かず、翡燕は視線を外して足元を見た。きっと顔は真っ赤に染まっている。

「……それは、朗報だ……！　翡燕！　きっと良いことだ！」

「へ？」

「試しに流してみてもいいか⁉」

「……っ！　駄目ですよ‼」

即答すると、弐王が残念そうに眉を下げる。興味深いことがあるといつもこうだ。翡燕が睨み上げると、弐王が降参といったように手を上げる。

「すまん。それは駄目だな」

「駄目でしょう。特にあなたは」

「……今日は辛辣だな。翡燕」

弐王は困ったように笑うと、薬がたくさん並べられた机へ腰掛けた。腕を組んで翡燕を見る。

「翡燕の心臓部にある心核は、言わば焼き爛れたような状態だ。前よりも小さくなっているし、あちこちに穴が空いて以前と同じように力が溜められない。……では翡燕、焼き爛れた場所には、どう処置をする？」

「……そうですね……薬剤を塗り、包帯を巻きます」

「そう！　しかし、そこに包帯は巻けないだろう？　それで考えたんだが……例えば、乾いた石に水をかけても溜められないし乾いてしまう。でも定期的に流せば苔が生え、石にも潤いが戻る。薬剤をかけて、かけて、かけまくればいい。そうすれば、何とかなるかもしれない！」

「……」

早口で捲し立てる弐王を、翡燕はじとりと見つめる。

白熱しているようだが、内容は到底許容できるものではない。しかも翡燕の懸念点の解決とは正反対に進んでいるのだ。

「……力を流しまくれば良いと仰っているんですか？」

「そうだ。幸いお前の周りには力が強い者たちが多くいる。投薬のように彼らから力を流してもらえば、可能性はあるかもしれない」

「それでも治らなかったら？」

「翡燕、悲観的になるな。皇宮に帰って安静を努めれば……」

「嫌です。断固拒否します」

「……っ、なぜだ⁉」

なぜだ、じゃないだろ。吐き捨てるように心中で零して翡燕は立ち上がった。

力を流してもらっている時の醜態は、自分が一番分かっている。ずっと家族のように思ってきた相手たちだからこそ、あの醜態を晒すことは翡燕にとって屈辱でしかないのだ。

加えて、彼らに命を委ねることになってしまうのが、一番耐えられない。

「……僕は……一度死んでいるんだよ？」

「……翡燕……？」

帰ってきてからずっと再会した時の彼らの顔が忘れられない。歓喜する顔、泣いた顔、怒った顔、それら全てが翡燕に熱い情を訴えてきた。

三万年分の彼らの想いは翡燕には到底分からない。どんなに辛かったか、寂しかったか、それを思うと胸が今でも張り裂けそうだ。

そんな彼らにこの命を背負わせられるものか。

「皆の力を分けてもらって醜態を晒し、自分は何もせず、挙句の果てに死んでみろ！　あの子らのせいになるのは、死んでもごめんだ‼」

こんな姿で戻ってしまった。また愛する者たちに最期を見せることになる。

だからこそ誰のせいでもなく、誰の胸も痛めることなく、終わりを迎えたい。翡燕の悲願だ。

狼狽える弐王を残して、翡燕は部屋を出た。

彼は追ってこない。弐王のことだから今頃翡燕の言葉を噛み砕いているだろう。もう今後、彼と関わることはない。

他人の力を使うやり方は今日から封印しなければならない。じゃあどうするか。

前を向き、思考を巡らせながら翡燕は弐王の屋敷から出た。

南に位置する『南宗門』は、ユウラ国と亜獣国の間に位置する関所だ。亜獣族が進行してきた時の最後の砦で、ユウラの中でも一番強固な造りになっている。

そして砦とは別に、門に守られるように小城が建っている。その小城は関所に似つかわしくないほどの豪奢な佇まいをしており、一見浮いて見えるほどだ。

その小城が建てられた理由は、ユウラの皇子にあった。

「んで、今回の療養はどうやったん？　左角さん」

「いつもと変わりません。こればっかりは皇子の気持ち次第ですからなぁ」

「そうか」と朱王が頷くと、左角が酒を呷った。

左角は皇子専属の護衛で前代の皇家護衛軍の長官だった男だ。年を理由に長官の座を黒王に譲り、長い間側で仕えていた皇子の専属護衛になった。

「左角さんも、早いとこ隠居せぇよ。働き詰めのまま死んでまうで」

「……隠居なんかしても、殿下が気になって病気になりますわ」

御年十何万歳になるかも分からない左角は、いまだに身体も力も衰えていない。

高齢であるにもかかわらず、皇子の専属護衛を務めていることから、皇家からの信頼度も相当なものだろう。

ユウラの第一皇子は昔から身体が弱い。屈強な身体を持ち、長く生きるのがユウラの皇家の特徴であるのにもかかわらずだ。

皇子は長い時を生きられそうにないと、生まれた時から侍医に告げられていた。それ以来皇子は、滋養のために年に数回、南西に位置する温泉地に足を運ぶ。

警護の強化のため、行きと帰りは朱王も同行し、この小城は休憩地点となっている。そして夜はこうして左角と呑むのが慣例だった。

「戦司帝が生きておられた時は今より生き生きとしておられたのですが。今はただ生かされている身だと、本人も言うばかりで……」

「……殿下はお優しい。立ち直るんも時間がかかるんやろうな」

「殿下はまだ、戦司帝様は生きていらっしゃると信じておられます」

「……そうか」

朱王は盃を口につけたまま、目を細めた。

戦司帝と皇子は仲が良かった。四天王がやきもちを売れるほど焼くぐらいに、それはそれは仲が良かったのだ。戦司帝の行く先々に皇子は現れ、戦司帝も身体の弱い皇子をとことん甘やかしていた。

訓練場に遊びに来た皇子を気遣い、帰りは横抱きで送り届けたり、皇子の身体のために各地から滋養のあるものを取り寄せては食べさせていた。戦司帝は自分よりも少しだけ若い皇子をまさに弟のように可愛がっていたのだ。

だからこそ四天王は皇子へと複雑な感情を抱いていた。しかし皇子と戦司帝は幼少期からの長い付き合いがある。絆は深いのだろうと、ぎりぎりとした嫉妬を抱えたままであった。

（……そうや、良い機会やからちょっと聞いてみるか……左角さんなら知ってるかもしれんし……）

朱王の脳裏に過ったのは翡燕の怯えた顔だ。

あの件は噂程度でしか知らなかったが、それでは済まされなくなったのが朱王の今の心情だ。今後翡燕と関わっていくにあたって懸念は払拭してやりたい。そのためには、当時を知る必要があった。

左角は皇子が赤子の時から皇家と深く関わっている。あの件も知っているはずだと、朱王は口を開いた。

「左角さん、酔った勢いで教えてほしいんやが……。昔、戦司帝が辛い目に遭った、あの事件。襲ったのは、弐王様やったんやろ？」

「……」

左角がわずかに目を見開き、そして眉根を寄せた。年季の入った皺がぐっと深く刻まれ、迫力が増すと同時に悲しげな雰囲気も帯び始める。大きく溜息をついて左角が薄い唇を開いた。

「いきなり何を……この件は、墓まで持っていくつもりでした。故人の過去の出来事を掘り返すのは無粋でしょう？」

「俺は、まだ戦司帝が死んだなんて思ってない。もっと彼のことを知って、もし帰ってきたら寄り添ってやりたいと思うてる。知ってるんやったら教えてくれ」

「……」

左角が黙り込んだのを見て朱王が溜息をつく。試しにと、軽い口調で「悪戯程度で済んだ事案か？」と問うと、左角が大きく目を見開いた。

「とんでもない！　悪戯程度なんてとても言えません」

「なら教えや。左角さんから聞いたなんて誰にも言わへんから」

左角はごくりと喉を鳴らした。すかさず朱王が左角の盃に酒を注ぐと彼はそれを一気に呷る。

「……その時代……まだ戦司帝様は年若い男子でした。青年になったばかりの、まだ強さの欠片もない美しい青年だったのです。……あの事件の朝、弐王様の居室で戦司帝様を見つけたのは殿下なのです」

「……殿下が？」

「はい。殿下はボロボロになった戦司帝を抱えて半狂乱になっておりました。戦司帝はその時、確かに死にかけておられたのです」

「……死に、かけ……？　なにを……」

何をされた、という言葉が詰まって、朱王は喉を鳴らした。翡燕は悪戯された程度だ、と言っていたはずだ。

左角は胸に溜まったものをまるで絞り出すように息を吐くと、盃を置いた。そして手指を組んで口元に押し当てる。

「……手酷く犯された上、真冬の時期に裸のまま、冷たい床に放置されていたのです。床で行為に及ばれたのか、体中に傷や打撲痕がありました。殿下が見つけるのがもう少し遅ければ……死んでいたでしょう。それほどのものでした」

話を続ける左角の顔が、朱王にはぐにゃりと歪んで見えた。腹の底から湧いてくる怒りと比例して、処理しきれないほどの悲しみが襲い来る。

頭に過(よぎ)ったのは朗らかに笑う翡燕の姿だ。戦司帝だった時も彼は笑顔を絶やさなかった。過去にそんな残酷なことがあったとは到底思えない。いや、思わせたくなかったのかもしれない。

「戦司帝様はそれから数日間、生死の境を彷徨いました。しかし意識を取り戻してからの方がお辛かったでしょう。美しかった水色の髪がほとんど白になってしまうほどに」

「……」

「まだ詳しくお聞きになりますか？」

左角の問いに朱王は首を横に振った。そして酒の甕に直接口を付け、一気に呷る。帰ったらどう接すればいいか、そればかりを考えて朱王はがむしゃらに酒を呷った。


遠くに兎牙の群れが見えて翡燕は頬を緩ませた。兎牙は牙が発達した大型の兎で獣の亜種だ。攻撃性も低いため人に害はない。しかもその肉はびっくりするほど美味しいのだ。

（すぐ乱獲されちゃうな。なにか条例を作らないと……）

日が暮れて少し経った頃、甦った南の平原に翡燕は来ていた。もちろんお忍びだ。

平原は見事に分割され、牧場や果樹園、畑などが作られていた。収穫間近の作物もある。

こうして野生の獣も来るようになって平原にかつての光景が増えていく。

翡燕は時折夜中に抜け出し、生き返り始めた平原を眺めに来ていた。荒れていた国が息を吹き返すのを見ると心底安心するのだ。

黒の上下の服装を着て黒の布で頭を巻き、念には念を入れて黒の面布で口元を隠す。完全に闇に溶け込んだ翡燕は軽快な足取りで歩を進める。気が付くと、南宗門を望める位置まで来ていた。

「いつ見ても、でかいな」

囁くような声で呟くと、近くの茂みからわずかに音がした。翡燕が視線だけを向けると、茂みから男が立ち上がるのが見える。

驚いて立ち上がったというような所作だった上、殺気もない。

翡燕が身構えずに見ていると、徐々に男の姿が明らかになってきた。

翡燕がその男の正体に驚愕すると同時にけたたましい咆哮が響く。明らかに亜獣の声だ。しかもその声は、男の斜め前方から発せられている。

「うわぁ、これも……でかいな」

闇夜から姿を現したのは見上げるほど大きな猿の亜獣だった。ここまで大きいのは珍しい。

翡燕は躊躇うことなく大猿と男の間に滑り込むと、剣を具現化させた。

咆哮を繰り返す亜獣はびりびりと空気を震わせている。威嚇し獲物を委縮させ、動かなくなった隙に喰うのがこの種族のやり方なのだろう。

「残念ながら、僕は委縮しないよ」

翡燕は素早く懐に入るが、大猿は避けるように飛び退いた。大きな体躯とは思えない反射神経に翡燕はひゅうと口を鳴らす。しかし大猿が飛び退いた先の光景に、翡燕は面布の下にある口を引き結んだ。

同程度の大猿が、あと三体いる。

「……こんな体躯で、群れるなよ……」

翡燕は大きく溜息をついて後ろの男に「逃げろ！」と声を掛けた。そもそも、こんなところにいるなんてこと自体がおかしい。見間違いでなければその男は供も付けず、夜中に出歩いて良い人物じゃないのだ。

大猿の最後の一体が崩れ落ちると翡燕は天を仰いだ。大きく息を吸って脱力しながらゆっくりと吐き切る。

（……久々に楽しかったけど、つ、疲れた……）

大猿たちは予想以上に機敏だった。おまけに連携しているような戦い方も見せ、亜獣としてかなり上位の方だったようだ。

「……もう、お陰でかっすかす。出涸らしだよ、僕は」

真夜中だというのに、今から歩いて帰らないといけないのだ。これでは片獣（へんじゅう）たちに勉学を教えている間に舟を漕ぎそうである。

はは、と苦笑いを浮かべていると突然腕を掴まれた。まったく気配に気付かなかったことに驚愕し、翡燕は振り返る。振り返った口に布を押し当てられ、そこから睡眠薬独特の匂いがぶわりと香った。

薄れていく意識の中、自分の身体を受け止める男が見える。それは紛うことなく、先ほど去ったはずの男、ユウラ国の第一皇子だった。

南門の小城へ帰るなり、ユウラ国の皇子である炉柊（ロシュ）は自身の居に籠った。

ずっと潜んで付いてきている護衛にいくら煩く咎められようとも、抱えている身体を離すことはない。居に入るといつものように世話役が炉柊を迎える。小さな頃からずっと炉柊の側に仕えている近侍だ。

「……左角は？」

「まだ、朱王様と呑んでおられます」

炉柊が頷くと近侍は寝台を整え始めた。掛布を剥いだ寝台に炉柊がそっと抱きかかえていた身体を横たえる。そして、面布に手を掛けた。面布を剥がし、炉柊は震え出した手で頭巾も剥ぎ取る。思った通りの髪色に胸が焼きつくように痛んだ。しかしそれと同時に、溢れかえるような高揚感が襲う。

「あは、ははは……」

「皇子様……」

炉柊は両目からボロボロと涙を零しながら笑いを零す。それは歓喜の声ではなかった。湿り気を帯びた昏い笑い声は咽び泣いているようにも聞こえる。

「お、皇子様……」

「下がっててよ、左利戸！　二人きりにさせてくれ！」

頬を涙で濡らし、炉柊は近侍である左利戸を睨んだ。

ユウラの第一皇子である炉柊は癖のある黒髪を持つ男だ。皇族は黒のまっすぐな髪が多い中、炉柊は異質と言われている。

身体も弱く、身体もほかの皇族よりも小さく華奢だ。しかし美貌は、皇族の中の誰にも劣らなかった。白い肌に透き通るような黄金色の瞳。瞳を縁取るまつ毛は漆黒で、涙に濡れると艶やかに輝く。

炉柊は寝台に横たわっている翡燕の身体をまたいで上から見下ろした。口から漏れるのはあいかわらず下賤な笑い声だが、瞳からは絶えず涙が零れ出してくる。

ぼろぼろと落ちてきた涙を顔に受けて、翡燕が目蓋を緩く開いた。

その下から覗く瞳の色に炉柊の顔が醜く歪む。そして唇を細かく震わせながら炉柊は口を開いた。

「……なぁ、私のことが、解るか？」

「……」

まだ薬が抜ける時間じゃないと、炉柊も理解はしている。しかし意識のはっきりしない目の前の男に、炉柊は腹の底から憤りを覚えた。特にその瞳の色には、言いようのない怒りを抑えられない。

「ねぇ、どうして騙そうとするんだ？　……聞いてる？」

「……ち、が……う」

「……！　ふざけるな！」

否定の言葉は炉柊にとって一番耐えられないものだった。鼻先が触れるほどに顔を近付け、翡燕を睨み付ける。

「その顔で！　その、声で……否定するのか？　その濁った黒い眼で、私を騙せるとでも？」

「……ちが……」

「皇族を騙せば、死罪だぞ？　……まぁ、いい。もうお前は、ここから出られない。薬を使って、ゆっくりと暴いてやる」

炉柊がそう吐き捨てて部屋から出ていく。

翡燕は扉が閉まる音を聞きながら抗いようのない眠気に身を投じた。


それからしばらくの間、翡燕の意識は浮き沈みを繰り返した。

部屋には香が焚かれ、それには微量の毒が含まれているようだ。

死に至ったり重篤化することはないが、身体の自由を奪い、気力の回復を阻害する。使い続ければ、力は回復することなく涸渇していく一方だ。

つまり翡燕はそのうち、黒の眼を維持できなくなる。

(流石炉柊だな。……あいかわらず賢い)

翡燕は鼻から溜息ともつかない息を吐き切った。口は布で封じられているため、鼻から吐くしかない。

両手首は胸の前で一つに括(くく)られているが、足は自由なままだ。しかし断続的に香炉の毒を吸い込んでいるため、身体は思うように動かない。どうせ動けないと高を括(くく)っているのか、必要以上の拘束を避けているのか、判断に苦しむところだ。

加えてもっと困っていることがある。皇子は翡燕を甲斐甲斐しく世話してくるのだ。

発熱した翡燕の額を布で拭ったり、定期的に水を飲ませたりと、彼は忙しなく動く。冷やした甘味が出てきた時は、翡燕も瞳を輝かせそうになった。いらないと首を横に振る行為が、翡燕にとっては一番辛かったことは言うまでもない。これなら床に転がされて放置された方がましである。

（……でも炉柊には絶対に露見してはいけない。貫き通さないと……）

戦司帝が生きているという事実を、知ってはいけない最たる者が、第一皇子だ。

翡燕が戦司帝であると確信を持っているようだが、こちらが認めなければ望みはある。

（そのためには、力が涸渇する前に逃げ出さなくてはならない。あるいは……）

思考を巡らせながら窓の外を見ると仄かに明るくなっているのが見えた。夜が明ければ、翡燕がいないことを獅子王たちも気付くだろう。

ぎぃ、と扉の開く音が響き、足音も続いて聞こえてくる。皇子の足音だと気付き、翡燕は瞳を閉じた。

「やぁ、具合はどう？」

「……」

「ああ、熱が高いね。辛いだろ？　はやく認めてしまえばいいのに……」

翡燕を毒漬けにしている張本人であるくせに声色は優しく、額を撫でる手も優しい。並みの人間ならとっくに陥落しているだろうが、翡燕は堕ちるつもりなど更々なかった。

ぐったりと身を沈ませた翡燕を炉柊は労わるように撫でる。そして翡燕に身を寄せ、耳元でそっと囁いた。

「あの時は、あなたがこうして私を労わってくれた。ずっと忘れられないんだ。ずっと待ってた。ずっと、ずっと、ずっと」

「……」

（……ああ……これは、いかん……もう限界だ……）

身体も限界なら、精神的にもガタガタだ。一晩中こうして耳元で囁かれ、発狂しそうになるのを必死で耐えてきた。吐き気すら込み上げてくる。

翡燕が奥歯を噛みしめていると居室の扉が豪快に叩かれた。武人の叩き方だ。次いで、懐かしい声が響く。

「皇子様、左角でございます」

「四天王、朱王でございます」

「……入るな！　……今行く」

扉の向こうからの声に舌打ちを零し、炉柊が扉の方へ向かう。

一方の翡燕は、寝台から離れた炉柊と自分との距離が、十分に取れていることを確認した。今しかない。

翡燕は音もなく身を起こし、頭元（まくらもと）を確認した。そしていまだ煙を燻（くゆ）らせている香炉が陶器製ということにほっと息をつく。これが鉄製だったら詰みだった。

（……思いッきりが、大事ぃっ!!）

翡燕は大きく頭を反らせて、目を見開いたまま頭突きで香炉を叩き割った。派手な音と強烈な痛みに、脳がくらくらと揺れる。

そして香炉に入っていた細かな灰が翡燕の見開いていた眼に入った。激痛が襲い、涙がぼろぼろと零れる。毒入りの灰のためか、視界が赤く染まっていくのが分かる。

流れているのが涙なのか、血なのか、もはや分からない。しかし翡燕は行動を止めない。

音に驚いた炉柊が振り返った時には翡燕は香炉の破片で口の拘束を断ち切っていた。翡燕と炉柊が対峙する中、扉の外から左角の狼狽える声が響く。

「!! 今の音は何です!? 殿下!?」

「入るな!!」

炉柊の制止も聞かず、左角は扉を開いた。入ってきた左角に炉柊が気を取られているうちに、翡燕は窓辺に立つ。

左角の横には朱王の姿もあった。翡燕はその見慣れた姿につい頬を緩ませる。

一方の朱王は瞳を見開き、翡燕を凝視していた。驚愕の顔の中に恐怖も怒りも滲んでいる。

『あとは、たのんだ』

翡燕は口だけで朱王にそう告げると、香炉の破片を自分の喉元に突き付ける。半分も開いていない瞳で炉柊を睨み付け、翡燕は低く言い放った。

「来るな。死ぬぞ」

「……! 待て!」

翡燕には、もう炉柊がどんな表情をしているのかも分からなかった。赤い視界がどんどん狭まっていく。

窓枠に近寄り、足を掛ける。炉柊の部屋は二階にあるため、外から爽やかな風が吹き込んできた。

健康な土と豊かな森の香りだ。

ふ、と息をつくと、翡燕は躊躇いなく窓から飛び降りた。

獅子王とあれほど一緒に寝たがっていた翡燕が寝室を別にするようにしたのはつい最近だ。翡燕の心情に何の変化があったのかは知り得ないが、心配な獅子王は毎日のように翡燕の寝室を覗く。

その日、翡燕がいないと気付いたのは夜明け前だった。獅子王はまだ暗い寝室の、誰もいない寝台を見下ろす。

夜中に翡燕が出歩くのは大して珍しくもない。中庭で稽古をしていたり、屋根に登っている時もある。しかし、獅子王の居室からここまで翡燕の姿はなかった。

（……仕方ない、匂いを辿ろう）

獅子王は匂いを察しやすい半獣の姿になって、寝室を出た。

部屋を出たところで、朝餉の仕込みに起きてきたヴァンと出くわす。半獣姿の獅子王を見てヴァンはギョッと目を見開いた。

「まるちゃん！　どうしたの？」

「……ヴァンくん、主がいないんだ。ちょっと探してくる」

「匂いは辿れそう？」

「それが、少し薄いんだ。南の方へ続いているから、サガラさんが起きたらそう伝えておいて」

頷くヴァンを残して獅子王は門を出る。思った通り、匂いは南の平原へと続いていた。

翡燕が黒王と甦らせた土地は今では良質な作物を生み出す場所となっている。豊かな土を足裏に感じながら獅子王は匂いを辿った。段々濃くなっていくものの、かなり遠くまで続いているようだ。そして獅子王は、南宗門が見える場所まで辿り着く。真っ先に感じたのは血の匂いだ。そして木々が立ち並ぶ先に見えたのは大猿の死骸だった。

立ち竦んだ獅子王の背中にゾワリと痛いほどの悪寒が走る。

斬りはらわれた痕跡と濃く残る翡燕の匂い。翡燕がここで大猿を狩ったのは明らかだ。

気になるのは違う匂いだった。翡燕とは違う二つの匂いと薬の香り。

募った焦燥感が、ついに耐えきれず溢れ出した。獅子王は暴れる胸元を鷲掴んで匂いを辿る。

そして獅子王が最後に辿り着いたのは、南門の小城だった。

もう陽は昇り始め、小城も朝日に照らされている。忍び込むのは無理そうだ。

(……間違いない、匂いはこの中に続いている。どうする？　どこから入る？)

思案しながら小城を見上げていると獅子王の耳がわずかな音を拾った。何かが割れる音と争うような声。

音を辿って獅子王が視線を移す。すると目を向けた先の窓から人が落ちてきた。

見間違うはずがない。翡燕だ。

獅子王は身体を獣化させ、最大限の速度で駆ける。ここで間に合わなければ、自分の存在意義はない。四肢が裂けても構わないと、がむしゃらに脚を動かした。

翡燕が地面に着く寸前に背中で受け止め、半獣化しながら抱き込む。抱き込んだまま、獅子王は森の中へ駆け込んだ。

大きな木の陰に身を隠し、獅子王は無茶苦茶に狂った呼吸を整えた。きゅうきゅうと音が鳴るだけで空気は入ってこない。

抱き込んだ翡燕から血のにおいがする。獣人の血がぐつぐつと騒ぎ、獅子王は恐慌状態に陥りそうになった。

「ししまる、ゆっくり吸って、吐くのが大事だよ。いいこだ、落ち着いて……」

「あ、……っあ……ある、じッ……」

獅子王が震えていると、腕の中から小さな声が響いた。

「……ありがとうな、獅子丸。助かったよ。この森を抜けて帰れるかい？」

翡燕は血で汚れた自分の顔を目を閉じたまま袖で拭う。目蓋から滲み出る薄い血を見て、獅子王が翡燕を抱き込んだ。

「……主、主、もう擦らないで。……っいそいで、帰りますから、じっとして」

「うん、分かった。転ばないように気を付けるんだよ」

「はい」

獅子王は走った。追手が迫る気配はない。

走りながら涙が溢れる。抱き込んだ翡燕の身体は異常なほど熱い。熱いのに彼の雰囲気は驚くほど変わらない。痛々しい姿で必死にいつもの彼を取り繕おうとしている。それが獅子王の胸を深く深く抉った。

「獅子丸？　今の僕は酷く見えるだろうけど、意外と元気なんだよ？」

「……はい」

教えてほしいと、獅子王は思った。

でも、知りたくないとも思う。

「……獅子丸？　夜中出ていったこと、怒ってる？」

「いいえ、ちっとも」

「良かったぁ」と笑う翡燕の瞳はやっぱり閉じたままだ。顔面のほとんどを血で染めているのに、彼はいつものように微笑んでいる。

獅子王は、震える吐息を吐いた。吐いて、吐いて、吐き切った。

（主、おれが間に合わなかったら、どうするつもりでしたか？）

その問いはこの先もきっと、聞くことはない。


半狂乱になった炉柊は窓枠に足を掛けたところで左角に止められた。

羽交い締めにされる炉柊を横目に朱王は窓の下を見る。

翡燕の姿はどこにもない。しかし心臓は狂ったように早鐘を打つ。

（……落ちた形跡もない。……きっと、大丈夫や）

朱王はちらりと砕けた香炉を見遣って、いつも側に潜ませている隠密に合図を送った。口を動かさずに朱王は囁く。

「侍医を、戦司帝の屋敷へ。毒の名は……恐らく『泉丸（せんがん）』」

「……」

隠密の気配が消えたのを確認し、朱王はあいもかわらず暴れる炉柊を振り返った。

彼は左角に身体を押さえつけられ、鎮静薬を嗅がされている。その姿は誰が見ても異常だ。

かつて翡燕に乱暴を働いた弐王、そしてそれを助けた皇子。翡燕がいなくなり、抜け殻のようになった皇王。

（この国は、狂った。いや、いつから狂ってた……？）

鳩尾のあたりから、ぞわりと何かが込み上げてくる。

窓から身を投げた翡燕もある意味で狂っていた。自分の正体を明かさないためにあそこまでできるものなのか。

朱王の腹の底から込み上げてくるそれは、紛れもない恐怖だった。


獅子王は翡燕を抱いたまま、屋敷の裏側の塀を飛び越えた。中庭に降りると、ソヨが心配そうに駆けてくる。

獅子王の腕の中にいる翡燕を見たソヨは、ひゅっと息を呑み込んだ。

「ひ、翡燕様……これは……」

狼狽えるソヨの声が聞こえたのか、翡燕が獅子王の腕の中で眉を下げる。目を閉じたまま微笑みを浮かべると、翡燕はひらひらと小さな手の平を振った。

「落ち着いて、ソヨ。風呂を沸かしてくれるかな？　できれば薬湯がいい」

「風呂、ですか？　この状態で？」

「うん。説明は後でいいかい？」

ソヨが走り去ると、翡燕は獅子王の胸に頭を擦り寄せた。無事に屋敷に辿り着き、やっと獅子王の心が落ち着き始める。獅子王が応えるように抱き込むと、翡燕がふふ、と笑いを零した。

「獅子丸。すまないが……風呂が沸くまで、こうしておいてくれ」

「はい。主が嫌と言うまで、ずっとこうしています。ほかには？　おれに何ができますか？」

翡燕はゆっくりと、肺の中のものを絞り出すかのように息を吐く。その吐息は少し震えていた。

眉根をぐっと寄せた顔に浮かぶのは、後悔と苦悩だ。

「……もしも黒兎が来たら、皇宮に戻りなさいと伝えてくれ。蘇芳は……後始末がもっとかかるだろうね……。もし来たら『面倒をかけた』と言っておいてくれるか？　……ああ、あと、朗々荘は……」

「主、ご自分の身を案じてください。目は、開きますか？」

翡燕が首を横に振ったところで、門に閂を掛け終わったサガラが駆けてくる。

表門から帰ってこなかった獅子王に異変を感じ、サガラは追手がいないことを真っ先に確認していた。本来なら一番に駆けつけたかったのだろう。顔を歪めながら、翡燕と獅子王の側に膝をつく。

「お師匠様！　誰がこんな……！」

「サガラ？　……大丈夫だから、狼狽えるな。この目は自分でやった。灰が入り込んでいるから、洗ってからじゃないと目は開けない。それだけだ。心配しなくていい」

平然と言い放つ翡燕にサガラが目を剥いて獅子王を見る。獅子王は首を横に振るしかない。獅子王とてこうなった経緯を一刻も早く知りたい。

サガラは震える指を翡燕の目元で心許なげにさ迷わせる。翡燕の目は、触れて良いのか躊躇うほどの状態なのだ。

「灰が入ったからって、目から血が出るもんなんですか？」

「毒入りだからねぇ。……獅子丸、そろそろ風呂場まで連れていってくれ」

「毒ぅ⁉」と叫ぶサガラの声を聞きながら獅子王は立ち上がった。風呂場に向かいつつ、腕の中の翡燕を見る。

平然と会話をしているように思えるが、翡燕は一心に何かを考え込んでいる。大方今後の身の振り方を思案しているのだろうが、最適解に辿り着けていないようだ。しきりに眉を顰めては溜息をついている。

「主、何を考えているのですか？」

「……うん……。ああ、ここでいい。降ろしてくれ」

明らかに生返事な翡燕を降ろすとその身体がぐらりと傾ぐ。慌てて抱き留めると、ソヨが駆け寄ってきた。

「まる、後は任せて」

ソヨは獅子王から翡燕の身体を受け取り、口の端を上げて頷く。

「風呂なら僕一人で……ぅわあ」

ソヨは翡燕をひょいと横抱きにして軽快に浴室へ入っていく。翡燕を抱き込みながらてきぱきと帯を解いていくソヨを見て、獅子王は黙って浴室を出た。

朱王によって送り込まれた医者はすぐに到着し、翡燕が薬湯に入っていると聞いて安堵の表情を見せた。翡燕の行動は的確だったのだろう。

解毒というものは一刻を争う。翡燕は薬湯に入りながら診療を受け、寝台の上へと移ったのはもう日が真上に昇る頃だった。

「朱王様のご指示があった通り、毒は泉丸で間違いありません。解毒薬を早めに摂取できたことが功を奏するでしょう。ただ、目の方は何とも言えません」

「……何とも？」

「毎日薬で目を洗浄して様子を診ないことには……。後遺症も残るかもしれません。しばらくは、目を使わないように。そして身体も安静にされてください」

獅子王は医者の説明を聞きながら翡燕をチラリと見た。

翡燕は上体を起こした姿勢のまま、目の前の空間を一心に見つめている。その目には包帯が巻かれており、目の前の光景は見えていないはずだ。

きっと翡燕の意識は別のところにあり、思考は絶えず動き続けているのだろう。光を失うかもしれないという診断結果も、まるで他人事のように聞き流しているように見えた。

いつもなら礼を言って受け取る煎じ薬も彼はどこかうわの空のまま受け取る。そして躊躇（ためら）いなく口へと流し込んだ。しかしその直後、翡燕は驚いたように声を上げた。あわあわと口を動かしながら、薬の入っていた器を指さす。

「こ、これ、睡眠薬入れた？　飲んでしまったじゃないか……！」

非難の声を上げる翡燕の手が急激に力をなくし、ぽろりと器が落ちる。側にいたソヨに身体を支えられながら翡燕は悔しそうに歯噛みした。

「しかも即効性……蘇芳か……！」

「……申し訳ございません。その通り、朱王様のご指示です……」

医者の申し訳なさそうな声の後、寝室に低い声が響く。

「こうでもせんと、昔っから寝ぇへん」

いつの間にか寝室の入口に立っていた朱王は腕を組んで不機嫌そうにしている。その後ろには黒王も立っていて、一瞬にして部屋の中の空気が張り詰めた。

翡燕はソヨの肩にぐりぐり頭を押し付けて悔しそうに呻いた。どうにかして起きていようと必死だが、動きは次第に緩慢になっていく。

「ス、蘇芳の、ばか……！　なんにも、解決……していないの、に……」

「後は任せるって言うたやんか。任せられてやるから、寝ぇよ」

「おまえはいつも……ああ、もしかして黒兎もいる……？　しごとは？　……ああもう、ほんと、ばかばっかり……」

ぶつぶつと呪詛のような愚痴を吐きながら、翡燕はくたりと脱力した。

すぅすぅと穏やかな吐息を零す翡燕を見て、朱王は口端を吊り上げ、黒王は頬を緩ませる。

「あいつのあの姿は貴重やでぇ。心底弱ってると睡眠薬にも気付かへん。可愛ええやろぉ？」

「同意。尊し」

「な？　せやんな？」

こんな時ばかりは意気投合する二人を見て、獅子王らは唖然とするしかない。

四天王以外、まったく理解が及ばない状況だ。寝ないからといって睡眠薬を盛るなど、豪快がすぎる。

しかし彼らはさも当然のように、眠りこける翡燕に頬を緩ませるのだ。当時の彼らがどれほど豪傑に生きていたかが垣間見えるが、信頼があってこそなのかもしれない。

獅子王が少なからず羨ましいと思っていると、朱王が懐から手巾を取り出した。

「獅子王。これを検分せぇ。何か分からんか？」

手渡された手巾は、刺繍の施された豪華なものだった。鼻へ押し付けた途端、確かに覚えのある匂いを感じる。獣の血と翡燕、そして知らない誰かの匂い。

「間違いありません。これは……主が攫われた場所に残っていた匂いです。別の匂いがもう一つありますが……」

「ほんなら翡燕を攫ったんは、皇子本人ということになる。別の匂いは、いつも皇子に付いてる隠密のものやと思う。……森で翡燕に偶然出くわし、突発的に攫ったんかもな。計画的なら、自ら手は下さん」

落ちた翡燕を助けたのは獅子王の可能性が高い。そう思った朱王は、炉柊の寝室から手巾を拝借していた。炉柊がいつも使っている手巾で匂いもたっぷり付いている。

「皇子は病弱で、滅多に外に出ぇへんはずや。護衛の左角さんに隠れて、外に何しに出ていたんかは知らん。だがそのお陰で、皇子は表立って翡燕を追うことはないやろう」

ソヨを寝室に残し、一同は居間へと移動する。すると寝室では穏やかだった黒王の空気が、急激に張り詰め始めた。朱王も同様で、ヴァンが用意した茶に口を付けようともせず、殺伐とした空気を垂れ流す。

「俺が皇子の部屋に入った時には、翡燕はもう血まみれやった。手首を拘束されて、額と目から血を流した状態や。……翡燕は多分、逃げ出すために自分の頭で香炉を割ったんやろと思う」

「……その香炉に、毒が？」

「そうや。当然灰にも毒の成分が入ってる。それが目に入ってああなった」

朱王は翡燕の寝室を指さして悔しげに目を細め、卓に拳を叩きつけた。そして腕を組み、威嚇するように獅子王たちを見る。

「と、いうことでや。今日から俺とこの黒が、交互でここに泊まり込む」

「……は？」

「え？」

サガラと獅子王が素っ頓狂な声を上げ、黒王に視線を投げた。

黒王は既に合意していたようで、さも当然のように頷く。

「し、しかし……しばらくは表立って追われることはないのでしょう？」

「ああ。派手な動きはできんやろな」

「じゃあ、お二人がここに泊まるほどではないのでは……？」

翡燕を守るつもりなのだろうが、四天王が泊まり込むほどの緊急事態ではないように思える。

戸惑う獅子王とサガラを朱王はいつものように睨み付ける。しかしすぐに大きく溜息をつき、思い悩む様子で頭を抱え込んだ。その様子を冷たい目で見ていた黒王が口を開く。

「翡燕から、翡燕を守る」

「「？」」

黒王の言葉は二人には難解すぎた。二人して口を引き結び、首を傾けながら朱王へと助けを求める。朱王は『至極面倒だ』といった表情を浮かべ、犬歯を見せながら捲し立てた。

「黒の言葉を真っ向噛み砕くな。というか、お前ら何で気付かへんのや？　それとも現実逃避してんのか？　おい、獅子王よ。上から降ってきた翡燕はどうやった？　着地に向けて地面を凝視していたか？　周りに気配を巡らせていたか？　表情はどうや？　怯えていたか？」

「い、いえ……」

あの時の光景は、まるで呪いのように何度も脳裏に甦る。

手を拘束された状態の翡燕は、瞳を閉じたまま、まるで人形のように落ちてきた。

一切の抵抗も、表情もない。何もかも投げ出したかのように、彼は落ちてきたのだ。

「まるで身投げや。そうやろ？」

「……はい」

「翡燕はな……額で香炉を叩き割って目を潰し、挙句の果てに窓から身を投げた。自分が戦司帝だという証拠を消そうとしたんや。自分自身で……あいつは自らを消そうとした」

「朱、待て」

黒王が咎めるように首を横へ振る。

そんな黒王をちらりと一瞥して、朱王は眉間を指で揉み込む。

「……まぁ……もしかしたら誰かが助けてくれるかも、という望みは持っていたやろうな。じゃなければ、香炉の破片で喉を裂いていた方が確実や」

「……そ、そんな……。主（あるじ）は、主（あるじ）はどうして今回は……」

「そう。問題は、そこやねん」

朱王が指を立て獅子王に突き付ける。次いでサガラにも突き付けて目を見開いた。

「お前らや俺らにばれた時は、困ったなぁぐらいで済ませとったあいつが、目を潰してまで隠そうとすんのは明らかにおかしいやろ。翡燕と皇族には何か因縁がある。……そして俺らがここに泊まんのは、翡燕を監視するためや」

「か、監視？」

「せや。見守りと監視」

朱王がにやりと笑うと、黒王も、ふ、と頬を緩ませた。肩を震わせながら、朱王は挑戦的に笑みを漏らす。

「あいつが二度と俺らの前から消えんように、四六時中監視する。自分が助かったからには、次の身の振り方を考えているんやろうが……もう好きにはさせん。絶対生きてもらう」

「……国より、翡燕」

「せや。黒の言う通り。第一皇子がどう動こうが、皇族が何をしようが、俺らは全力で翡燕を守る」

意見は合致する二人だが視線はまったく合わせない。しかし二人とも妙に楽しそうだ。しかし一方の獅子王は、いまだにざわつく胸に翻弄されていた。

自分の命より大切な人が、命を自ら絶とうとした。その事実が受け止めきれず、心が悲鳴を上げる。そしてそれを乗り越えられる四天王の強さを獅子王は心底羨ましく思うのだ。


戦司帝の屋敷の食卓は大広間の一角に設けてある。住人たちはその広い部屋を『居間』と呼び、時には食堂、時には談話室として使っていた。

その居間の愛用の寝椅子に翡燕は拗ねたようにして座っている。目に包帯が巻かれている状態でも、翡燕が憮然としているのは明らかだ。

「翡燕、ほら、口開けぇ」

「……」

朝餉の粥を口元に突き付けられ、翡燕は素直に口を開ける。

当たり前のように粥を突き付けてくる人物を翡燕は包帯越しに睨んだ。この場にいることに抗議したい気持ちを抑えながら、翡燕は粥を咀嚼して飲み込む。

「……蘇芳、なぜここにいる？」

「なんでって、朝飯やんか」

「……もしかしてお前、昨日泊まったのか？」

「せや」

まるで問題ないような口調で朱王が言い放つ。

翡燕は大袈裟に嘆息しながら、寝椅子に身を沈ませた。

「お前、小城から帰る皇子を護衛しなきゃなんないだろ？　なぜこんな場所で粥を食っている？」

「食うてない。食わせてるやないか」

「……お前、僕を怒らせたいのか？」

まるで猫のように威嚇する翡燕に朱王は眉を下げた。

同席している獅子王やサガラにも、朱王の顔が蕩けているのが分かる。翡燕の目が見えないことをいいことに、顔に表れる感情が露骨だ。

愛でるような表情を向ければ「なんて顔してる」と怒るのが普段の翡燕である。それが分かっていて弟子たちや四天王も必死で緩む顔を抑えてきた。

それが解禁されたのだ。不謹慎ながら皆して緩む顔を抑えられない。怒る翡燕もそれはそれは可愛いものなのだ。

「まぁま、怒んなや。皇子はしばらく小城に滞在するんやと。四天王を何日も拘束できへんて、左角さんが解放してくれたんや。翡燕、次は？　魚行くか？」

「魚？　食べる。塩焼き？」

「甘酢や」

「やった、ヴァンの甘酢は美味しいんだ」

朱王は機嫌良く魚を解し、時折クツクツ肩を揺らしながら、獅子王とサガラへ勝ち誇ったような視線を向ける。

『どや？　かわええやろ？』

そんな表情をこちらに向けて浮かべる朱王に二人は目を眇めた。朱王らが屋敷に泊まってくれるのは安心だが、これでは翡燕が独占され続けてしまう。

獅子王とサガラが歯噛みしていると、甘酢を食べて機嫌を直した翡燕が朱王に再度問う。

「それで、なぜ蘇芳はここに泊まっている？　護衛はなくとも、仕事があるだろう？」

「それやけどな、翡燕。これから何度か泊まらせてもらうわ」

「なぜ？」

「なぜて、お前が目ぇ潰そうとしたり、窓から落っこちたりするからやんか」

「……」

これには翡燕も黙り込んだ。反論の余地もないのだろう。朱王が鼻で笑い、粥を匙で掬う。

「……俺が何でここに留まるんか、解るな？」

「……分かった、気の済むまで泊まっていい。……だけど……」

翡燕が唇に手を当て不満げに首を捻る。

「だけど何や？」と朱王が問うと、包帯の下にある翡燕の眉根がぎゅっと縮む。

「お前、毎晩誰かを抱いてなかったか？　ここでは駄目だぞ。外でやれ」

「……せやなぁ。そういえば毎晩、誰かを抱いてんなぁ」

「あっ……蘇芳、お前っ！　この屋敷の住人に手を出したら僕は絶対に許さないからな！」

また警戒し始めた翡燕が凭れていた寝椅子から身を起こす。手探りで朱王の顔を探り当てると、その頬を挟んだ。

「駄目だぞ！　絶対だ！　約束しなさい！」

「人を強姦魔みたいに言いなや……ったく。でも約束はせぇへん」

「なにぃ!?」

凄む翡燕に眉を下げながら、朱王は頬を挟む手を掴んで引き寄せた。

美しい瞳が見えないのは残念だが、朱王には翡燕の反応一つ一つが堪らない褒美になっている。首を傾げる仕草など、目が見えていないせいか妙に庇護欲をそそるのだ。そんな翡燕を間近で見ながら朱王はその髪を優しく梳いた。

「好みの子がおったらその子が俺に惚れるまで尽くす。合意の上やったらもちろんええな？」

「……そりゃ、止められはしないが……。しかしその時は一応、僕の許可も取ってくれ。反対はしないが、ちゃんと確認したい」

「御意。次は？　何食う？」

「卵焼きある？」

卵焼きを与えられ、忙しなく口を動かす翡燕は雛鳥のように可愛い。しかしその雛鳥を見据える朱王の目は獲物を狙うそれだ。これでは逆に翡燕の身が危ういのではないかと、サガラも獅子王も不安でならなかった。

そしてその日の昼、朱王と入れ替わるように黒王がやってきた。

扉ですれ違う二人は視線が交わり、火の粉をバチバチと弾けさせながらふいとお互いにそっぽを向く。まるで子供の喧嘩である。

ちょうど中庭で日向ぼっこをしていた翡燕は、黒王の来訪に頭（こうべ）を垂れに垂れた。

「……お前もか。黒兎」

「今日は泊まる」

「仕事はどうした？」

「休暇」

黒王は一言呟き、翡燕を抱き上げる。これ以上の質問は不要とでも言うように、黒王は翡燕を寝室に運ぶ。運ばれながら翡燕は懇願するように呟いた。

「黒兎、頼むから降ろしておくれ。暇で仕方がないんだ。本すら読めない。せめて中庭にいて、皆の声や音を聞いておきたい」

「……本、読みたい？」

「読みたいが、目が見えない」

黒王は頷きながらも、問答無用とばかりに寝室へと向かう。寝台に寝かされた翡燕は慌てたように声を上げた。

「こ、黒兎！　寝室の扉は開け放しておいてくれ」

「なぜ」

「……お前が、変なことしないようにだ」

「しない」

丁寧に翡燕へと掛布を被せ、黒王は側の椅子に腰掛けた。

寝室の入り口でこちらを窺う獅子王とサガラを黒王は振り返る。鋭い目線を向けるものの、咎める気はなさそうだ。

黒王は翡燕に視線を戻すと、一転、穏やかな表情を浮かべる。彼の特徴である切れ目も翡燕の前だと鋭さを失くしてしまう。

「物語を、書いた」

「物語を？　黒兎が？」

「うん」

「……もしかして、聞かせてくれるのか？」

「うん」

一転して顔を輝かせた翡燕は黒王の手を握った。「聞かせてくれ」と食い気味に言うと、黒王が嬉しそうに顔を綻ばせる。

黒王は言わずと知れた寡黙な男だ。一言喋ることすら珍しいと言われる彼が、物語を朗読するなど想像ができない。

獅子王とサガラは、ゴクリと喉を鳴らして見守る。聴衆の心情などお構いなしに黒王は唐突に語り始めた。

「ある国に、それはそれは美しい少年がいました。仙女も身を隠すほどの美しさに加え、彼は心根も澄みきっていました。幼い頃から家の手伝いをよくし、美しいまま彼は成長を遂げます……」

翡燕は口元に笑みを浮かべたまま、黙して聞き入っている。しかし獅子王とサガラといえば、黒王が気になってならない。翡燕の側にいる黒王は何も手にしていないのだ。まさかの暗唱である。

黒王は翡燕の顔を凝視したまま、朗読を続けている。物語に耳を傾ける翡燕の表情をまさに余すことなく見つめているのだ。見守る二人が恐怖を感じるほどにその瞳は真剣だった。

「……そしてその日から、彼は騎士として名乗りを上げたのです。つづく」

「えぇ!?　もう終わりか？　続きは？」

「……寝てから」

「………分かったよ。まったく皆して僕を寝せようとする……」

尖らせる翡燕の唇を撫で、黒王は笑いを零した。黒王もここぞとばかりに顔を緩ませっぱなしだ。

「子守歌、歌う」

「え!?　黒兎、歌えるのか？」

「うん」

言うなり、黒王は歌い出す。物語は暗唱するわ、歌は歌うわ。寡黙が常な男とは思えない行動である。翡燕は満面の笑みを浮かべるといそいそと掛布を引き上げ、寝台に身を沈ませた。

「歌、うま……」

獅子王が呟くと、黒王が人差し指を立てながらこちらを振り向く。『静かにしろ』という顔をしながら歌い続けるのは流石である。

四天王の二人が明らかに本気を出し始めている。これで残りの二人が加わったら、どうなるのか。雲行きがにわかに怪しくなってきた。

小鳥が囀る声で翡燕は目を覚ます。目を覚ましたとは言うが、実際には目蓋は開いていないし、光も入ってこない。あいかわらず改善していない視力に悲観すべきなのだろうが、翡燕はそれどころではなかった。

誰かの身体に抱き込まれているのだ。否、自分が巻き付いていると言った方が正しいかもしれない。そしてそれは明らかに獅子王ではない。

「……黒兎……？」

「翡燕、起きた？」

「まったく、黒兎……何で同じ寝台にいる？」

翡燕は慌てて身を引く。寝台への侵入者に巻き付いて寝ていては文句も言えない。

身体を起こすと、侵入者である黒王から残念そうな声が漏れた。

「翡燕と、一緒に寝たかった」

「……ああ、そうか。……黒兎、まさか力は送っていないだろうな？」

「したいけど、してない」

「いい子だ」

あの夜以来、翡燕は誰からも力を流してもらっていない。

他人の力を搾取して土を甦らせたり、荒れ地の片付けをしたりするのはまだ良かった。その力が自分のためになると分かった時から翡燕は自分自身がひどく歪んだ生き物のような気がしてならない。

力を流された時のあの感覚が今では浅ましく醜いものとしか思えない。

溜息をついていると、寝室の扉がコンコンと控えめに叩かれた。この叩き方はソヨだろうと、翡燕は渋い顔を緩ませる。

「翡燕様、起きましたか？　朝餉の準備ができております」

「うん。すぐ行く」

翡燕は敷布を撫でて寝台の縁を探る。翡燕の寝台は広いので、目が見えないと距離感が掴めないのだ。

座ったまますりずりと寝台の上を移動していると、背中に手が添えられた。体温を感じるほど近い位置に、黒王がいる。

「歩ける？」

「……っうん」

耳元で囁かれると、妙にその存在を強く感じてしまう。目が見えない分、聴力が敏感になっているのだろう。くすぐったくて耳を庇うように肩を竦ませると、男らしい低い笑い声が耳へと潜り込んでくる。

「っ笑うなって。……手伝うなよ、黒兎」

「場合による」

翡燕は寝台を降りて手を前に突き出したまま歩く。歩数を数えながら、障害物への距離を測るのだ。昨日は朱王に付き添ってもらったので今日は自力で居間まで辿り着きたい。

そう思った矢先、つま先が何かに引っ掛かった。ぐらりと身体が傾いたのも感じないうちに腕をがっしりと掴まれる。

「すまない」

翡燕が体勢を立て直したのを確認して黒王は謝罪しながら腕を放す。律儀にも『手伝うな』に背いた謝罪を黒王はしてくれたのだろう。

「いや、僕が……ごめん。本当に、迷惑かけっぱなしだ」

「……」

沈黙すら痛くて翡燕は顔を伏せる。翡燕は今、自分がどの位置に立っているのかも分からない。寝室に置いてあった箪笥の前か、もしくはその隣の衣桁の前か。どちらにしても、誰もいない空間へ謝罪しているという、間抜けな醜態を晒しているのだ。

そしてそれを、黒王はどういう目で見つめているのだろう。

「……情けないよな。本当に情けない。今回かなり無茶したことは認める。……でもあの場合、あするしかなかったんだ」

「目を潰して、落ちる？」

「……ごめんって」

翡燕の体調も大分良くなったせいか、今になって弟子や四天王にも責められることが増えた。度がすぎるほど過保護に扱われる反面、あの時の翡燕の行動を皆して責めてくる。

しかし翡燕の頭の中は、いまだに後悔で満たされていた。

自分があの時死んでさえいたら、という考えは翡燕の頭にずっと残ったままだ。

もし落ちて死んでいたら、目が潰れた青年の遺体はきっと戦司帝だと判別は不可能だっただろう。上手くすれば落下の衝撃で顔も潰れていたかもしれない。そうなれば、身元不明の遺体という処理で人目にも触れなかったはずだ。

香炉の破片で喉を裂いていれば、とも思った。実際そうすることもできたはずだ。

（……思い返すと、自分自身を罵りたくなることばかりだ。どうして僕はあの時……生に執着した？）

窓から落ちれば誰かが助けてくれるかもしれない、という淡い想いを、翡燕はその時確かに抱いた。今になって自身への怒りを募らせるものの、もう遅い。

自分はまた助かってしまったのだ。

「何を、考えてる？」

「……？　いや、何って……」

とん、と背中を叩かれたと思えば頬が温かい何かに触れた。抱きしめられていると気付いたのは、逞しい腕が逃がさないとばかりに巻き付いてきたからだ。

頬に当たる黒王の胸からとくとくと心地のいい音が漏れてくる。

「考えない、考えない」

「……黒兎？」

とんとんと強めに背中を叩かれ、肺から空気が漏れる。濁ったものが抜けていくような気がして、翡燕はくたりと黒王に身を任せた。

黒王は抱きしめる腕に力を込め、今度は翡燕の背中を慈しむように撫でる。

「前方三歩、左に八歩」

翡燕の身体を抱きしめたまま、黒王が移動する。翡燕は足の長い彼に合わせてとてとてと歩を進めた。これでは歩数を数える意味がないが、耳に届く黒王の声が心地いい。

「衣桁（いこう）の前に障害物」

「お、二単語以上喋った」

「こら、翡燕」

抱き寄せられ、また腕の中に閉じ込められる。また胸に埋もれて「ああ」と溜息ともつかない声が漏れる。

以前は、抱きしめ合えばすぐそこに顔があった。肩を抱き、額をくっつけ、真横で笑い声を聞いた。今はそれができない。黒王の顔はずいぶんと上にある。

しかしこうして、胸に縋るのもいいものだと最近は思う。身体全体で受け止められ、包まれている気がするのだ。

「翡燕は、笑うのがいい」

「うん？」

「笑っていれば、それでいい」

「なんだそれ」

黒王の顔は見えない。でもその声に嘘がないことは分かっている。「ありがとう」と呟けば、胸から笑い声が伝わってきた。

(やっぱりこれ、この位置……なかなかいいな)

調子に乗って頬を擦り寄せれば、足が浮くほど抱きしめられた。


その日の夜、黒王が翡燕の包帯を巻き直していると、慌てた様子のサガラがやってきた。

「黒王様、トツカが呼んでいます。明日から始まる第一皇子の警護の件で宰相様からお話があるそうで……」

「休暇中」

「き、休暇中とは思いますが、緊急らしくて……」

静かに舌打ちをする黒王は包帯を巻く手を止めない。

翡燕はその手を掴んで両手で握り込んだ。

「黒兎、行ってきなさい。お前の本当の仕事は皇家を護ることだろう？」

「……朱は？」

「蘇芳は東の戦場から戻っていない。なに、ここには獅子丸もサガラもいる。大丈夫だ、行っておいで」

「……」

少しの沈黙の後、黒王は立ち上がった。翡燕は視線を向けるようにしながら口端を吊り上げる。

四天王は多忙だ。朱王と黒王が交代で泊まりに来ているが、すぐに綻びが出ることは翡燕も予想していた。

「……すぐ戻る」

「うん。行っておいで」

黒王が立ち去る音を聞きながら翡燕は背筋を伸ばした。

（さぁて、どう動くのか……）

翡燕が思った通り、その日の晩に事は動いた。

今、翡燕の寝室にいる侵入者は、黒王が張った結界をも容易く破って寝台の前に立っている。獅子王に気配を察せられなかったのも、流石と言うほかない。

前髪を梳くように撫でられ、目に巻いた包帯を優しくなぞられる。その労わるような手つきの後に、震える息が降ってきた。

その侵入者は翡燕がよく知る人物だった。四天王の一人、白王だ。

（……白王が直々に来るなんて、予想外だったな……）

呑気に考えていると、白王の手が翡燕の喉元へ伸びた。優しく撫でられた後、徐々に絞め付けられる。

荒く苦しそうな息遣いが降ってきて翡燕は眉を寄せた。首を絞められているのは翡燕の方なのに、絞めている本人の方がよっぽど苦しそうだ。

喉仏を圧迫されて喉を鳴らすと、白王も苦しげに喉を鳴らす。

「……お前は、戦じゃ、ない」

「……」

それは低く震え、そして唸るような声だった。

（……え？　もしかして、泣いている？）

段々と頭に血が集まり始め、こめかみのあたりがじんわり痺れ始める。顔を歪めながらも手を伸ばし、翡燕は白王の顔を探り当てた。

目元が濡れていないかを確認するためだったが、予想外の物が手にぶつかる。

（ん？　何だこれ？）

探るような手つきで、翡燕はそれをぺたぺたと触る。

すると白王の手から、徐々に力が緩んでいく。

触り慣れない物の正体はすぐに分かり、翡燕はつい吹き出した。そのまま可笑しくなってしまい、白王の顔を挟んだままクスクスと笑いを漏らす。

(眼鏡か!! 眼鏡なんて掛けるようになったのか!)

ユウラにおいて眼鏡は貴重で高価な物だ。しかし若者には人気がなく、身に着けているのは初老の男性ぐらいだろう。翡燕にとっても眼鏡は自分の知性と富をひけらかすような、悪趣味な印象しかなかった。

白王が完全に硬直しているのを感じて、翡燕は慌てて手を下ろした。続きをどうぞとばかりに喉元を差し出せば白王がぽつりと呟く。

「……あなたは、戦ですか?」

「……」

「戦でしょう?」

「……」

喉元を震わせながら翡燕が黙っていると、白王が首元から手を離して、今度は肩を掴んだ。

「私の眼鏡……そんなに可笑しいですか?」

「……ぷっ……くく……」

また漏れそうになった笑い声を唇を食いしばって耐える。肩を震わせながら我慢していると、その肩を掴んでいた白王の手が背中に回った。横になっていた翡燕の上体が起き上がるほど、きつく抱きしめられる。

翡燕の肩口に顔を埋めた白王はやはりわずかに震えている。「殺さないのか？」と翡燕が言うとまるで戒めるように腕の力が増した。そうして間もなく、肩が震えると共に嗚咽が漏れ出した。慌てた翡燕は、その懐かしい背中を労わるように擦る。

「なぁ、泣かないでくれ……まったく、僕の捩れた腹を、どうしてくれるんだい？」

「……あなたという人は……本当に……」

「……ぷ、真白……ああ、目が見えないのが残念でならない……くくく……眼鏡……」

堪らず笑い出した翡燕の声に白王の心は震える。

不本意ではあったが、それは白王にとって待ち望んでいた声だった。

夜中に突然響いた笑い声に、師子王とサガラはすぐに駆けつけた。

白王の姿に二人は唖然としたが、笑い転げる翡燕を見れば緊張の糸も張る前に解けてしまった。

そして今、ヴァンが運んでくれた茶を白王が注ぎ、翡燕がそれを啜っている。笑いすぎたせいで、翡燕の喉はカラカラに乾いていた。

白王は鼻を啜りながら、茶を飲む翡燕の姿を堪能するように見ている。すると翡燕はそれを察したのか、白王に顔を向けた。

「僕を殺さないと、お前が危ないんじゃないのか？　誰かの命じゃないのか？」

「……あなたを殺すくらいなら、国を捨てますよ」

「こらっ、何のための四天王だよ！　まったく……」

「まったくじゃないですよ。その目はどうしたんです？　その身体は？」

翡燕は肩を竦めると「いろいろあったんだよ」と端的に返す。

白王も同じく肩を竦め、鼻から息を吐き切った。

「今まで何人も……あなたのような容姿の人は私の手で葬られてきました。今更一人殺し損ねても気付きやしません」

「……僕のような、容姿？」

「はい。水色の髪をした美しい男子は、青年を過ぎたらすぐ、国から処分の命が下ります」

「……何だと？」

背中の真ん中からぞわりと不快感が襲ってくる。なぜ彼らが殺される羽目になったのか、翡燕にはすぐに理解できた。

戦司帝の面影を持つ者は総じて殺されていた。誰が何を案じて凶行に至ったのか、粗方の予想はつく。

「だれの指示だ。……なんて、聞かなくとも分かり切ってるか……」

翡燕は自分を落ち着かせるように手元の湯呑を弄んだ。怒りと共に自嘲的な笑いが込み上げてくる。

自分が育て上げた四天王が無辜（むこ）の民を殺している。今日翡燕を殺そうとした時のように震え、心を痛めながら始末していたのだ。

「……真白に、こんな仕事をさせているとは……はは……」

「……戦？」

「ああ、本当に……腹が立ってきた」

呟くなり、翡燕は手の中の湯呑を握り潰した。手を血で染めながら腹を抱えて笑い出す。可笑しくて可笑しくて仕方がないといった様子で、身体全体を揺らしながら翡燕は笑う。

「ははは、馬鹿め！　……僕は本当に馬鹿だ！　っはは、何を弱気になっていたんだか！」

「戦？　何の話ですか？」

「いや、ふふ、大丈夫」

「大丈夫じゃないでしょう？」

白王が翡燕の手のひらをこじ開け、中から湯呑の破片を取り出す。その間も翡燕の笑いは止まらなかった。

傷ついた瞳がかっと熱くなる感覚が襲い、翡燕は奥歯を噛み締める。

（まさか僕がいなくなってもなお、僕の影を追い、真白にこんなことをさせていたなんて……）

それは翡燕にとって残酷な事実だった。戦司帝の死をもってしても、禍根は消えていなかったのである。

皇宮に戻らなければ良いと翡燕はそう思い込んでいた。しかし実際は、戻らなくとも火は燻ったままだったのだ。

笑って大量に失った酸素を翡燕は腹いっぱいに吸い込んだ。そして翡燕の手のひらの血を拭う白王に、朗らかな笑顔を向ける。肚（はら）の中は真っ黒な決意で渦巻いていた。

「碧斗（アオト）は元気にしているかい？　今度連れておいで」

「……青ですか。あいつも泣いて喜びますよ」

「う〜ん、泣かれちゃあ、困るなぁ」

呑気な声で零しながら翡燕は手元を探った。湯呑がない。そういえば先ほど自分が割ったんだ、と思い返し、また翡燕は腹を抱えて笑い出した。

そろそろ本気で心配し始めた白王が翡燕へ身体を乗り出す。

翡燕はその首に腕を巻き付けた。

護らなければ。本能がそう告げる。

死んでなどいられない。

燻った火を消すのは自分しかいないのだから。

終章

「翡燕、そっちはあかん」

朱王に肩を掴まれ、翡燕は中庭の真ん中で足を止める。

この辺に障害物はなかったはずだと、翡燕は朱王の声の方を振り返る。

すると頬が冷たい何かに触れた。

「石畳が捲れとる。引っ掛けるぞ」

「そうか、ありがとな。えらく近いが」

頬に触れたのは、感触と状況から察するに朱王の頬である。

朱王はその長身を屈ませて、翡燕の背後から肩口に顔を出しているのだろう。つまり朱王が翡燕の肩に顎を乗せている体勢である。

「お前それ、窮屈じゃないか？」

「それが、ええ具合なんや。このまま歩こか」

肩にあった手が胸の前へと回る。

そのままぎゅうと抱きしめられると、とても歩けやしない。

翡燕は首元をくすぐる朱王の髪を掴んで、くいくいと引っ張った。

朱王は痛がることもなく、更に翡燕へとすりすり頬ずりする。その仕草が不覚にも可愛いと思ってしまい、翡燕は慌てて髪を放した。

朱王は基本的に身体的な接触が多い人物である。

肩を抱くやら手を握るやら、やたら距離が近い。

それは翡燕も同じで、戦司帝だった時は常にくっついていた気がする。

しかし近頃の触れ方は何か違う気がするのだ。

どこか甘えるような雰囲気を感じてしまう。

「あっ！　この猛獣！　離れなよ！」

最近よく聞く声が耳を掠めると朱王の盛大な舌打ちが降ってきた。中庭を軽快に突っ切ってくる足音は、軽いが体幹がしっかりとしている。

足元が目の前に来ると重い衝撃音と共に、肩に掛かっていた朱王の重みが消えた。

「……えぇ度胸やのぉ、青。死ぬか？」

「お前こそ死ねや。ぼくの翡燕にべたべた触らないでくれる？」

「おおん？」

「あぁん？」

再度響いた衝撃音は翡燕の頭上から響いてきた。どうやら翡燕を挟んで打ち合いをしているらしい。これこそ身体的な接触。拳と拳のぶつかり合いである。

白王が訪ねてきた翌朝、彼は律儀にも翡燕の言葉を遂行し、青王を屋敷に連れてきた。

青王との再会は劇的とは言えなかったが、その反応といえばほか三人を大きく上回るものだった。狂喜乱舞しつつ、隠していた者らに激怒し、屋敷は大混乱に陥ったのだ。

あの日以来、青王は毎日のように屋敷に訪れ、翡燕への贈り物も止まるところを知らない。翡燕が怒って咎めても青王にはあまり効果がないのだ。

そういえば昔から青王は言うことを聞かない子だった。我が強く、自分を押し通すところも彼の強みなのだが、こうも激しかったかと翡燕は首を捻るばかりだ。

白王曰く、ずっと溜まりに溜まっていたのが爆発したのだろう、とのこと。加えて、翡燕に再会したのが一番最後だったことも納得がいっていないようだ。

「朱はこの数か月、翡燕といちゃいちゃしてたんでしょ！　後はぼくに譲りなよ！」

「阿呆か、してへんわ！　譲らへんし！」

二人の間からすっと抜け出し、翡燕は手を前に突き出しながらその場を離れる。

確か近くに莉珀(りはく)の木があったはずだと、あの大きな幹を探す。

最近では目が見えないことにも慣れて移動も危なげなくなってきた。

躓いても踏ん張る体力も戻ってきたし、こうして自由に動けることが楽しみでもある。

緑の香りが鼻に届いたところで、前に出していた手を誰かが握りしめた。

「主(あるじ)、座りましょう！」

「獅子丸！」

思わず駆けると獅子王から力強く手を引かれる。成すがままになって胸へと飛び込むと、慣れた感触に頬がふにゃりと蕩けた。

「はぁ、獅子丸……。落ち着く……」

「あ、主（あるじ）……。敷物を用意しましたので、座りましょう」

獅子王は翡燕を抱き込んだまま、その場に腰を下ろした。獅子王の逞しい胸に背中を密着させ、翡燕は足を投げ出した。

「翡燕様、茶菓子を用意しました」

「ヴァン、ありがとう。実はもう匂いで気付いていたんだよ。莉花酥（リファスゥ）だよな？」

「流石ですね。美味しく焼けました」

「食べすぎには注意してくださいよ、お師匠様」

サガラの声がして、肩にふわりとした感触が落ちる。最近聞こえ始めた冬の気配に、厚着をしろと口煩くなったのは、意外にもサガラだった。

「ありがとう、サガラ。それにソヨも」

「！　お気付きでしたか……」

「もちろん。お茶を淹れる音がしないのは、ソヨぐらいだ」

横ではソヨが茶を淹れてくれ、獅子王の横にはサガラとヴァンが立っている気配がする。

目が見えなくとも皆を感じられるようになり、翡燕はやっと通常の生活に向けて前を向きつつあった。

「ねぇ、翡燕。これが似合うと思うんだ」

いつの間に打ち合いを終えたのか、青王の声が近くで響く。

翡燕の頭に何かをくっつけて、青王は悲鳴じみた歓声を上げる。

「かっ、かっわいいいぃ！　この刺繍入りの髪紐、翡燕に絶対合うと思ってた！　見てよ、朱！　似合いすぎない⁉」

「馬鹿たれ、青！　可愛いは禁句やって……」

「……」

翡燕がむっつりと黙り込むと周りがしんと静まり返った。

とはいえ翡燕も、最近では諦め気味ではあるのだ。

自分の容姿は彼らよりもずいぶん年下に見えるだろう。

翡燕も自覚はしている。戻る見込みはないのだから、いい加減子供のような反応は終わりにした方がいい。

「かまわない。もうそんなことで怒りはしない。だいじょうぶ。ありがとう碧斗。似合っていると言ってくれてうれしくおもう」

「……すごい棒読み。更に可愛い」

頬に指の感触がしてするりと撫でられる。

青王の指は細くて、ほかの者らと違って少し冷たい。そのまま頭を抱き寄せられ、髪をゆっくり撫でられる。

「可愛い、本当に可愛い。持って帰りたい」

「青王様、主は持ち出し禁止です。……それよりも、離れてくれませんか？　重いです」

「獅子は黙っててよ。っていうかさ、翡燕を膝から降ろせばいいんじゃないの？　ぼくが抱っこしたいんだけど」

「先に膝に乗っていただけたのは、おれです」

翡燕は獅子王の膝に抱かれているが、青王に頭を抱き込まれている。

一体どんな体勢かと思っていたが、青王は獅子王の膝に乗り上げて、翡燕を抱き込んでいるようだ。獅子王が重いはずである。

しかし青王は動かず、翡燕の頭を抱き寄せたままだ。

翡燕も大人しくそうさせておくしかない。

「ほら翡燕、始まるで」

「……蘇芳？」

衣が擦れる音が聞こえ、すぐ隣から朱王の声がする。

口元に運ばれた焼き菓子を齧れば、ととんと軽快な太鼓の音がした。この音はサガラだろう。いつの間に準備したんだと驚きつつ、そのあいかわらずの腕前に聞き入ってしまう。

太鼓が打ち鳴らす律動と拍子は翡燕がよく舞う剣舞のものだった。

音は自然と激しさを増し、空気がぐっと動き出す。

空気と音と共に、大波のような声が中庭に響き渡った。

「ユウラ国が四天王、黒王」

「同じく四天王、白王」

剣舞の相舞が始まる。二人の名乗りに、翡燕は思わず前傾姿勢になった。

剣がかち合う音と共に、大太鼓が鳴る。

鋭い衣擦れの音と剣が空気を切り裂く音。

二人の舞など久しく見ていないが、音と空気のお陰で、彼らの動きが薄らと感じられた。

懐かしさに心がじわりと温かさを主張し出す。

瞬間、強い風が吹き抜け、頬を何かが撫でた。

「見てみい、翡燕。満開や」

「……？」

「ほんとだ。莉珀、久しぶりに満開になったみたいだね」

ふわりと甘い香りが鼻を抜け、豊かな緑の香りの青々しさが後から駆けてくる。

中庭にある木は冬の始まりに花をつける。満開になった日には、皆で剣舞を踊るのが慣例になっていた。

莉珀の花は星形をしており、真っ白な花弁がくるくる回りながら落ちる。

花が降る中で踊るのは爽快で、時間を忘れて舞い狂ったものだ。

「……っ、見たい、な……」

太鼓の音に紛れて言った声を朱王はしっかりと受け取っていた。

翡燕の頭に大きな手を置き、親指で包帯を優しく撫でる。

「そうか、見たいか」

「うん、見たい」

目の前に広がっているであろう光景がどれだけ幸せなものか、翡燕は知っている。残酷なほど身に沁みて、分かっていた。

「……じゃ、また今度だね」

「せやなぁ、翡燕。次がある」

「……つぎ……」

包帯の下で目蓋を開いても、光は入らない。

いつの間にか溢れていた涙が、じわりじわりと目に巻かれた包帯を濡らしていく。

そこから滲（にじ）み出た涙を拭うのは、優しい指の感触だった。

「主（あるじ）。涙は目に毒ですよ」

「………ししまる……ごめんよ。なにもかも」

「なにもかも、大丈夫です。主（あるじ）、泣かないで」

うねるように風が吹いて、花びらが髪へと触れては落ちていく。

太鼓の音と共に「翡燕」と呼ぶ声が聞こえる。

（……ここにいたい。ずっと皆の側に……）

このまま穏やかに皆に囲まれて過ごせるなら、どんなに幸せだろう。

憂いを全て投げ出して、この温かな波に身を任せてしまいたい。

太鼓の音がやんで、翡燕を抱きしめる腕の数が増えていく。
温かさと重みを感じながら、翡燕は目を閉じた。
今はただ、溢れんばかりに注がれる愛だけを、感じていたかった。

ハッピーエンドのその先へ ―
ファンタジックなボーイズラブ小説レーベル

&arche NOVELS

アンダルシュノベルズ

少年たちの
わちゃわちゃオメガバース！

モブの俺が巻き込まれた乙女ゲームはBL仕様になっていた！1〜3

佐倉真稀 ／著

あおのなち／イラスト

セイアッド・ロアールは五歳のある日、前世の記憶を取り戻し、自分がはまっていた乙女ゲームに転生していると気づく。しかもゲームで最推しだったノクス・ウースィクと幼馴染み……!?　ノクスはゲームでは隠し攻略対象であり、このままでは闇落ちして魔王になってしまう。セイアッドは大好きな最推しにバッドエンドを迎えさせないため、ずっと側にいて孤独にしないと誓う。魔力が強すぎて発熱したり体調を崩しがちなノクスをチートな知識や魔力で支えるセイアッド。やがてノクスはセイアッドに強めな独占欲を抱きだし……!?

詳しくは公式サイトにてご確認ください。
https://andarche.alphapolis.co.jp

異世界BLサイト"アンダルシュ"
新刊、既刊情報、投稿漫画、X（旧Twitter）など、BL情報が満載！

この作品に対する皆様のご意見・ご感想をお待ちしております。

おハガキ・お手紙は以下の宛先にお送りください。

【宛先】

〒150-6019 東京都渋谷区恵比寿 4-20-3 恵比寿ガーデンプレイスタワー 19F
（株）アルファポリス　書籍感想係

メールフォームでのご意見・ご感想は右のＱＲコードから、
あるいは以下のワードで検索をかけてください。

ご感想はこちらから

本書は、「アルファポリス」(https://www.alphapolis.co.jp/) に掲載されていたものを、
改題、改稿、加筆のうえ、書籍化したものです。

死（し）んだはずのお師匠様（ししょうさま）は、総愛（そうあい）に啼（な）く

墨尽（ぼくじん）

2024年 11月 20日初版発行

編集－桐田千帆・大木 瞳
編集長－倉持真理
発行者－梶本雄介
発行所－株式会社アルファポリス
〒150-6019 東京都渋谷区恵比寿4-20-3 恵比寿ガーデンプレイスタワー19F
TEL 03-6277-1601（営業） 03-6277-1602（編集）
URL https://www.alphapolis.co.jp/
発売元－株式会社星雲社（共同出版社・流通責任出版社）
〒112-0005 東京都文京区水道1-3-30
TEL 03-3868-3275
装丁・本文イラスト－笠井あゆみ
装丁デザイン－ナルティス（原口恵理）
（レーベルフォーマットデザイン―円と球）
印刷－中央精版印刷株式会社

価格はカバーに表示されてあります。

落丁乱丁の場合はアルファポリスまでご連絡ください。

送料は小社負担でお取り替えします。


ISBN978-4-434-34826-6 C0093